真实打动世界

我的老娘八岁半

艾苓 著

姜淑梅 绘

台海出版社

图书在版编目（CIP）数据

我的老娘八岁半 / 艾苓著；姜淑梅绘. — 北京：
台海出版社，2023.6
　ISBN 978-7-5168-3555-5

　Ⅰ. ①我… Ⅱ. ①艾… ②姜… Ⅲ. ①散文集－中国
－当代 Ⅳ. ① I267

中国国家版本馆 CIP 数据核字（2023）第 074287 号

我的老娘八岁半

著　　者：艾　苓 著　　姜淑梅 绘

出 版 人：蔡　旭

责任编辑：王　萍　　　　　　策划编辑：果旭军　叶嘉莹

封面设计：介末设计　　　　　版式设计：李莱昂

出版发行：台海出版社

地　　址：北京市东城区景山东街 20 号　　　邮政编码：100009

电　　话：010-64041652（发行、邮购）

传　　真：010-84045799（总编室）

网　　址：www.taimeng.org.cn/thcbs/default.htm

E - mail：thcbs@126.com

经　　销：全国各地新华书店

印　　刷：北京中科印刷有限公司

本书如有破损、缺页、装订错误，请与本社联系调换

开　　本：889 毫米 ×1194 毫米　　　1/32

字　　数：266 千字　　　　　　　　印　　张：10.75

版　　次：2023 年 6 月第 1 版　　　印　　次：2023 年 6 月第 1 次印刷

书　　号：ISBN 978-7-5168-3555-5

定　　价：58.00 元

序

我教娘写作，娘教我生活

2013 年，娘的第一本书《乱时候，穷时候》面世后，六十岁学认字、七十五岁学写作的"传奇奶奶"姜淑梅一夜成名，收获了万千粉丝。

那时候，我是娘身后的存在，教务之余，接待记者，安排日程，陪娘"上货"，指导写作，录入作品，编辑书稿。

陪娘参加活动时，大家都这样介绍：这位就是"传奇奶奶"姜淑梅，姜奶奶。这位是姜奶奶的女儿。

那几年，娘连续出书，我作品很少。好几位作家朋友提醒我：你别光忙老娘的田，荒了自己的地。我也很担心，可惜分身乏术。

从 2016 年开始，娘的注意力从写作转入画画，我才有时间耕种自己的地盘，陆续推出自己的作品。其中，非虚构作品《我教过的苦孩子》引发广泛讨论。

梳理这些年的经历，我惊奇地发现，我和娘之间的"教"与"学"一直都是双向的，我教娘的是写作小技巧，娘教我的是人生大智慧。

做人，娘教我忍让宽容

我家兄妹六个，我排行第四，上面三个哥哥，下面两个妹妹，人口最多的时候十二口人，四代同堂。三舅和三叔家的兄弟姐妹经常来，来玩的住几天，来上学的住几个月甚或几年。

三舅家的表姐朝霞长我一岁，小学五年级时来到我家，我俩一个班级。娘最先教我的是忍让，她偷着跟我讲：你姐姐爸妈都不在这儿，凡事你要让着她。跟别人有矛盾的时候，娘让我站在对方的角度上想想，看看人家是不是也有难处，那么做是不是也有道理。

从青春期开始，娘成了我反面的人生参照，我一遍遍地告诉自己：绝不能像她那样凡事都为别人想，她活得太亏太憋屈了，我必须开启跟她完全不同的人生。那时候一门心思想远走高飞，可惜没有走远。上大学那两年，寒暑假之外我从不回家，我终于开始过上自己想要的生活。

四十岁的时候审视自己，我突然爆笑，这个世界上我最像的人还是娘，我试图逃脱她的影响走向反面，走着走着就忘了。发现这点的时候我很庆幸：幸亏，幸亏像娘。

年少的时候，我太缺少耐心，娘的话经常记住一半。比如，我记住的是：学会忍，学会让，学会宽容，学会理解。其实后面还有一句话——这样，你的路越走越宽——娘八十岁的时候重申这段话，我即刻记录在案，虽然有些晚了。

原以为不计较的人生注定吃亏。真没亏到哪去，我交到很多气味相投的朋友，关键时刻总有人施以援手，不但不亏，倒像占了太多便宜。从那个时候起，我才能看清娘的日常生活里，哪些忍让宽容是无奈，哪些忍让宽容是智慧。

我奶奶在山东老家时虐待过娘，娘也反抗过，后来奶奶爷爷在老家挨饿要带着两个叔叔来东北，娘吃糠咽菜为他们提前攒下百余斤口粮。有条件"报仇"的时候选择谅解，是大胸襟和大智慧。

做事，娘教我开放式成长

我出门，包里习惯放本书，上了火车或飞机旁若无人，注意力都在书上。

跟娘一起出门，她总跟旁边的人聊得热火朝天，先有点像查户口的警察，问人家哪里人、做什么工作、多大年纪，再像个老熟人跟人家唠家常，或者听大家讲各地见闻，我心里觉得好笑也不便说什么，书肯定读不下去了。

写作以后，娘经常去各地"上货"。擅长和各类人等打交道，快速进入热聊，让娘在短时间内打捞到很多好素材。就是在火车上，娘也想方设法"上货"，有时候满载而归。

娘经常问：你们谁有故事吗？

人家经常摇头：没有。

娘就说：你们愿意听故事吗？

人家经常说：愿意。

娘有时候讲民间故事，有时候讲家族故事，有的人听了以后就说：这就是你要的故事呀，我也有。

娘听到一半经常喊我：快过来，你做记录。

后来娘有了录音笔，我的任务被录音笔取代了。

反省的时候，我看到自己内心深处见不得光的优越感，那是一个小知识分子的优越感，总觉得自己多读了点书，任何事都可以自足。其实，我已经自我封闭，在很多方面放弃成长了。

在娘身上，我看到的是一个老人的开放式成长，她向整个世界敞开，不放弃向任何人学习的机会。哪怕是跟邻居学了一道新菜，她都满心欢喜，回家以后便做尝试。

我后来告诉学生：只要你想成长，周围的每个人身上，都有你可以学习和借鉴的地方。如果视线继续放大，万事万物都可以做我们的老师，试试吧。

娘还教我从容老去

从某种意义上说，不管是蹒跚学步的幼儿，还是满脸胶原蛋白的少男少女，从出生的那刻起，每个人都走在老去的路上。

当我胶原蛋白最富足的时候，中年妇女在我的眼里已经很老很老了，她们脸上的皱纹、鬓角的白发都让我恐惧。

好像是转眼间，我就成了中年妇女，脸上的皱纹、鬓角的白发跟人家比只多不少。在儿子的手机通讯录里，我被标注成"张大妈"。不知道从什么时候开始，镜子变成"照妖镜"，每次打量后我都心灰意冷。

我把娘接来共同生活时，娘已经年过七十满头白发，她喜欢穿红衫或绿衫，下搭白裤、白袜、白鞋，走到哪里都有高回头率。只是那时候娘开始驼背了，常说自己不中用，好像余生就剩下"坐吃等死"。

学习写作以后，娘像小孩子终于得到渴盼已久的新玩具，她的生活开始忙碌。最忙的时候，娘每天的睡眠时间只有四个小时，她急着让一肚子故事变成笔下的文字。

娘后来跟我说：写作和画画，都是你帮我找的玩具，多好玩呀。学写毛笔字，是俺自己找的玩具，也挺好玩。

余下时间，娘唱歌、运动、看书、做美食、跟邻居阿姨玩扑克，在别人看来，"传奇奶奶"好像没有时间变老。

娘听到这种说法笑了：哪能不老呀？怕也没用。我这个年纪的人，像熟透的瓜，说落就落了。啥时候落，是阎王爷的事；没落的时候咋活，咱自己说了算。

娘对世界的好奇心，娘丰富的日程，娘的朗朗笑声和对生死的达观，逐渐消除了我对人生暮年的恐惧，我不止一次想：八十多岁，我应该就是娘这个样子。

教娘写作以后，她常叫我"张老师"。

我从来不叫她"姜老师"，但她的生活课堂随时随地向我开放，我一直在接受教育。前些年学的是为人处世，近些年学的是如何继续成长，如何安享晚年。这本书就是我做的生活课堂笔记，我只是做了简单梳理。

这些年，经常跟媒体打交道，很多记者成为我们母女的朋友。书稿交付之际，我想特别感谢其中一个人，她是杭州日报社的记者戴维。2013年来我家采访时，她的着眼点不仅是姜淑梅从文盲到作家的励志故事，还有"传奇奶奶"七十多年的人生智慧。受到她的启发，这项工作我当即着手，转眼十年。谢谢戴维！

艾苓

2022 年 12 月

目录

生活智慧

姜淑梅：
我的故事我来画

传奇老娘

从文盲到作家

我是姜淑梅的女儿，在绥化学院教写作教了十七年，娘是我写作课的编外学生。

娘成名以后，被媒体称为"传奇奶奶"。多位记者问我：张老师，我们都知道姜奶奶没上过学，您怎么就想着让姜奶奶写书呢？

我说：不，写书是个巨大的工程，我不敢指望，我就想让她有事做，最好是乐在其中。出书是后来的事，水到渠成。

劝娘学认字

1996年，娘虚岁六十，爹车祸去世后，娘失眠严重。她从秦皇岛去北京看我时，人瘦了一大圈，本来就大的眼睛显得更大。我想帮娘转移注意力，劝她学认字，她很痛快地答应下来。只是想不到，一个多月后竟收到娘的来信，从文盲到写信，这进步也太快了。

我一路平安来到（应为"回到"）秦皇岛，下来火车出站，坐出租车来到（应为"回到"）旅店。到这三天我想了起来，你叫我学写字，我买了老花镜、字典、笔和本子。六十岁的一年级小学生正式开学了。我从北京来（应为"回来"）是11月11日，我16号学写字，现在一个多月了。我从今以后天天学习，什么也不想。我下十年功，我用功写作文。爱玲，你妈要给（应为"跟"）大作家比赛。我的感觉到那时，我比现在老不太多，因为我的心不老。官司打完了，你三哥的车也修好了。俺来（应为"住的"）这旅店，他们可好啦，我和服务员没事了在一起说笑话、讲故事、猜谜语，很快一天就过去了。我买了字典不会用，回家跟孙女学，我走到那里（应为"哪里"）学到那里（应为"哪里"）。不要挂念，我要好好的（应为"地"）活着，我活出个样来。代我问你校长好、同学们好。

这封信是用蓝色圆珠笔写的，一页纸，落款时间是12月23日。

寒假的时候见到娘，娘告诉我，这封信她写了一个来月，问了很多人。她想出来两句话，就请人写出来，她照着练啊练，练好了，誊抄到信纸上，接着再问后面的几句话。旅店里的老板、服务员、一起住店的人，她都问过。

我试探着问：咱俩比赛写呀？

娘说：俺那是宽慰你呢。

娘的第二封信，在1997年5月14日完成，这次她写了一页半，详细说明她和亲人的近况。娘说她胖了，跟去北京的时候比，长了十七斤肉；说我三个嫂子都对她好，家里团结，平安无事；说她有钱花，我爱人前些天送去一千元她没要，第二次送去五百元她留下了；说我二哥每次出车回来都买些吃的，叫来大哥和三哥，娘儿四个坐在一起喝酒吃饭；说我的任务是学好写作，保重身体。

写这封信，娘用了十几天，还是她口述几句话，让家人写下来，她练好了誊抄，然后再口述、再誊抄。

1997 年 7 月，我在鲁迅文学院结束学习回到家乡安达。娘学写字的需求弱了，她说：写会一个字的工夫，能认会三个字，俺又不考大学，以后不写字了，光认字。

在家里，娘的认字教材是电视戏曲频道里的字幕，是各种小广告和产品说明书，她的老师是她为数众多的孩子们。

去街上，娘的认字教材是牌匾，她的老师是正好路过的行人。

看幼儿读物，娘猜会一些字，她的老师是故事的作者还是她自己呢？

哄娘学写作

1988 年秋天，二舅从台湾回乡探亲，我陪娘一起回山东老家巨野。

二舅在 1948 年离开大陆，和二妗子（二舅母）四十年未见。听说二舅进院那天，有人指着头发花白的二妗子问他：这个人是谁？

二舅摇头：不认识。

有人指着面目苍老的二舅问二妗子：这个人是谁？

二妗子也摇头：不认识。

二舅来了，还要走。因为回乡曾经遥遥无期，他在台湾已经另娶。

到老家以后，我们听说附近村庄有很多像二妗子这样的台属，她们都守着儿女，苦等丈夫，一等就是四十年。

其中一个女人没有儿女，结婚第二天丈夫就走了，在外面遇到征兵再没有回来。等丈夫的这些年，她一心一意地做鞋，冬天一双棉，夏天一双单。后来鞋太多没地方放，她一年做两只，一只单，一只棉。今年做这只，明年做那只，两年凑一双。听说，她丈夫从台湾来信了，信上叫她"二姐"，说要带着儿女回来看她。

娘当时就小声说：这个故事好，你要写下来。

从老家回来以后，我忙着筹备婚事，把这件事忘得一干二净。

1992年4月，娘突然问我：做鞋的故事你写了吗？

我没反应过来：什么作协？省作协吗？

娘有点恼火：老家的故事！那个做鞋等丈夫的女人，你不记得啦？

我实话实说：没写，我忘了。

娘说：赶紧写吧，那是个好故事。

我知道那是个好故事，心生惭愧，我要不把这个故事写好，不光对不起娘，对不起老家这个素未谋面的女人，更对不起"作家"二字。

我没有急着动笔，我要弄清楚她为什么要等，那些老家的女人为什么都在等。

仔细想想，在娘平常讲的故事里就能找到答案：老家给女人定的规矩多，这些规矩从小就被灌输，在她们嫁人前，"三从四德"的要求已经深入骨髓。那代女人从小被缠足，没有走出村庄，去了解外面的世界。也就是说，这类四十年苦等无果的悲剧，早在她们结婚前就已经注定了。

我需要一个象征，把"三从四德"的观念灌输及影响呈现出来，那应该是陪嫁物品，一个用来装鞋的柜子，紫色的柜子。

我还是没有动笔，我需要走近那个女人，去感受她的呼吸与疼痛。小时候她会经历什么？嫁给从未见过面的男人她会有什么样的忐忑？男人为什么会走，是不是嫌弃她的样貌？她最初做鞋的时候是否有过憧憬？收到信却不认识字，她找谁来读？知道丈夫已有儿女，她会有什么样的表现？

当时我刚刚怀孕，对这个女人多了很多疼惜，我慢慢感受到了她的脉搏和呼吸。

有一个中午，办公室里空空荡荡，我饿着肚子一气呵成写了一篇"千字文"，题目是《紫漆柜装不下》。回家以后读给娘听，娘频频点头：写得好，这个故事有劲！

这篇散文在《人民日报》（海外版）发表后，还获得了金陵明月散文征文大奖赛的一等奖。颁奖仪式在南京的总统府，奖品之一是冰心先生题写的金匾。那段时间娘比我还高兴。

1998 年，我的第一本散文集入选中华文学基金会"二十一世纪文学之星丛书"，由百花文艺出版社出版发行。我拿出一本书，专门请帮过我的领导和朋友签名留念，最后把书交给娘：您对我的影响最大，您也得给我写句话。

娘说：你不是不知道，俺不会写。

我说：那就写上您的名字。

她翻了翻前面的留言说：把书放这儿吧。

第二天早上，娘说她作了首诗，让我一笔一画写在纸上，她一笔一画地照着练，练了一整天。那两句话是：

本是乌鸦娘，
抱出金凤凰。
根是苦菜花，
发出甘蔗芽。

在所有的签字中，娘写的字最认真，有着儿童学字般的整齐。

后来我鼓动娘学写作：您的悟性好，适合学写作，做鞋女人那个故事，要不是您提醒，我哪能获奖？再说，您的语言生动形象，非常适合写作，您在我书上写的那四句话，就打了四个比方呀。

话虽这样说，我私下想的是：哄娘玩吧，说不上她能写出来几个小作文，要是能发表几个豆腐块大的故事，那她得多高兴啊。

七十五岁蹒跚起步

2010 年秋天，儿子上大学后，我把娘接来一起生活，希望她唱唱歌，翻翻书，安享晚年，她却希望发挥余热，让自己满肚子的故事变成我的写作素材。

2012 年春天，娘经常站在我的卧室门口问：你现在有时间吗？

我生怕耽搁了什么大事，赶紧放下手头活：有，什么事？您说吧。

娘：你要是有时间，俺给你讲个故事吧。

我：好啊。

娘坐到床上，开始给我讲故事，讲姥爷或姥娘给她讲过的故事。有的故事我听过，有的故事没听过。讲完故事，她问我：这个故事好不好？

我：好。

娘：好你就抓紧写吧。

我：哎。

过了几天，娘问：俺给你讲的故事，你写了吗？

我：没有。

娘：那么好的故事，你咋不写呢？

我：最近学校事情多，忙完这阵我再写。

娘：那俺再给你讲个故事吧，啥时候有时间，两个故事你一起写。

我：行。

过了几天，娘问：那两个故事你写了吗？

我：没有。

娘：这么好的故事，你咋不写呢？

我：忙完这阵，我一定写。

这样的事情三番五次，娘很失望：你啥时候写这些故事啊？

我突然想到：您自己写呗。

娘很生气：俺要是会写，还用你？

我：您看您故事讲得这么好，您咋给我讲的，您咋写出来就行。不会写的字，我可以教您。

我给娘提供的写作工具包括：一块橡皮，两支铅笔，一沓作废的打印纸。

娘好多年没拿过笔，拿起铅笔手哆嗦，横也写不平，竖也写不直，写了两天，心灰意冷。

娘：你看看，俺一天都写不上一句话。这个大树的树，一个字，俺写成了三个字，哪有这样的？

我：我刚上一年级的时候就这样。

娘：真的吗？

我：真的。

时隔很久我才发现，娘不是写字，是画字。

她把每个字都当成一个复杂的画，一块一块地拆开，再一笔一笔地组装，比照着拼凑到纸上。这全怪我，我那时候忙，娘问字的时候，我只是给她一个接一个地写生字，写到一个专门的本子上，从来没讲过笔顺，她就照着那些生字去画每一个字。

看娘写字的时候，欣喜又心酸。她低垂着一头白发，胸前抱着纸箱，箱上是打印纸的背面，她用干了一辈子力气活的手用力握笔。娘的手很大，铅笔很细。但她握的好像不是铅笔，是镐头，每一笔下去都很慢，每个汉字都像她一笔一笔刨出来的。大概刨得太累了，她时常要停下来，歇一歇。

娘最初写的两个故事，一个是姥娘给她讲的胡子打百时屯的事，一个是姥爷给她讲的大神请神、撞上地震吓得尿裤子的事，写了好些天。手稿上空格多，错字多，无标题，无标点，无段落，这样的"三无"产品看得我头大。

我把娘写的故事放到一边，先夸她写得挺好，再跟她讲：要写就写自己的故事吧，您的经历就很传奇。

娘：俺的故事太多了，写啥呀？

我：您咋来东北的？

娘：那才不容易哩，没有购票证，俺都买不了火车票。

我：买火车票还得有购票证？

娘：对，1960年的时候想来黑龙江，得有黑龙江和山东两边公安局的证明，一个准你迁入，一个准你迁出，人家才给购票证。

我：好，第一个故事您就写购票证。注意哈，您的故事不是讲给我，是讲给别人的。写故事的时候，您要想象对面坐着一个人，他从来没听过您的故事，您要从头到尾讲给他听。

写自己的故事，娘更顺手，但还是无标题、无段落、无标点的"三无"产品。只有心里特别静的周末或者假期，我才能跟娘一起坐在电脑前完成文字录入工作。

后来爱人提醒我，娘的手稿要注意保存。

我：您的手稿呢？

娘：啥叫手稿？

我：就是您写故事的那些纸呀。

娘：俺写的字歪歪扭扭，怕人家见了笑话，你录完的那些，俺都塞到垃圾桶里，扔了。

我：以后不要扔了，要保存好。

娘：为啥？

我：以后您成了作家，那就是作家手稿，很珍贵呢。

娘：好，不扔了。

我曾经尝试教娘标点符号。

我说：讲故事的时候，咱们经常要停顿一下。话没说完，短时间停顿，用逗号；话说完了，可以长时间停顿，用句号；故事里的人物说话，用冒号，说的具体内容，两边用双引号……

娘截住我：别说了，俺不学，你教的东西太多了，俺记不住。

我退而求其次：那您就记住，讲故事跟说话一样，需要停顿，您就画个逗号。讲完一件事，用句号。

娘说：这样行。

她的手稿里，基本上没有句号，只有逗号和实心点。

每隔一段时间，我就把娘的手写稿录入电脑，贴到我博客上。

时间长了，娘忧心忡忡地问我：俺的东西都放到你的博客里了，你的东西还有地方放吗？

她大概以为博客是间小仓库，腾出地方，才能装进东西。我跟她解释，博客的空间大得很，跟大海一样，她才放心了。

每次听到新鲜事物，娘都这么说：现在的人可真能啊。

"溜地瓜"

娘1960年到黑龙江以后，住过没有门窗、没有火炕的宿舍，在那个刚刚建成的土平房里，十几户人家睡在地上，十三个孩子先后出疹子，只有我大哥活下来。后来砖厂盖了十间房的大宿舍，那里有南北两铺长炕，住了四五十户人家。五个月后，爹娘跟另外两家人合伙在附近农村买了一间半土房，在那里安顿下来。娘把这段经历写到一篇作品里，一共写了一千多字。

我：这是三个故事，必须分开写，您重写吧。先写出疹子的故事，再写大宿舍里的故事，最后写三家合买的房子里的故事。

娘呵呵笑：这老师还挺严格呢。

我也笑：对学生必须这样。

娘写完出疹子的故事，跟我说：大宿舍没啥写的，再写还是那样几句话。

我：您想想呀，一间大宿舍住一二百口人，对现在的人来说，这是不可思议的，多好的故事啊。

娘：俺白天出去上班，晚上回去睡觉，有啥写的？

我：你们咋睡觉呢？这家和那家，中间拉帘吗？

娘：拉啥帘啊？能挤下就不错了。都是这家男人挨着那家男人，这家女人挨着那家女人，中间放孩子。那么多人，屋里连个灯都没有。

我：晚上没有灯，起夜咋办？

娘：摸着出去，再摸着回来呗。有的男人摸错地方，女人骂"流氓"。还有的男人摸到空就躺下，讲究点的男人回来了说，"哥们儿，你睡错地方了"。

我：看看，还说没啥写的，这不有了吗？回您屋里接着想，想想就有写的了。

娘：你就是个挤牙膏的，明明没有了，你还能挤出来。

娘写《老广德》，开头写男人的打扮，顺便提了一句，"那时候男人还有留辫子的"。

我：这句话划掉，男人的辫子必须单写一篇。

娘：没啥写的。

我：不行，必须单独写。

娘：真没啥写的。

我：您要相信老师的话，这是个好东西。您总说山东老家落后，咋落后的？辫子最能说明问题。1912年前后，中国男人开始剪辫子。1945年日本人快投降了，百时屯还有留辫子的。这正好说明，百时屯比外面落后很多年。

没过几天，娘笑呵呵地交作业，标题就是《最后的辫子》，她说：你真是个榨油机，俺也真能让你榨出油来。后来又说：你像个溜地瓜的，看见一点须子就紧着往下刨，还真让你溜出大地瓜了。

有段时间，娘写开头都一个模式：

哪年，山东省巨野县怎么了……

哪年，黑龙江省安达市怎么了……

我：这样的开头不行。

娘：咋不行了？

我：您听故事，喜欢别人总用这样的开头吗？

娘：不喜欢。

我：您不喜欢，就不要这样写。

娘：那怎么写？

我：这个我不管。总体来说，怎么写吸引人，您就怎么写。

每次吃饭，我跟娘都边吃边聊，什么话题都有，也相互开玩笑，毫无顾忌地哈哈大笑。

娘说：不知道的，还以为这屋里住了俩酒鬼，天天都喝多。

有时候娘说得正来劲，我说：停！

她愣眉愣眼看我：咋了？

我说：您看看，您刚才讲的这些够不够一篇文章？

娘恍然大悟：可不是嘛，够篇文章了。

娘那天讲起小时候在百时屯海子壕里采蘑菇，说那时候的蘑菇如何多，她和小伙伴如何往家运。

我儿子李一在旁边说：姥姥，单写一篇。

我和娘哈哈大笑。娘说：你真是你妈的儿子。

出书来得太突然

2013年4月，娘的处女作《穷时候》刊发在《读库1302》上。样书未到，三千元稿酬先到。

第二天早晨，我照例问娘：昨天晚上睡得怎么样啊？

娘：光顾着高兴了，一宿没咋睡。你总说俺写的东西好，能发表。俺以为你哄俺，这回来钱了，俺知道是真的了。

我：《读库》在出版界口碑非常好，您的作品在这上面刊发，离出书就不远了。

娘：真的吗？

我：真的。

娘：俺闺女就会哄俺。

第三天中午，我打开电脑浏览博客，突然看到一条留言，对方说他是磨铁图书公司的陈亮，想给我娘出书，如果我娘的文稿字数达到五万，还没有人商谈出版事宜，可以考虑商谈签约。

我赶紧把留言读给娘听，当即拨通了陈亮的电话，敲定出版的事。放下电话，我跟娘笑着紧紧拥抱。我居然能够环抱住她，在我不知不觉间，娘已经变得瘦小。

拥抱过后，娘高高兴兴地去厨房准备午饭，我一个人坐在桌前突然泪如雨下。娘七十多年里经历的种种苦难，我太知道了；娘一笔一笔地画字，一个字一个字地刨自己的故事，我太知道了。

娘的处女作发表后，哈尔滨的读者组团来绥化看娘。有公务员，也有在读的硕士和博士，他们都是《读库》的铁粉。

有个读者问：奶奶，您写的故事里一个成语都没有，也没有形容词，读着却特别打动人，您是怎么做到的？

娘说：你说的这些，俺都不会。

"上货"

2013 年 5 月，我第一次把娘请进我的新闻写作课堂，接受学生采访。

学生甲：爱玲老师跟我们说过，文坛上有些人是"一本书作家"，您会不会是"一本书作家"？

娘：你说的啥作家，俺听不懂。

我：这个问题问得好，像我娘这样的作家特别容易成为"一本书作家"，代表作就是处女作，处女作也是最后一部作品。这要看姜淑梅同学是否努力。

学生乙：姜奶奶，您来黑龙江生活五十多年了，为啥口音没改？

娘：俺怕改了口音，找不到老乡。俺说山东话，老乡一听就知道啦。

从 2013 年到 2016 年，娘四年里出版了四本书。

我问娘：写自己故事的作家，很多人都是"一本书作家"，您为啥不是？

娘：因为俺"上货"呀。

"上货"是娘的专属名词。记者采集新闻素材叫"采访"，作家采集写作素材叫"采风"。娘把采集写作素材叫"上货"，跟小商小贩进货卖差不多。她说：俺是个文盲，不能跟有文化的人掺和。

某次回老家，临走前陪娘走亲戚。吃午饭的时候，表弟说，附近庄上有个姓张的老人家，故事特别多，想听故事的话，下午可以带我们去。

娘马上说：太好了，俺去。

这个表弟打开一瓶白酒。娘说：要是下午出门，你就别喝了。

另一个表弟说：俺们少喝点。

两个人推杯换盏，一瓶白酒都进肚里了。

喝完酒，两个表弟直奔摩托。

我问娘：咱还去吗？

娘问那两个人：你俩喝那么多酒，中吗？

俩人都说：没事，没事。

娘跟我说：去吧，明天咱就走了。

娘坐的摩托车在前，我坐的摩托车在后。看着娘的白发和红衫在秋风中飘舞，我特别后悔，这次"上货"太冒险了，万一有点闪失太不值得。我本应该叫停这次交通违章。

好在一路平安。

那位张姓老人须发皆白，一个下午讲了好几个民间故事。如果有更多时间，我们一定可以上到更多好货。

某天傍晚，我下班回来，不见娘的人影。

人呢？我四处找，答案在一张纸条上：

爱玲我吃完了
我去听故事了

纸条放在小菜板上，纸条旁边还放了一只新切开的油汪汪的咸鸭蛋。

挑战老师

2013年冬天有两次闲聊，娘深深刺激了我。

第一次，娘问：咱俩现在都是作家了，你说咱俩谁写得好？

我正琢磨怎么答复，娘自信满满地说：当然是我写得好，俺的故事比你的好。

我内心不服，但无言以对。

第二次，娘问：你出几本书了？

我：三本。

娘：写了那么多年才出三本书啊？用不了多长时间，俺就撵上你了。

我内心不服，再次无言以对。

娘的第一本书出版后，两个月内加印三次。每次加印，图书公司都通知我，我当即转告她。

娘：你的书加印过吗？

我：没有。

娘：都说你写得好，写得好咋不加印呢？

我：还是不好呗，好就加印了。

说这几句话的时候我心里很酸。如果她不是我娘，如果她不是我教出来的学生，就是一个写字的，我一定会嫉妒她，非常嫉妒！

在娘的刺激下，我开始反思：作为她的写作老师，我到底差在哪里？

我发现，娘的作品接地气，我的作品太自我，总围着自己周边的小生活打转转，太小家子气。

反省之后，我开始眼睛向外，挖掘自己的写作优势，在2016年出版了我的学生故事集《咱们学生》。从2017年开始，我着手绥化学院的贫困生调查，历时五年，出版了非虚构作品《我教过的苦孩子》。

2022年9月，《我教过的苦孩子》加印，我第一时间告诉娘。

娘：太好了，你这本书写得确实好。

我：您以前想过我的书会加印吗？

娘：想过。你的年纪跟俺比差一大截，哪能总写不好？

本来有点小得意，瞬间哑口无言，娘说的这个"总"太耐人寻味了。

有段时间，娘写东西开始用形容词，比如，"我很高兴地说"。

我：娘，您怎么还用上形容词了？

娘：俺学写作都快两年了，咋还不学点形容词？

我：不用形容词，是您的风格，这个风格要保持。那些形容词、副词看着挺好，基本上没用。比如这句，"我很高兴地说：太好了"。把形容词和副词都拿掉，"我说：太好了"。能不能让人读出来您的高兴劲？

娘：老师，我明白了。

我给娘划过写作"地盘"。

我：1970 年以后的事，您就不要写了。

娘：为啥？

我：现在的事您写不过我，也写不过别人，这不是您的写作地盘。要写您就写老故事，那也是您的地盘。

有一回她写了一起凶杀案。这事发生在 1980 年，受害人是我家前院的邻居，失踪数日后尸体浮出水面。案件很快告破，原来邻居偶然看见盗窃团伙分赃，凶手是团伙成员之一，他的亲弟弟。娘和受害人一起干过临时工，知道案子的来龙去脉，讲述生动。

我看完把手稿放到一边，明确告诉她：这个故事我不给您录。

娘：为啥？

我：过去没有电视、网络和手机，这类事大家很少听说，茶余饭后会谈论很长时间。现在这类事整天都有报道，比这更离奇的案子有的是。

娘半信半疑，收回她写的宝贝。

后来，《北京青年报》记者陈徒手老师到家采访，他是作家，也是口述史研究专家。采访间隙，娘说起这事：我感觉写得挺好，俺闺女不给录。

徒手老师看过手稿跟娘说：这篇写得确实挺好，我看不用录，您还是留起来吧。

有次聊天，说起合同制作家的创作任务，娘说：我现在写的这个故事挺好，俺不写了，你写吧，你别完不成任务。

我抱住娘笑了：放心吧，我能完成任务。那是您的地盘，不是我的，我熟悉的生活才是我的地盘。比方说，您写解放济南，写的是您看见什么了，子弹怎么穿过窗户、扎进地里，离姥娘躺着的地方有多远。我要是写的话，就是解放济南的时候，我娘看见什么了。这能一样吗？

娘说：是不一样，俺的故事还是俺写吧。

娘记忆力惊人，作品里有很多鲜活的细节，其中一部分是沉睡的记忆，在写作的过程中被唤醒了。

娘跟我讲：有些事也忘了，一写东西就想起来了。那天，你非让俺写《家族长》。你姥爷当家族长的时候，俺还不大记事呢。俺说没啥写的，你说不写不行。想啊想，想起来不少事。那时候你姥爷吸烟，吸的是巨野县产的洋烟，烟盒两面画的啥，俺都想起来了。

娘最初的手稿里有很多空白，不会写的字都空着。后来她会写的字越来越多，空白越来越少，当然有不少错别字。

娘还经常造字。比如，她认识"开关"的"关"，但不知道怎么写"关押"的"关"。她觉得把人关到门里才叫"关押"，所以给"开关"的"关"外面加了一个门框。她不知道"押"是哪个，就写"压力"的"压"，可能觉得把人压住、跑不了吧。我给她录作品的时候，一看"関压"，就知道是"关押"。

后来我特意查了《现代汉语词典》，确实有"関"这个异体字。她不知道这种写法，但知道这个逻辑。最朴素的想法和造字的人不谋而合。

整理录入娘的作品，看到有个"也许"。

我问：您怎么还用"也许"呀？

娘从书本上抬起头，鼻梁上架着老花镜，很不服气：咋啦？光你能用，俺不能用啊？俺现在也有学问了。

我："也许"是什么意思？

娘：俺知道啥意思，"差不多"。

我：好，"也许"拿下来，换上"差不多"。

娘：为啥？

我：您不用跟别人学这种词，这种词谁都能学会，您用自己的话讲故事，这个别人学不来。您的语言已经有自己的风格了，突然冒出来这么一个词，别扭，不伦不类。

娘：中，俺知道了。

"您是女王"

2016年11月初，我跟娘从冬天飞到夏天，应邀到广州参加中山大学举办的第二届国际作家写作营活动。

11月6日晚上，中山大学有个写作营朗诵会，四位中外作家朗读自己的作品，娘是最后一位朗读者，朗读她的作品《裹脚》。

在此之前，她不知道什么叫"朗读"，她读我听，断句还断不好呢。我教她断句，先把逗号和句号的停顿时间区分开。

还不等继续指导，娘就把我甩掉了：你忙你的，俺自己读。

到了广州，我说：现在我有时间了，您读给我听下吧。

娘回：你别管了，俺想咋读咋读。

上场那天，娘穿了一件带绣花的紫色旗袍，腕上戴着玉镯。她登台先说：今天第一次朗读，俺有点紧张。跟你们不一样，俺没念过书。

她说紧张，但毫不惧场，用山东话开始读，台上有中英文字幕。有时候读到某处，娘还抬头解释几句。再找朗读段落时，她自言自语：俺刚才读到哪儿了？哦，这儿。

活动结束，来自八个国家的八位作家都过来跟娘握手，用汉语说：谢谢！再用英文说：你的故事真好。

还有的说：你真漂亮！你让我看到，人生有那么多可能性。

娘跟我说：这回来广州，俺还能"上货"哩。

我说：够呛，这儿的人说粤语。

娘：啥叫粤语？

我：广东的方言。

娘：让他们慢点说呗。

我们从中山大学出去，路边坐着三个阿姨，娘热情地跟人家打招呼，人家笑而不语。等她们相互间一说话，娘立马泄气了，问我：这是中国话吗？咋跟外国话似的？

我跟娘都带了三件旗袍，每次活动我们都穿不同的旗袍。

娘跟我说悄悄话，样子很得意：这些外国人，都没有咱娘儿俩的衣裳好看。

活动主办方请与会作家共进晚餐，娘在餐桌上跟大家说：我跟你们不一样，俺是文盲。

有人翻译完，英国诗人 George Szirtes（乔治·希尔泰什）说：不，您是女王。

11月8日，参加作家营在中山大学新华学院的活动。我跟娘在中文系有个讲座，主题是"成就彼此的母女作家"。晚餐后，在校内咖啡馆举办诗歌朗诵会，作家和学生均有精彩诵读。回到中山大学老校区，已是晚上十一点多。

大客车不能开进住所，有五六百米需要步行。澳大利亚作家 Merlinda Bobis（梅林达·波比斯）一直在另一侧扶着我娘，不时抒发一下自己的感慨。中山大学外国语学院院长戴凡教授翻译过来：希望我八十岁的时候，也能像您这样，这样漂亮，这样健康。

新西兰作家 Alison Wong（黄益韵）是华裔，爷爷辈外出谋生，从此在新西兰落地生根。她会一点汉语，借助翻译软件和我依稀记得的几个英文单词，我俩可以做简单交流。她一直走在娘的前面，用手机的手电筒为娘照明。

临别，互道晚安。第二天早晨，我们要先行离开，大家一一拥抱。用语言无法表达的依依不舍，用拥抱表达了。

戴凡教授表示歉意，说这几天忙，照顾不周。

娘说：咱是家里人，没啥说的。先把外国朋友照顾好，是大事。

写作带来的问题和改变

写作以后，娘没以前"精明"了。

以前，她整天惦记着一日三餐，每顿饭做啥，咋做，不会差事的。写作以后，她还做一日三餐，但时间经常模糊。

有时我上完课中午到家，娘还抱着沙发垫子写作，头都不抬地问我：现在几点了？没到中午吧？

有时我吃完早饭过去，她放下垫子赶紧起身：呀，中午了吧？俺给你做饭去。

有一天早晨，娘做完老年操，回来写东西，写到八点了，想起来一件事：今天吃没吃早饭呢？

想了半天没想清楚，到厨房掀开锅，早饭一动未动。

午间，娘说起这事，问我：俺现在咋傻了呢？

我说：过去您总说我傻，说我是书呆子，这回知道咋回事了吧？要是脑子里总想着一件事，人都这样。

娘在为第五本书做准备。第五本书里有一部分是鲁西南民谣，还有一部分是民俗故事。

有一天，娘突然说：俺没啥写的了。

我说：怎么可能？民俗故事肯定还有，您至少还可以写二十个故事。

娘反驳：哪有那么多故事啊？一尺布俺做出多少鞋了？你想想，俺十几岁开始学做活，大门不出二门不入，结婚以后天天在家忙活，二十四岁就离开老家了，俺能知道多少事？俺知道的，都写完了。

改天中午做菠菜汤，娘说，菠菜根能治病呢，以前谁谁谁得了肺结核，没钱治病，等死呢，吃人家地里不要的菠菜根，病好了。

我故意问：谁昨天说您的故事都写完了？

娘哈哈大笑。

有些山东老话，娘一直用，这些语言有的夸张，有的精准。

要是我给她倒的开水少了，她就说：你是"卖眼药的"？真小气！或者说：就这点儿？"一虮子眼"！

她热饭，锅底下一定煮点东西，红枣、地瓜、鸡蛋、栗子、木耳之类，装得满满登登，她说这样"惜火"。

做好饭，娘说：吃点吧，喝点吧，吃饱喝饱不想家。

据说，这是以前丈夫劝新媳妇的话。

娘常鼓动我再吃点。她说：地瓜最不扛饿，以前推车子的人都说，"三里馒头五里饼，吃了地瓜拱三拱"。

她去冰箱取东西，想起一样拿一样，拿了两次。

她说：记性不行了，你看，"拉屎尿尿分两回"。

新华社记者杨思琪问：当年您来东北的时候啥情况？

她说：啥也没有，"两个肩膀头扛着一张嘴"，就来了。

某次读者见面会上，有读者试探着问：张老师，什么问题都可以问吗？

我说：是，我跟我娘没有不能问的问题。

读者问：您是作家，又是教写作的老师，姜奶奶的作品您修改吗？

我说：修改，必须修改。我娘的作品像从土里扒出来的瓷器，我要做的是去掉外面的尘土，但我必须特别小心，稍不小心，这件瓷器就碎了。我娘的故事讲述、语言表达、方言使用等，我尽可能保持原汁原味。山东方言特别复杂，有时候，我娘用的方言在《现代汉语词典》里根本找不到对应的字词。这种时候，我会让我娘多说几个相近的词，我一般是比较后再做选择，最好和原来的方言更贴近，普通读者也能懂得。

我是黑龙江省作家协会合同制作家，有一次提起这事，娘问：给钱吗？

我：给。

娘：有啥要求？

我：最低要求是，四年内出版一本书。

娘：这有啥难的？你问问人家俺行不行。

我：不行，年龄限定在六十岁以下。

娘有些扫兴：那完了。

我后来跟当时的黑龙江文学院院长、诗人李琦说起此事，我们都笑。

李琦说：我太希望你妈妈签约了，但年龄规定不能突破。你一定要告诉你妈妈，她是我的偶像。

2018年4月，我跟娘汇报：下个月，省作协组织作家到广东采风。

娘：有你？

我：嗯。

娘：有我吗？

我：没有。

娘有些不信：嗯？

稍停，她心有不甘：嗯！

爱上写作以后，娘劲头十足两眼放光。她跟我的朋友讲：我现在是倒着活哩，越活越年轻。

每天忙忙碌碌，她感叹：这一天天过得咋这么快？一拧哒就过去了。

2022 年 5 月，我跟娘说，已经向学校提交退休申请。

娘：闺女，你退休以后啥都别干，天天去跳广场舞。这些年你太累了，好好歇歇。

我：娘，您从现在开始啥都别干，天天去跳广场舞，好不好？

娘：不好！

我：我也一样，做自己喜欢的事，不觉得累。

2022 年 7 月 1 日，我正式退休，终于有大把的时间看书。我跟娘感叹：越是看书，越是发现自己无知。

娘问：那我呢？

我心里惊了一下，马上说：我说的是学术上的无知，不是生活上，在生活上您多厉害呀。

2022 年 7 月，省作协组织采风，采风范围在哈尔滨周边，必须跟娘汇报。

娘：这次采风的都是什么人？

我：省内的骨干作家。

娘：俺不是骨干作家？

我：这次是年轻点的骨干作家。

娘：哦，俺女儿是年轻点的骨干作家，俺不是。

过了些天，我跟娘说：省作协有个会，我还得在哈尔滨住一夜。

娘：又没我的事？

我：嗯，这次是专门委员会的工作会议。

娘：俺咋总排不上号？

我：专门委员会里没有七十岁以上的。

娘：有一次开会，有个九十岁的作家还去了呢。

我：那次是培训黑龙江籍的中国作家协会的会员，您也去了。

娘：俺不懂。

我：娘，您好像挺愿意去开会，为啥？

娘：管吃，管喝，长见识。

有记者问过我：写作带给姜奶奶最大的改变是什么？

我说：写作给了我娘尊严和自信。以前，她活得很卑微，觉得自己没啥收入，跟谁一起生活就是谁的累赘。现在她有了稿费收入，知道自己是一个有用、有价值的人。

这种改变翻看照片的时候最明显：以前的照片里，娘的眼神总是温柔的、谦卑的；写作以后的照片，娘目光炯炯，神采奕奕，自带光芒。

那场车祸

娘没受过教育，认几个字却不会写，但这并不妨碍我们做朋友。

高考以后，我常一边帮娘做家务，一边陪娘聊天。我讲我五彩缤纷的世界，娘喜欢听；娘讲她酸甜苦辣的历史，我也喜欢听。虽然两道风景不大相同，我们却有了更深的理解，渐渐竟达成默契，我的想法，娘常常第一个举手赞成，我也成了娘生活中的朋友。

出嫁后，我和娘仍有聊不完的话题。有一次我十多天没回娘家，匆匆回去时娘正站在家门口：这回真的是我大闺女回来了。

我听出喜悦背后的屡屡等待与失望，以后忙起来或者外出前就提前请个假。本想省掉娘的牵挂却没有省掉，过不了几天，娘就会赶来慰问或者送行了。

1996年9月下旬，我去北京读书后，爹娘也从家里出发坐汽车回老家。路经秦皇岛时发生车祸，爹当场身亡。我能想象出娘的悲痛与绝望，悲痛中的娘在闻讯赶来的娘家人面前强打精神，然后一个人跑到海边去哭；绝望中的娘多么需要她的女儿和朋友，她却坚决不让人通知我，仅仅通知了我爱人。

朋友泄露消息给我时，已是事后十多天，难过之余，我最担心的还是娘。电话打到秦皇岛，爱人说娘还好，已经回家了。娘很刚强，吃饭时逼着大家吃，还给大家买了许多常用药品。他还强调，娘不告诉我，怕的就是影响我学习，所以千万不能回去。

我服从了，有时服从既是一种违心的无奈，也是一种爱。但是我放心不下，想到娘，心里总阴阴的。

有一天我正在宿舍看书，同学打开门说：爱玲，看看谁来了？

门口站着我的白发亲娘！

我奔过去抱住娘，娘也用力抱住了我，我们都没让自己流泪。

平静下来，娘努力笑了一下：俺来看看你，看见你我就放心了。你看见我也能放心了，是不是？

娘说：俺想通了，你爹去世了，我得好好活，我还有六个孩子呢。我整天难过，我的孩子不是更难过吗？

娘告诉我：你爹去世后，我的孩子都长大了，懂事了。你二哥平常最粗心，想拴他一会儿都拴不住，现在赶都赶不走，半夜出车回来，也要到我的屋里坐一坐。

娘一再叮嘱：像看书一样，把这一页翻过去吧，翻过去就不要再翻过来，没用。安心学习，记住了吗？

娘瘦多了，但我看得出，被不幸击倒的娘已经站起来了，她只需要倾诉，不需要劝慰。娘说她哪儿都不想去，只想和我聊天，我们便在宿舍、在校园、在公园里聊。娘的一个重要计划就是学写字，记些有趣的旧事、新事供我处理。

偶尔有同学或朋友来房中海阔天空地侃，娘便坐在一边静静地听，我有些于心不忍。人家走后，娘却很高兴，说她就喜欢听有文化的人说话，人家说的话就是有道理。

我说：给我们上课的都是大作家，他们讲课更有意思。

娘小心翼翼地说：俺想跟你听次课，好不？

我说：怎么不好？这可太好了！

征得学校同意，在我们的簇拥下，虚岁六十的娘平生第一次走进课堂，坐到我前面，只留给我一头白发。

起初，娘一定有些紧张，把粗糙的左手张开罩在头上，她的头发雪白雪白，很多人惊叹过它的纯粹。坐在一群黑发人中间，娘一定觉得她的头发太惹人注意，与周围的黑发太不相称了，也许还有些自卑。

那次课是苏叔阳先生的讲座《电影·文学·人生》，几分钟后娘的手便落下来，一动不动，她的神情一定像个听话的小学生。

娘，知道吗？您是我最好的老师，顶一头白发站在我人生的讲台上，不必讲什么，不必开口。

成名以后

娘成名以后，有记者电话采访：姜奶奶，您现在是名人了。和以前比，您现在的生活有很大变化吧？

娘说：没有。早晨俺照镜子了，脸上褶子还那么多。

娘从没想过一夜成名，突然被媒体聚焦，我在她身上看到的是幽默和坦然。

"一大嘟噜花"慢慢开

2013年10月，娘的第一本书《乱时候，穷时候》出版后，国内上百家媒体先后采访报道。

接受电话采访时，娘告诉《新京报》记者姜妍：只要活着，一年要出一本书。

稍后，我在网上看到姜妍的报道，标题是《姜淑梅：只要活着，一年要出一本书》。

我吓了一跳，跟娘核实此事。她说：这是真的，俺光要求质量，不要求数量。

我哈哈笑：一年出一本书，数量已经不少了，人家专业作家也不敢这样保证。

娘说：你跟图书公司说，一本书十万字，正好。买书的看着不累，花钱不多，看着正有意思，没了，他们还盼着下本书。

2013年11月初，杭州《都市快报》记者戴维来家采访，进门就问：姜奶奶，您知道您现在有名了吗？

娘哈哈笑：俺要是没名，你能大老远来吗，孩子？

戴维在娘这儿停留两天，每天都跟娘闲聊，有时候还一边闲聊，一边给娘按摩肩颈，是个贴心的晚辈，最后一晚睡在我的床上。她发现，娘的很多手稿写在废纸上，如果是干净的纸张，两面都写满字。

她问：为什么？

娘说：俺写的东西又不投稿，就跟俺闺女见面，写到废纸上就行了。

娘还说：记者采访我，俺提前告诉他们，你们要想采访我，就像采花一样，想采到好花，就要想办法。对俺这个人，你得说家常话。你要是用文言词，俺不懂，答不上来。像咱娘儿俩这样，东北话说是"唠嗑"，在老家说是"拉呱"，这你就能采出好花来。俺不是那么美的花，也把你们给惊动来了，是不是啊？

娘还没学写作的时候，我跟娘和婆婆说：你俩好像都有一肚子花没开呢。

两个人都笑。

娘问婆婆：你还有多少花没开？

婆婆说：都落了，嫂子你呢？

娘说：俺还有一大嘟噜呢。

那天说起这事，戴维问：那些花现在开出来没有？

娘说：才开。

2013 年 11 月，北京"字里行间"书店德胜门店，姜淑梅读者见面会到了自由提问环节。一个女孩子拿到话筒，说起娘的遭遇便开始哽咽，她说了什么，我和娘都没听清。

娘说：孩子，再看我的书不要难过了，不要流泪，事都过去了。要是不经历这些苦难，我也写不出这本书。

2013 年年底，凤凰卫视《名人面对面》节目组来绥化录制访谈节目。

编导问：您在书里讲了很多过去的故事，您讲故事有什么选择标准吗？

娘说：没有。我就知道，打仗呀，挨饿呀，搁在过去平平常常的事，现在都是好故事。

某媒体记者问：您对《乱时候，穷时候》这本书的销量有没有一个期望值？

娘不懂什么是"销量"，也不懂什么是"期望值"。

我把这句话翻译成大白话，娘听懂了，很淡定地说：没有，买书的人多了，就再多印点呗。

跟新华社记者的缘分

2013 年 10 月某日，新华社记者刘彤较早到家采访。他问娘：奶奶，您知道您现在是作家吗？

娘说：知道，俺这不是天天在家坐着吗？说完，娘笑着补充，俺就是爱说笑话。

娘说：前些天，俺回了趟山东，人家说你是不是去采访啊，俺说不是，俺"上货"去了。你到俺这儿采访，也是"上货"吧？

刘彤说：对，我来"上货"。

2016年1月，新华社记者屈婷在北京采访娘。

采访即将结束，屈婷有一个问题：您写了很多过去的事情，回头看，您有什么样的感慨？

"感慨"对娘是个生词，娘笑着问：你这是"慨"到哪儿去了？

我赶紧翻译：您有啥感受？有啥想说的话？

娘说：没啥，战争，挨饿，过去不都这样吗？

这次采访后，新华社先后推出中英文报道，其中一个中文标题是《老妪写史：故事让人心发紧》。

2019年9月，新华社黑龙江分社记者杨思琪、马知遥、谢剑飞来绥化采访娘，三个年轻记者还想看看娘如何晨练，约定第二天四点二十到绥化学院校内等着。

我记得特别清楚，那天是中秋节，我跟娘出门的时候，对面的楼宇只有两处灯光。等我陪娘走到学校篮球场，天刚刚透亮。篮球场东侧有七八种健身器材，娘从路边的器材做起，做着做着，天就亮了，越来越亮，做到吊环的时候天已大亮。

娘在吊环上吊着打"悠悠"，玩了一会儿问：够了吗？不够俺再玩一会儿。

谢剑飞说：奶奶，您再来一次吧。

玩完了往回走，娘跟我说：这回你知道俺运动量了吧？以后再多吃你家饭，不要心疼。

篮球场上空无一人，娘开始在篮球场上转圈，连转十几圈。

记者杨思琪偷偷笑：奶奶在给自己加戏呢。

2019年重阳节前后，新华社陆续推出图片新闻、文字报道、评论和中英文多个版本的短视频。

2021年重阳节前一天，新华社记者杨思琪和马知遥来家采访。

杨思琪问：姜奶奶，您还有什么计划吗？

娘说：俺就是能吹，现在人家都不叫"吹"，叫"梦想"了。我想九十岁的时候办画展。

这次采访后，新华社在多个渠道分别推出不同形式的报道。其中一个新闻标题是《84岁"传奇奶奶"姜淑梅：梦想是90岁办画展》。

CCTV-10《读书》栏目的"回头客"

2013年11月，应中央电视台科教频道CCTV-10《读书》栏目的邀请，我陪娘一同去北京录制访谈节目。

节目录制前，需要简单化妆，敷粉、画眉、涂唇。

化完妆，娘照了照镜子跟化妆师说：俺这辈子还没化过妆呢，你给化得这么好看，春节前俺不打算洗脸了。

等化妆间就剩下我俩，娘说话的时候口型都僵硬了，生怕碰掉口红，后来干脆擦掉。娘跟我说：有这东西，俺都不会说话了。

根据编导黄晶的预先设计，娘先上场，我候场。听见娘的爽朗笑声和观众掌声，我放下心来。

此前沟通情况，黄导有种种担心：姜奶奶上场会不会紧张？她混杂了东北话的山东方言观众能不能听懂？她讲故事能不能像写的那样精彩？没有时间睡午觉，下午录节目会不会犯困？

这类担心我也有，不敢跟黄导打包票。

娘的表现出乎意料，她毫不怯场，就像坐在主持人李潘家的炕头上。有一次李潘打断她的话，被她挥手拦住：你先听俺说，俺还没说完呢。

一小时四十分钟，节目录制完毕，黄导笑颜如花。

我问娘：累不累？

娘有些遗憾：不累，俺还没玩够呢。

娘的第四本书《俺男人》出版后，CCTV-10《读书》栏目再次邀约，黄导让我自行订票，回头报销。

我跟娘汇报：我在网上订了软卧，就差付款了。

娘：软卧跟硬卧差多少钱？

我：两张票差三百块钱。

娘：订硬卧吧。花谁的钱，俺都不舍得多花，没必要。

录制节目的时候，娘跟主持人李潘说：俺是你们这儿的"回头客"。

这期节目的播出时间是农历 2017 年的正月十七，那天也是娘的八十岁生日，中午时我发了朋友圈。

绥化日报社社长宋心海看到朋友圈临时起意，下午召集了"传奇奶奶姜淑梅故事座谈会"。

那是我参加过的最轻松、最高效的座谈会。绥化市文化局、绥化市作协等各方嘉宾聚在报社，畅谈姜淑梅和她的创作，庆祝娘的生日。

娘不懂啥叫"座谈会"，第一次参加。座谈刚刚开始，她突然打断发言：爱玲，把梳子给我。你看照相机一个劲对着我，俺得梳梳头。

《新闻联播》的三分钟

有记者电话采访，越聊越热乎，顺便说：姜奶奶这么聪明，就是起步晚点了，要是当年有机会上学，说不上今天您有多大成就呢。

娘说：不怕起步晚，就怕寿命短。

我给闺密打电话时，顺便转述了这句话。

娘很不屑：又不是啥了不起的话，你还学给人家。

2015年7月，央视记者杨洋来家采访，很不巧，我下午有课。等我下课回家，两个人都等着我呢。

杨洋说：张老师，您快告诉奶奶什么是"座右铭"。

娘也问我：你说说，啥是"座右铭"？

我说：座右铭就是给自己打气的话，三言两语。刚来黑龙江那会儿，您说，"宁可累死在东北，不能穷死在东北"。这不就是给自己打气吗？这是您那个时候的座右铭。前些日子您说，"不怕起步晚，就怕寿命短"。这是您现在的座右铭呀。

娘不明白：这不就是平平常常的话吗？这就是座右铭啦？

杨洋说：对，奶奶，我们要的就是这样的话，您这句话不光给自己打气，还能给别人打气呢。

《我的座右铭》是央视当年精心打造的新栏目，在新闻频道和《新闻联播》同时推出。因为采集的素材不够，杨洋跟同事再次来访。

娘问人家：你们是来"补货"吧？

杨洋说：是啊，奶奶。

补充采访完，杨洋说有位同事特别喜欢"不怕起步晚，就怕寿命短"这句话，想请娘把这句话写在书上。等娘写完，杨洋随口说，同事要把书送给她读初中的孩子。

娘说：给孩子的书，咋能写这样的话呢？不行，不对劲。

大家都说：没事没事，人家要的就是这句话。

娘执意要回那本书，划掉后面那句话，变成"不怕起步晚，千万别偷懒"。

这回她舒心了，说：这句话给孩子才合适。

那期《我的座右铭》节目在央视新闻频道和《新闻联播》先后播出，其中新闻频道的时长是十分钟，《新闻联播》的时长是三分钟。

节目播出后，娘在小区知名度大增，认识和不认识的都跟她打招呼，认识的叫她"姜姐""姜姨""大美女""老顽童"，不认识的叫她"姜老师"。

她跟我说：最不喜欢这个"姜老师"，俺还是小学生，叫啥老师啊，听着不舒服。

CCTV-9 的纪录片

2015 年 8 月，CCTV-9 准备拍摄娘的纪录片，编导孙泗淇来绥化踩点，我让他住到家里，方便采集素材。

泗淇刚入职，工作有热情，一忙就是一天。

到了晚上，泗淇问：奶奶累了吧？

娘说：不累，为了你的工作，一夜不睡俺也愿意。

我们带泗淇去安达那天，刚上出租车大雨就来了。

泗淇说：奶奶，您说点什么吧，叨咕叨咕。

娘说：放心吧，天爷爷是咱家的，处处照顾咱，咱到火车站就不下雨了。他要是忙把咱忘了，那也没办法。

车到绥化火车站，大雨停歇，阳光灿烂，我们三个人哈哈大笑。

2019 年夏天，这部纪录片的后期编导陈欣水联系我，希望娘再画两幅画，一张是 1960 年饥荒时爹从东北回到山东老家的情形，一张是爹娘好不容易拿到购票证，乘坐火车准备离开的情形。

娘跟我说：俺这也是开新课，这些东西俺都没画过。

第一张画比较顺利，娘画爹背着三十斤小米回家，她坐在草墩上，大哥倚在她身边，篮子里都是野菜，地上还有一把挖野菜的小铲子。

第二张画当年的兖州火车站，火车进站了，几个人拖家带口等着上车。

画完几个人物，娘罢工了：俺不画了。火车得画出立体感，这不是难为我吗？俺下楼晒太阳去了，你跟编导说，俺画不好，不画了。

我：好，您先晒太阳去吧。

娘：这几天，邻居找俺玩扑克，俺都没玩，我尽力了。

我：我知道，您快下去玩吧。

我把娘的画都拍给欣水，欣水说：真是辛苦姜奶奶了，这个画已经定型了，就差上色了，最多再补几个小人儿。

娘晒完太阳，我原话复述，娘没吭声。

第二天，那张画已经完成，搁在画板最上面。

娘跟我解释：不画画我干啥去啊？还是画完了吧。

2020年11月，娘的纪录片《寻故事的老人》在CCTV-9首播，我跟娘一起收看。

片尾出字幕的时候，娘问：这就完了？

我：嗯。

娘：这么短？

我：不短了，快半个小时了。

娘：才半个小时呀。

娘每次出镜后，都要在电视机前审查自己的表现，总结自己的不足，这次也不例外。

娘：再上电视，我得精神点。

我：您是不是觉得自己不漂亮呀？

娘：嗯。

我：做访谈节目需要化妆，这个纪录片不一样，是生活记录，本色出场。有时候记者来，我想给您化妆，补下眉毛，涂点口红，您还不让，说您唇色好。

娘：你以后还是给我化吧。

两度《夕阳红》

2017年初秋，CCTV-12《夕阳红》栏目的编导陈艺潼和摄像师来绥化拍专题片，还计划去安达拍老房子和旧砖厂。安达进行旧房改造，父母盖的房子已经被扒掉，他们工作过的砖厂早就停产，大烟囱、旧砖窑等标志性的东西不复存在。

娘跟我说：没意思，到那些地方有啥拍的？你跟编导说，啥都没有，不用去了。

我说：人家就要拍废墟。您知道那些地方变成废墟了，观众不知道。

回到安达，娘站在老房子的废墟上，说起一件又一件往事。

外景拍摄完毕，艺潼说：这几天折腾奶奶了，累了吧？

娘说：是挺折腾的，可俺看出来了，你干这行，够料！

访谈环节录制，选在绥化学院图书馆五楼。那天下午，娘穿玫红色衬衫，阳光斜照，光线正好，白发红衫特别耀眼。

艺潼问：奶奶，您和您丈夫之间有爱情吗？

我在远处看着，心里的答案是没有，我甚至想：娘知道什么是爱情吗？

但是娘非常肯定：有。

艺潼：什么样的爱情呢？

娘：我爱惜他，他爱我，不惜我。

艺潼：嗯？

娘：他喜欢我，一直都喜欢我，可他不惜护我。

2021年1月16日下午，我陪娘做客CCTV-12《夕阳红》特别节目《上网全知道》，做"云上嘉宾"。

娘午睡后梳洗完，我让她躺在床上给她画眉毛。等她坐起来，我发现一高一低，赶紧用湿巾擦掉一侧。

娘下命令：擦干净了。

我回：嗯。

娘补充：我桌上有橡皮。

接到编导的策划案，我一般先放在一边，这类事提前预热没用，娘掉头就忘，时间临近了我才跟娘沟通。

我：这期节目的主题是"儿时"。

娘：啥？耳屎？

我：儿时，就是小时候。

娘：那说小时候不就中了？

我："儿时"是书面语言，这么说显得比较有文化。

娘：知道了，张老师。

《上网全知道》主要是教老年人上网，参与者还有配音演员李世宏、青年演员欧畅、说唱歌手罗欣睿。其中一个娱乐环节是"表情包"，现场特别热闹，可能时长受限编导剪掉了。

主持人徐丛林拇指与食指交叉，做出一个比心的手势，他问：姜奶奶，这是什么意思？

娘说：数钱。

全场笑翻。

世宏老师演绎害羞的表情，说：过去女孩子害羞，主要是两个动作，先掉头，再扭腚，一甩大辫子。

娘纠正：李老师，那是生气，不是害羞。

主持人漆亚灵：姜奶奶，您展示下什么是害羞。

娘头一歪，手一遮，想看人还不好意思看，偷偷往外瞄一眼，大家都笑了。

录完节目，娘跟我说：以前的女孩子，头一次看丈夫，就是那种表情。现在的女孩子，已经不会害羞了。

走进《欢乐中国人》

2017年秋天，《欢乐中国人》的编导王一筱联系到我，邀请我们和小妹家的孩子参与节目。

我当时拒绝了，小妹的大女儿王录大学毕业，要考教师资格证，小儿子王习同上二年级，刚刚开学。

2018年寒假，CCTV-1推出《欢乐中国人》新节目，一筱让我跟娘关注下。当晚我忙着改论文，娘全程看完节目，说节目太好了。

一筱再次邀请，想让我们参与节目。

娘：去，为啥不去？都放寒假了，你还没时间吗？

我：这个节目录制时间会很长，人家会根据你的故事编剧本，你得像演员似的背台词，反复排练，再演出来。

娘：挺好玩的，咱去玩呗。

《欢乐中国人》节目组有个例行的前期调查，在电话里进行。

问：从小到大最有成就感的事是什么？为什么？

娘：写作，因为名利双收。

问：从小到大最遗憾的事？

娘："遗憾"是啥？不懂。

我：就是最可惜的事。

娘：没上学。

问：最难忘的事？

娘：挨饿，差点没饿死了。

问：最亏欠家人的事？

娘：对不起父母，那时候穷，挣钱少，给不了他们几个钱。现在有钱了，他们不在了。

问：为什么受邀参加节目？

娘：我看了你们的节目，感觉挺好，再说，你总打电话。

问：参加节目有什么诉求？

娘："诉求"是啥？不懂。

我：就是愿望、期待。

娘：有出场费吗？

大笑过后，提问继续：自我评价？

娘：四年级小学生。

问：为什么是四年级？

娘：俺从2012年开始学写作。

问：现在都2018年了，怎么还是四年级？

娘：哦，那就是六年级小学生了。

升级版的《欢乐中国人》内容分两块，一块是小品，人物演绎自己的故事；一块是真人秀，人物跟嘉宾对话。

娘毫无压力，跟我讲：活到老，学到老，差一样不会不算巧。

俺这回又学一样，当演员了。

小品剧本确定后，我们跟导演曲直碰头。剧本文档字号小，娘看不清，她的角色由节目组的人代为朗读。

听了一遍剧本，娘跟大家说：咱们都有一个共同的目标，就是把这事做好。这个剧本俺听着没劲，观众也不能喜欢。

曲直问：那怎么办？

娘指着我说：让她弄，她能弄好。

我赶紧说：娘，编剧我不擅长，现在的剧本是行家写的。

我跟大家说：这里有些语言，不属于我娘的语言体系。

曲直说：大的框架基本这样，细节都可以改。

由曲直主导，我们一起对剧本进行增删，剧本短了，也精彩了。

根据我的意见，剧本添加了一段民谣：小白鸡，挠草垛，客人来了哪里坐……

娘说了一遍，逗得大家哈哈笑，都说：好，就加上这个。

曲直说：奶奶，您把这个民谣再说一遍。

娘说：好！你编的话俺不会说，俺说的话你也学不会吧？哈哈。

我跟娘待在住处，一边熟悉小品的台词，一边对内容做微调。调整以后，娘一遍遍地看剧本，她自说自话：是俺想来的，是俺想演的，俺得好好备课。

在北京的半个月，我每天晚上辅导王习同写日记，他的日记越写越好，越写越长。

有回写完日记，习同把日记本交给我：大姨，你把我的日记拿去看吧。

我说：一般人都不愿意让别人看日记，你这么信任我，谢谢你。

习同说：不客气。

歇息的时候，我给娘读了几篇习同以前的日记。

娘评价：这不是日记本，这是记账本。

我们住的度假村院里停着一台大型商务车，录录介绍：姥姥，那是保姆车。

娘：咋？专拉保姆的？

录录：那辆车能像保姆一样给明星提供日常需要，化妆呀，休息呀，做饭呀，这才叫保姆车。

娘：俺说呢，一个保姆咋能坐那么大的车？

小品第一次联排，我的服装是一件白色纱料衬衫，黑色长裤。

第一遍走场，娘几次忘了台词。

停歇的时候，娘问我：你冷不冷？

我把手伸给她说：不冷，我下身穿得多。

娘说：俺就惦记你了，光怕你冻着。

我笑着趴到她怀里，叫"亲娘"。

第二遍联排，娘很出彩。

导演曲直一个月前刚做完颈椎手术，他说：奶奶，看到您今天的状态，我的颈椎病都好了。

真人秀开始，撒贝宁、海清、李晨、赵雅芝都夸娘漂亮，娘跟撒贝宁说：俺过年不回家了，上你家过年去，我就爱听人家夸我。

撒贝宁：那我真是求之不得，俗话说，家里一老，如有一宝。

后来撒贝宁做点评，说了很多，娘一脸茫然：俺没听懂。

我：撒老师，您说的"欣慰"，我娘不懂什么意思。

撒贝宁：那您今天高兴吧？

娘：高兴，以前光在电视上看见你们，这回见到真人了。

撒贝宁掌控真人秀部分的节奏，他看聊写作聊得差不多了，要收场：今天，我们非常高兴地见到姜奶奶……

娘着急了，抢话说：我还有个小梦想呢。

撒贝宁：您讲。

娘：我现在是作家，九十岁之前我一定是画家。

打开画画的话题后，娘还说：我要是成不了画家，我就生气呀，把我气得呀，不死啦！

下场后，编导们乐坏了：奶奶太棒了，他们不起头，咱们自己起。

节目录制那天，没时间午睡，化妆、联排、录制、补录，从中午十二点忙到晚上八点。光是那个小品，娘就演了三遍：彩排一次，现场跟助演合作一次，又跟我合作一次。

我：过瘾吗？

娘：还行。

我：下次这样的活动还参加吗？

娘：参加，为啥不参加？

我：您这次是女一号，知道什么是"女一号"吗？

娘：知道，这次你们仁都是跟着俺来的，俺就是女一号呗。

那期《欢乐中国人》2018 年 4 月 7 日在 CCTV-1 播出，亲友们都点赞，说老娘的表现太精彩了。

娘自己总结：俺给自己打八十分。

我问：为啥？

娘回：不圆满，很多想说的话，俺还没说哩。

玩嗨的舞台：《开门大吉》和《回声嘹亮》

2019 年 5 月，收到 CCTV-3《开门大吉》编导的微博私信，他们想邀请娘参与节目。我问娘的意见，她说必须去。编导随后打电话，约定时间在 5 月下旬。

娘：是小尼来的电话吗？

我：不是，是编导。

娘：我啊，猜到五千块钱就行，见好就收，不找外援。

我：那不行，人家主要想让观众知道您的故事。我们就在第二现场。您不用外援，我们哪有机会说您的故事呢？

娘：噢，不用你们还不行呀。

第二现场，除了我以外，还有我的鲁院同学王梅、刘洪文，娘的粉丝王凤敏、王超颖母女。

娘说：三王保驾，我肯定能多猜几首歌。

5 月 30 日下午录制《开门大吉》，候场的时候，娘看见小尼的搭档，他的角色是卡通人"登登"。

娘说：呀，你是人呀，我以为你是机器人哩。

人家说：奶奶，您真可爱。

刚上场，有点乱。娘准备的自我介绍被小尼打岔，没说几句，她已经从写作说到画画了。

小尼善意提醒：咱先别说了，都说完，一会儿说啥呀？

娘说：好。

下场后，娘跟我说：俺想跟小尼说，放心吧，俺说三天三夜不带重样的。再一想，跟主持人就别吹啦。

娘在《乱时候，穷时候》的扉页上题赠：

送给又帅又善良的小尼：

  主持节目笑嘻嘻，

  我从心里喜欢你。

小尼调侃：不光您这么看，全国人民都这么看。

两个人的现场对话，跟说相声似的。

小尼：您到底多大？

娘：我今年二十八。

小尼：您真的二十八岁？

娘：你真笨，倒过来不就中了？

小尼：我知道您的耳朵不太好，待会儿给您放的音乐声音会大一点。

娘：最好多放会儿。

小尼：把歌名告诉您更好了呗？

娘：那是不可能的。

在小尼的启发下，娘猜出三首歌，第四首歌是《快乐老家》，用了第二现场的求助，获得五千元家庭梦想基金。

小尼：下扇门您还走不走？

娘：我想走，不敢走了。

小尼：怕猜不中奖金被收回？

娘：对！

录完节目，娘总结：要是满分一百，俺这次给自己打六十分。

我：咋打那么低？

娘：开头我忘了跟观众问好，自我介绍也不好。

我把娘的打分告诉编导王小美。

小美：分数太低，我觉得可以打一百分。

我：我这学生严格要求自己，未来可期吧？

小美：未来可期。

2019年7月16日下午，我陪娘参加CCTV-3《回声嘹亮》特别节目录制。主持人是李思思，现场嘉宾是刘和刚。

李思思：听说您学认字的时候，也唱一些老歌？

娘：嗯。

李思思：有家乡的歌吗？

娘：有。

李思思：您能给我们唱一个吗？

娘：唱得不好，刘和刚在这儿，俺更不敢唱了。

刘和刚：没事，奶奶，您唱歌的时候，我还没出生呢。

娘：俺唱得真不好。她一指刘和刚跟李思思说，他唱歌要钱，我唱歌要命啊。

现场观众哄堂大笑。

开罢玩笑，娘唱了两段《沂蒙山小调》。

娘：我要当四个家。俺现在是作家，我还想当画家、书法家。

李思思：作家、画家、书法家，好像还差一个。

娘：俺还想当老人家哩。

现场观众热烈鼓掌。

娘：俺闺女说我一百三十岁的时候有个坎儿，俺都害怕啦，俺怕完不成这些任务。

李思思：姜奶奶，没问题！一百三十岁只是您的初级目标，您的终极目标应该是一百五十岁。

娘：好！

录完节目，娘给自己的表现打八十分。

我：为啥？

娘：俺忘了件事，忘了夸你这个老师几句。俺都准备好了，还给忘了。

我：不用夸。您往那儿一站，就是对老师最好的说明，还用夸吗？我也一样。我这个女儿往那儿一站，还用夸她妈妈咋样咋样吗？

一小时后，娘改了分数：还得扣掉十分，打七十分吧。

我：这又为啥？

娘：俺没有经验，唱歌的时候，表情不自然。

我：这样更好，更真实。假设您的表情像个歌唱演员，反而很假，不自然了。

娘在新书《拍手为歌》上写的赠言是：

送思思：

不怕起步晚，

千万别偷懒。

2019年七月16日

娘写时间的时候很随意，经常这样汉字和数字混搭，丢下月份也属正常。

节目播出后，我拍照发了朋友圈：姜氏签名，无法复制，特别认真，有点任性。其实，这也是她的文风、画风、舞台风。

娘与老家媒体人

2014年春天，山东卫视的两位记者登门采访，娘在门口迎候，第一句话是"你们咋才来呀"，神态像跟亲人撒娇的孩子。

人家说：奶奶，主要是离得远。

娘说：香港的凤凰卫视比你们远不远？人家都来采访俺了。

撒娇归撒娇，老乡登门，娘格外高兴，晚上在家待客，娘好久不端的酒杯都端起来了。

2015年1月，我陪娘赴菏泽录制菏泽春晚。春晚导演组设计了主持人的现场采访，他们给娘准备好一段台词，想让娘背下来，娘背不下来。

我把台词分解给她讲，她还是背不下来，说：俺就是不会学话，教给的曲儿唱不得。

彩排两次，娘说了两样，都不是人家准备的台词。

导演组的人跟我沟通：从最后一次彩排看，节目时间过长，需要整体压缩，现场采访这块就不让姜奶奶说了，她跟观众打个招呼就行，相关内容由主持人说。

我把导演组的意图转达给娘，娘有些失望，说：行，听人家安排吧。

节目正式录制那天，采访环节主持人说，娘就是"传奇奶奶"姜淑梅，已经出版了两本书，让娘跟观众打个招呼。娘顺带做了一句话广告：我第三本书已经交稿了。

菏泽春晚导演组有位老师姓毕，周围人都叫他毕老师。

娘跟毕老师闲聊，得知毕老师熟知历史，娘问人家：毕老师，我闺女把七十五岁的文盲老娘培养成作家，在中国的历史上有几个人？俺得排第几位啊？

毕老师说：中国历史上，你们排第一位。

为这事，娘高兴了很多天。

2015年10月底，《大众日报》记者逄春阶携山东特产来绥化采访，娘跟他一见如故，直接叫他"大侄子"。

两天后，逄春阶打电话跟我道别，说他已经订了中午的车票，不再打扰。

娘说：不中！告诉他必须来家，我现在就包饺子，吃了俺包的饺子才能上车。"上车饺子下车面"，这是东北的规矩。

等逢春阶进门，娘已经做好四个菜，韭菜鸡蛋水饺等着下锅。

娘嘱咐我：拿大碗，我要跟你哥喝酒！

我很听话，找出家里的二大碗，把白酒倒进碗里，看两个人对饮。酒真不多，二两左右，倒进大碗以后，喝酒的时候平生了几分豪迈。

娘蘸蒜泥的时候，把饺子蘸到酒碗里：我还纳闷呢，今天的饺子怎么不对味呀？高兴得我呀糊涂了。

2019 年 9 月，我们参与齐鲁电视台《我的青春之歌》节目录制。

出发前，我突然想起来：导演想让您写几个毛笔字——"我的青春之歌"——您写了吗？

娘：写了，写在废纸上。

我：要写在宣纸上。

娘：那你给我裁一小块纸吧。

我：那怎么行？必须用一张。

娘：就这么几个字，太浪费了。

齐鲁电视台工作人员接机后，直接拉着我们去录音室录歌。

录音室是老房子，卫生间窄小，蹲便，娘用完站不起来，喊我过去帮忙，我把她抱起来。

娘：刚才，俺差点种在这儿。

我："种"是啥意思？

娘：生根，开花，结出一串老太太呗。

娘在《我的青春之歌》唱的还是《沂蒙山小调》。

主持人：您为什么选这首歌？

娘：老家有句俗话，"老猫老狗思旧家，八十岁的老妈妈思娘家。"山东是俺老家，回到老家必须唱老家的歌。

主持人：您今天唱得好吗？

娘：不好，跟我躺在家里沙发上唱得差不多。

节目录制在章丘，山东传媒职业学院演播厅。一起去演播厅走场的，还有一位中年女士和两位年轻人。

真人亮相，我大吃一惊，这位女士是河北农民，一边带孙子，一边学跳钢管舞，跳得极好。

我悄悄说：没看出来，她这么厉害。

娘悄悄回：到这儿来的，谁没两下子？

这位女士时不时地问年轻人：老师，这样行吗？老师，这样好吗？

两位年轻人随时指点。

娘悄悄说：她也是带着老师来的。

节目录制过程中，有个例行采访。

主持人：青春里最大的遗憾？

娘：没念书。

主持人：回忆青春，有什么感慨？

娘：我的青春跑得太远了，俺得使劲追。

2019年9月20日晚，我陪娘做客山东大学文学生活馆，主讲题目是《民间写作的可能性》。

《济南时报》记者钱欢青主持活动，我的身份也是主持人，主导话题。下午五点，山东大学谢锡文教授跟钱欢青一起来学人大厦，我们四个人一起吃晚餐。

娘说：小钱呀，俺一看见你，眼睛都大了，这就是见钱眼开吧。

当晚的活动座无虚席，后来者只能站着听。谢教授事后说，没想到来这么多人。

我先讲这些年民间写作的几个清晰指向，娘大概觉得无趣，接过话题：张老师累了吧？你歇会儿，俺接着说。

娘讲她的个人写作过程、故事片段和"上货"经验。

那场活动特别顺畅，快结束的时候娘说：这个大学这么好，让我一个文盲过来讲课，这是天大的笑话。

钱欢青说：不，今天姜奶奶和艾苓老师一起给我上了一堂新闻采访课、文学写作课。

拾　荒

哪个小区都有几个捡东西的老人，没想到我娘也加入其中。

娘捡东西时，已经是网红作家"传奇奶奶"，在小区里有一定的知名度，但她对此全不在乎，该咋过日子咋过日子。

有户人家装修，扔出来的废弃物里有两块边角残缺的纤维板，娘如获至宝。她捡回来擦干净，画画的时候放在桌上当垫板，其中一个太丑，她还用不能穿的旧背心在外面糊了一层。

从那以后，娘捡东西上瘾了。

春天，她捡过三四斤山核桃、一斤多花生米，扔东西的人把它们放在一个购物袋里。

这些东西并无异味，我跟她一起消灭掉。

端午节前，娘捡过十几个本地鸡蛋，还有包装完好的两联咸鸭蛋。回来打开鸡蛋，蛋清黏壳，鸭蛋也过了保质期。

我：娘呀，这些东西存放时间太长了，好东西谁会扔呢？以后您别捡了。

娘：你就说，炒出来的鸡蛋好不好吃？

我：挺好吃的。

娘：这就中。有钱人家讲究，咱不讲究。

我：关键是，咱家不缺鸡蛋，也买得起鸭蛋。

娘：保质期刚过，吃了没事。

我：好吧，您要知道，我这是舍命陪君子。

娘笑着纠正：你这是舍命陪你娘。

有人把沙发垫子打成捆扔出来，娘捡了想当打扑克用的垫子。打开看了还挺好的，铺到自己沙发上，说是跟家里现有的沙发垫子替换着用。

用了一段时间，跟我说：这垫子太滑，总往下跑，怪不得人家不要了。

不等我接话，娘掀开垫子说：你看，俺想到好办法了，不让它们打滑。

娘的好办法是，在沙发暗处缝扣子，在垫子暗处缝扣绊，把它们扣在一起。

夏天，她捡过一袋蔬菜，里面有黄瓜、小葱、青椒和二三斤豆角，她猜想，扔东西的人大概要出门，怕这些东西放在家里坏了。

有个傍晚，她出去溜达，垃圾箱附近有半桶豆油、三根老黄瓜、两三个茄子，娘都捡回来。还跟我说，垃圾桶上面还有一袋鸡蛋，家里有，她没捡。

我：您捡的这些东西，咱家有它不多，没它不少，您把东西留给有用的人吧。

娘：我有用。俺捡的东西不都用上了吗？

我：有的家庭困难，人家更需要它们。

这句话对娘有用，她很少往回捡东西了。

娘这代人，亲历过饥荒，生活特别朴素。人到老年，捡物成癖的不只她一个。

有个大爷比娘年长两岁，退休工资五六千，住在一楼，院子很大。他每天起早工作，手里拿着钩子，手臂搭着袋子，身后跟着一条狗。每隔几天，他都去废品收购部卖废品。有一次他捡到装了三千块钱的包，直接交给物业公司。

后来，儿子和女儿两家都去了南方某地，把大爷和老伴接走，他家的窗户上贴出卖房广告。

两年后，这位大爷和子女一起回来了，主要原因是，他天天闹着回来，要继续他的事业。如今，八十八岁的老人家每天继续他的生活，手里拿着钩子，手臂搭着袋子，身后跟着一条狗，腿脚轻快，时不时哼唱两句什么，都不成调。

没见过老人家的儿子和女儿，更没见过他的儿媳和女婿，但我觉得这个家里的每个人都很了不起。老话说，孝易顺难，他们一同成全了老人家的心愿。

"名人"与"人名"

2016年1月,娘到北京领取"2015年度华文好书评委会特别奖"。

娘在颁奖现场说了一句话:俺是这些作家里最年轻的作家。

下来以后她说:俺说的这句话大多数人听不懂,不是俺岁数年轻。跟他们比,我写作时间最短。

某卫视来绥化录外景,据说外景导演很厉害,提前准备好脚本,娘的同期声内容都设计好了。

导演跟娘说:您只要按照我说的做,就 OK 了。

娘私下问我:啥叫 OK ?

我解释:中、行、可以,他说的是英语。

娘问:他不知道俺是个大老粗吗?

我说:大概不知道。

外面夕阳正好,导演已经在小区支好摄像机,调好镜头。他开始给娘说戏,一句一句地教娘说话。

娘说:你说的这些话太假了,不行,俺不说。

我跟导演解释:你准备的语言跟我娘的语言不是一个语言体系。你让她知道你的思路就可以了,让她用自己的语言表达,可能比你设计的还精彩。

导演说:OK,OK。

这回,娘对着摄像机滔滔不绝,导演高兴了,偷着向我竖起拇指。

2018年6月中旬,河北卫视邀请,让我们半个月后过去录制《中华好家风》。

到石家庄后，有一天空闲时间，我先带娘去了正定，看古城，尝当地小吃。

在正定尝了烧卖和饸饹，娘说：赶紧回宾馆歇着，别忘了咱是来干啥的，不能耽误正事。

《中华好家风》的主持人是方琼，很有亲和力。录制现场还有五位家风观察员，经常发表各自的点评。

节目录制很顺利，一个多小时搞定。

娘感觉不过瘾，私下跟我说：净让他们说了，俺都抢不过他们。电视台请咱来，咱不得多说点吗？

8 月 27 日节目播出，我跟娘一起看完。

娘说：这期节目弄得挺好，没让他们说那么多。

澎湃新闻记者于亚妮曾经来绥化采访，停留五天。

这女孩子跟别的记者不一样，上午采访，下午休息，说不能让姜奶奶太累了。

回去整理完采访素材，她再问编辑，问父母，问好朋友：你们还想了解什么？

第二天，她带着那些问题坐到娘的沙发上，继续打捞。

亚妮：写作给您的生活带来了什么改变吗？

娘：第一个，舍得花钱了；第二个，天变短了，一天天过得可快了。

亚妮：听说您开始画画了，谁是您的老师呀？

娘：俺的身体是俺的老师，有时候人的动作不会画，俺翻来覆去想，用自己的胳膊腿比画；不认识的画家也是俺的老师，我看人家的画，画得好的地方学着点。

亚妮翻看了娘的早期涂鸦和近期画作，说：您越画越好。

娘：这是真的。

亚妮：您咋做到的呀？

娘：干啥指望啥，卖啥吆喝啥，没事琢磨呗。

亚妮：奶奶，您现在是名人了。

娘：俺现在的名，才是个名了。

娘解释：小时候，家里人都叫俺四妮。姜淑梅，是俺结婚登记前大哥临时给俺起的名，写在百时屯给开的介绍信上。大哥跟俺说，明天登记人家喊姜淑梅，那就是叫你呢。登完记，这个名就不用了。结婚以后，娘家人叫俺"老张"，婆家人叫俺"富春家里的"，有了孩子叫俺"小孩他娘""来顺他娘"，邻居叫俺"嫂子""婶子"。来东北以后，就落户口、做临时工的时候，用过这个名。有个侄子对俺好，春节和生日他场场不落，叫我"大娘"叫得可亲了，叫了四十多年，俺第一本书出来后，他才知道俺叫啥。

娘总结：我现在有名了，俺叫姜淑梅。

八十岁开始画家梦

翻看娘的画稿，经常有句话从眼前飘过：只要有梦想，什么时候都不晚，哪怕已经八十岁！

涂鸦是有原因的

2014年冬天，绥化跟往年一样大雪封门，一天比一天冷。

娘有一天告诉我：爱玲，俺没货了。

我知道她的心思，说：现在外面冰天雪地，您先别出去"上货"了，我不放心。我现在课多，等放寒假，我带您到农村"上货"去。

娘：中，俺知道你忙。写东西写惯了，没啥写的了，没意思。

我：您先看书吧，看看人家咋写故事。您还可以去小区活动室，那块人多，说不定还能"上货"。

娘：俺去过。那块有玩扑克的，有打麻将的，有唱歌的，乱哄哄，上不了"货"。

我：要不，我给您买盒彩笔，没事画着玩吧。

娘：中。

2015 年初，编辑想请人给娘的新书画插图，想不出来哪个画家合适。

我告诉编辑，我娘不会画，可她年轻的时候会剪纸，有剪纸功底。编辑说可以试试。

娘画了两天，有些懊恼：不中，俺不画了，你看看，俺画啥不像啥。

我说：您要是一拿笔，画啥像啥，画家都得饿死了。慢慢来，反正时间长着呢。

娘又涂抹了一个下午，终于没有耐心：你马上给编辑打电话，插图他爱找谁找谁，我不学了。

我没打这个电话，写了封电子邮件，想了想，保存到草稿箱。

第二天我刚进门，娘就说：我画不好，还画不孬？画得不好，人家不放到书里不就行啦？

我说：这就对了，反正您学画画呢，画着玩呗。

娘说：可不？

我故意问：昨天您是怎么说的呀？

娘嘻嘻笑：张老师，我错了，俺给你鞠一躬吧。

出版方急于推出第三本书，书里没放插图，"姜淑梅涂鸦"却正式开始了。

姜淑梅涂鸦从花卉开始，荷花、牡丹、玫瑰、喇叭花，无限循环。

待她用笔熟练，我马上叫停：不要再画这些花花草草了。

娘：为啥？

我：这些花花草草，小学生都会画，比您进步快。

娘：那你让我画啥？

我：像您写书一样，画就画那些别人不知道的事。比方说，石碾、磨盘、棉车子，这些东西啥样，很多年轻人不知道。

娘：好了老师，我知道了。

我以为娘会画这些简单的静物，娘画出来的却是过去的生活场景和人物，我说：太好了，一点点画吧，您过去生活的村庄什么样，有哪些风俗，您都可以画出来。

被老年大学拒绝以后

听说，社区老年大学美术班招生，我去给娘报名。

看门大叔拦住我：你想给谁报名？

我：我老娘。

大叔：多大了？

我：八十岁。

大叔：我们这儿只收七十岁以下的。

我：你们这是歧视老年人。

大叔：不是歧视，想报名的人太多。要是收一个八十岁的，那些七十多岁的都得找上门，我们招架不了。

报名遭拒，我回家告诉娘，娘说：没啥，俺自己学。

根据专业人士指点，我给娘买了各种画册，有农民画、风俗画、国画、写意画等。画具也添置了很多，蜡笔、毛笔、油画棒、彩色碳素笔等，她想玩哪样玩哪样。

娘不断叫停：别买了，别买了，还不定画啥样哩，花这么多钱！

我说：这些画册多养眼呀，我以后没事翻着玩。

娘说：那中。

2016年9月，受"一席"邀约，我跟娘去长沙做现场演讲，入住湘江边上的万达文华酒店。

稍事休息，工作人员带我们和活动负责人衔接。

离开房间后，娘问：你刚才注意到啥了？

我说：那个房间视野特别好，能看见湘江，还能看见岳麓山。

娘说：俺没注意那些，俺注意到墙上有个画，画得特别好，刚才忘了让你拍下来。

从那以后，外出的时候娘经常给我下达指令：把那个画给我拍下来。

朋友来家，娘把新画拿出来，跟人家讲画里的故事或民谣。

朋友说：老人家，您这又写又画的，千万别累着。

娘说：你放心吧，俺都这个岁数了，对不起自己的事，我不干。

娘画过去的民俗，画里有个男人打伞，把上半身遮去。

我：您画的伞不对，跟我现在用的伞差不多。过去的伞是这样的吗？

娘：过去用油纸伞，跟现在的差不多。

我上网搜，发现油纸伞骨架密，都是竹子的，让娘过来看看，跟她说：您重画吧。

娘不服气：要是心眼小，早让你气坏了，写不好让重写，画不好让另画。这回俺就不另画，改改吧。

第二天早晨，我看到的是重新画的人物和伞。

娘画完画，在画上写说明，经常出现错别字，写错了还得刮掉重写。

我说：以后往画上写字，我必须把关，我同意了您再写上去。

娘说：好。

那次，娘写的文字说明里，有个不必要的逗号，我像批改学生作品一样习惯性地圈出来，接着画了删除符号。

娘拿过纸条：我照这个写？

我说：对呀。

娘看了半天，指着删除符号问：你这几个圈咋画的？俺是不是也照着画上？

我突然意识到这个学生太特殊，她根本不知道什么是删除符号。

我说：这个是删除符号，意思是圈在里面的东西不要了，您不用照着画。

娘天天下楼，上午或者下午，跟小区里的阿姨玩扑克。

娘跟人家说：只要三缺一，你们就按门铃叫我。

经常有阿姨按门铃或者打电话。

只要有人可以替换，娘马上回来，继续写写画画。

娘跟我说：她们整天玩扑克，多腻啊。

邻居有个叔叔喜欢画画，专门上过老年大学书画班。娘听说了，带着自己的画过去交流。

回家后，娘跟我说：他今天看了俺的画，说俺的画还是小儿科。

我说：听您的口气，好像不服气呀。

娘果然不服气：他就会画鸡，画得还不如俺呢。

偶尔闲聊，娘说：俺结婚的时候，夏天也得穿棉袄棉裤。棉裤都是家里做的，做得薄，大棉袄是租的，可厚了。

我：您一定要把这事画下来，这种民俗画最好了。

娘：咋画呀？

我：您可以画上轿，也可以画下轿。

娘：俺画下轿。

过了几天，我看见娘已经把花轿画完了，花花绿绿的轿子被她放在右下角。

我：娘，您画得不对。

娘：咋不对啦？

我：轿子太靠边了。轿子和新娘要尽可能往中间画，这些是主角啊。

娘：画在这儿不也能看见吗？

我：看画的时候，谁先看边边角角？不都是先看中间吗？

娘：你早怎么不说？俺都画好几天了。

我：早您也没让我看呀，我刚看见。

娘：那就另画吧，老师说不行，咋整呀？

过了几天，娘画完结婚场面，让我挑毛病。

我：挺好，就是看热闹的人少了点，稀稀拉拉的，人多才对。

娘：你说得对，俺往上添人。

那幅画，娘一共画了形态各异的四十七个人。

画完下轿，娘说：以前结婚，新媳妇脚不能沾地。

我：这怎么能办到？

娘：新媳妇坐到凳子上，两个娘家人给抬到轿子上。

我：您就是这样上轿的吗？

娘：嗯。

我：这个好玩，您一定要把这个场面画下来。

娘：好，俺也觉得好。

画画以后，娘晚上看电视，经常看书画频道。

她评价：有的画家画得真好，有的画得乱七八糟，比俺好不到哪儿去。

翻看娘的第五本书《拍手为歌》，我有个好玩的发现。

我：您的插图里，还有裸体画呢。

娘：啥叫裸体？俺不懂。

我：就是光腚呀。您看这个《打丈夫》，新媳妇和小丈夫都光腚。

娘：那时候就这样。有的孩子太小，给戴个兜肚。剩下的睡觉都光腚。光腚是光腚，女人的小脚上得穿软鞋，那时候兴这个。

我给娘买的画册里，有齐白石、丰子恺、老树等的个人画集。

娘评价：丰子恺的画比老树的好。

我：好在哪里？

娘：丰子恺画的人各种各样，老树画的人都差不多。

我：我再给您买点画画的书吧。

娘：不用了，这些书够我看的了。过了一会儿，娘补充，学校图书馆要是有好画册，你可以给俺借回来。

娘准备给她的民间故事画插图，这本书的初步定位是童书。

我：您现在是给孩子画插图，颜色上可以更新鲜点。比方说，您以前的房子画得都一样，这就不好看。

娘：房子就是一样的，还能咋画？

我：年代不一样，房子不一样。每家穷富不一样，房子也应该不一样。

她新画的房子出现绿瓦。

我：以前的房子是绿房顶吗？

娘：不是。你不让俺画得新鲜点吗？再说，故事里边这家过得富有。

我：那也要尊重事实，好像寺庙才用绿房顶。

娘：对，寺庙房顶用琉璃瓦。

我：您先别画了，停一停，看看别人咋画房子。

娘很不情愿：好不容易画的……

我：每次返工，您都越画越好，是不是？

娘：这倒是。

民间故事画告一段落，娘跟我说：俺没啥画的了。

我：怎么可能？您可以继续画老家风俗啊。

娘：风俗也画完了。

我：不可能。

我翻了翻娘的书，列出个单子：正月初七送火神，正月十五新媳妇躲灯，婚丧嫁娶……

娘：你就像老师给学生出作文题，俩字或仨字，自己写吧。

我：对啊，老师就这样。

娘：你说着挺简单，这些都不好画。

我：您不是专门玩不简单的吗？简单的没啥意思。

娘：对！

我跟娘讲我的学生作品，提到四川早年婚宴习俗是"八大碗"。

娘：东北以前也是八大碗，八样菜。山东不这样，山东顶多十个菜，要不就是六个菜、四个菜。谁家要是上八个菜，来客扭身就走，那是骂人哩，狗上桌子——扒打碗。

我：好，就画这类习俗，先画山东的，再画东北的。

娘：中，张老师真有一套。

前几年，我给娘买了几本摩西奶奶的书，其中有一本《人生只有一次，去做自己喜欢的事》。最近有空，我把几本书都翻了一遍。

我：娘，您觉着摩西奶奶的画怎么样？

娘：人家都说她画得好。

我：您认为呢？

娘：还行吧。有句话她磨叨好几遍：人要做自己喜欢的事。

我：这句话说得对呀。

娘：这么简单的事，还用她告诉？

上海朋友芮东莉的书到了，我把书递给娘，她直接打开看图：这画怎么像东莉画的？

我说：这就是她的书，《自然笔记》再版了。

娘说：俺正想看看人家咋画画，老师来了。

娘跟我说：俺又没啥画的了。

我：老家的婚丧嫁娶，您都画完了吗？

娘：画完了。

我拿起娘的书：以前，新媳妇过年回娘家都有啥风俗？您可以画。在娘家生孩子，婆家去接大人孩子的时候有不少说道吧？这个也可以画。

娘：老师真有用啊，给多少钱都不能卖。

画画有秘籍

早晨我进门，客厅里到处都是夏日的阳光。

娘坐在沙发上，穿戴整齐：爱玲，咱小区有个老头，听说俺会画画，想让俺教教他孙子。他都说好长时间了，今天俺想过去一趟。

我：姜老师打算教点啥？

娘：硌。

我：硌？就是描吧？

娘：对，俺教他把薄纸铺在画上面，照着画本描画。

我：这在书法上叫描红。然后呢，您还教点啥？

娘：没啥了，就这个。描画要是描好了，以后想画啥画啥呗。

我：那您就不用专门过去一趟了，跟孩子的爷爷说说这个意思就行。

娘：中，俺玩扑克去。

实际上，我没拦住姜老师，姜老师必须现场授课，还带去两样描画用纸，否则她心里过意不去。

多年后说起这事，娘说：人家求我，俺不能不去，孩子不想学，那没办法。

娘那学生是个十岁的男孩，他肯定理解不了学画画为什么要描画，美术老师也不会那么教，否则都失业了。但是，描画，确实属于姜淑梅自学成才的独门秘籍，美术老师在课堂上讲授的专业内容，她通过描画一点点揣摩，逐渐找到了自己的绘画方式。

我连续多年请娘到我的新闻采写课堂，作为新闻人物接受学生采访。

这次娘反过来问学生：你们知道我为啥学画画吗？

大家摇头。

娘说：俺和咱们张老师都是作家，她还是大学教授，这个俺比不了，我要是成了画家，俺俩就扯平了。

娘嘱咐学生：学东西没啥难的，要用功，用心。

她还给我做广告：咱们的老师厉害，她能把七十多岁的文盲培养成作家，你们跟她好好学，都能成作家。

2021年开启，我彻底放松了三天，在电脑上看电影，上午一个，下午一个。

事后我跟娘说：大家都休息三天呢，元旦放假一天，接着是周末。我都放寒假了，也应该休息三天。

娘：你为啥不早说？你要是早说，俺也休息三天，俺一天都没休息，天天画画。

我：要是放三天假，您打算怎么休息？

娘：运动呀，运动完歇着，吃饭，看电视。

娘正在给她的画上色，停了一下说：那也挺没意思呀。

2021年2月11日，牛年除夕。

吃完早饭，娘问：你刷碗？

我：嗯，我刷碗。

娘：那我今天放假。

我：应该放假，放假了做点什么呢？

娘：给俺的画上色吧。

春节已过，我跟娘吃晚饭，再次聊起放假的话题。

我说：要是给您七天假，不用画画，也不写作，您打算干什么？

娘说：写毛笔字。

未来的书法家

有段时间，娘有了新想法：俺想练毛笔字。

我：为啥？

娘：俺看人家画家，画上都写毛笔字。等俺画好了，将来也往画上写。

我：好，我给您买字帖和工具。

几天以后，就不是光练字的事了，娘还想当书法家。

我：您怎么想起来要当书法家呢？

娘：干啥俺都想干好，要不就别干。等画完第六本书的插图，俺就好好练毛笔字。

娘最初写的毛笔字，基本上是加粗的铅笔字。

我以前练过两年柳体字，试着写了两个字给娘看。

娘说：你写得好啊，俺不会写，俺会看。俺结婚的时候，枕头顶上有几个你姥爷写的字，那时候不知道写的啥，你二妗子给绣上去的。你堂叔伯三大爷是个高中毕业生，他喜欢那几个字，描好了练，咋写都不像。他写字的时候，愿意让俺看，俺不认识那些字，可俺知道他哪个写得好，哪个写得不好。

我强调：写毛笔字，您要按照笔顺写，不能像过去那样照葫芦画瓢了。

我用毛笔一笔一画写了娘的名字，特别强调了"淑"的笔顺。以往，她写完三点水先画长竖一钩，再写短横、长横、一边一点，再写"又"。

娘说：俺以前咋方便咋写，这回知道了。

她一遍遍地练，越写越好。

我赞她进步快，娘说：一遍生，二遍熟，三遍不用问师傅。

爱人让我把字帖捎给娘：让娘试着练练隶书吧，比练楷书容易多了。

娘看了两天字帖，一个劲摇头：这字不好看。

我说：练楷书需要功夫，功夫不到，谁都能一眼看出来。隶书不一样，不懂书法的人看不出来高低。

娘说：那个啥书上的字，俺都不认识。还是文化深的人少，文化浅的人多，俺一笔一画写的字，谁都能认识。

娘练毛笔字，不写"白日依山尽，黄河入海流"。她写的是："闲着没事去正东，看见一院子菜成了精。白菜那里称王位，红萝卜头顶绿纱做正宫……"

这是鲁西南民谣《菜成精》的开头。从这首民谣开始，她一首接一首地练，还说：以后俺专门写这些。

娘学画画的时候，我给她买了一大瓶"一得阁"墨汁。

娘当时说：这瓶墨汁够俺用到死了。

后来，娘天天练毛笔字，经常往墨盒里添墨。

娘说：这瓶墨汁肯定不够俺用了。

娘经常给自己打气：画画不好学，毛笔字不好学，我偏要学好这两样东西。要是简单，大家都会，那就没啥意思了。这就好比我买了一件衣服，大家看着好都去买，这个容易办到。可大家都穿一样的衣服，不都成服务员了？

娘还说：俺好好练，将来参加书画展。

我：您可能参加不了书画展，一般的书画展都比较专业。您将来可以搞一个姜淑梅个人书画展，画都是民俗画，书法作品写的全是您收集的民谣。

娘：中，俺明年就搞书画展。

我：您才练了几个月毛笔字，就想着明年搞书画展，肯定让人笑话，好好练几年再说吧。

娘：啊？还得好几年哪。

我：当然了，好好努力吧。

娘：行，不行也不中呀。

画完一批民俗画，娘打算在画上写文字说明。

娘：你的毛笔字好，你给我写吧。

我：不行，您的画必须您来写。

娘：那你先写样子，俺照着练，练好了再写。

我试着写字，娘在一旁看，还说：多亏了俺吧，要不，毛笔字你都捡不起来了。

我：是是是，谢谢娘！

过了几天，娘说：你给俺再写几个字。

我：笔墨伺候。

娘：都在那儿放着呢。

我：没墨了。

娘：有。

我把空墨盒展示给她看，她一边添墨一边说：刚才还有呢。

我：对待老师不能这样，笔墨得提前准备好。

娘给我的是一张十六开的废纸，背面写满毛笔字，正面也有两行字。我在上面写了一遍，自己不满意，又写了两遍。

娘：你这是拿俺的纸练字呢。

我：这张破纸您还心疼呀？

娘：心疼，俺准备自己练字呢。

娘急着往画上添字，越写越快，越写越水。

我赶紧叫停：不经老师同意，不能往画上写字，练好了再说。

娘：那得练到啥时候呀?

我：慢慢练呗。您想想，您画一张画多不容易啊，字写不好，画都受影响了。本来您这画能打八十分，写上字以后，顶多打七十分，是不是不合算呀?

娘：咋练俺都写不好，练得差不多了，一往画上写，手哆嗦，写上四五个字，手才不哆嗦了。

我：这是功夫不到，功夫到了，手就不哆嗦了。

娘：中，听老师的。

画了一段时间，娘重新拿起毛笔练字。

我：娘，您写的字怎么倒退了？还跟铅笔字差不多。"小"左边这个点，您写成撇不好看。

娘：那咋整?

我：字帖呢?

娘下巴一抬：电视下边呢。俺想写的字，那上面没几个，不愿意看。

我：我学书法的时候，老师要求我们读帖、背帖，就是下笔写字的时候，这个字什么样都在脑子里呢，这样写字进步就快了。您要是找不到"小"，可以参照这个"紫"，看看这里面的"小"咋写的。

过了两天，我发现娘的字进步了，打开的字帖就在一旁。

我：发没发现您的字越写越好?

娘：嗯，俺听老师的。

我把二十世纪八十年代出版的《正书》拿出来，让娘继续读帖，上面有不少残字，还有的局部模糊不清。

娘：这书是你买的？

我：嗯，大学时候买的。

娘：减价的吧？

我：不是。

娘：这么不清楚，还不减价卖？

我跟她讲这种帖是从碑文上拓下来的，石碑年代久远，字迹不清，字帖上就模糊。

娘：噢，我还以为你那时候没钱，买的都是减价书。

娘在自己的画上写字，"骑木驴"仨字错了俩，马字旁都少了下面一横。

我：您看看这几个字哪里不对？

娘：没啥不对。

我：马是这么写的吗？

娘：不是。唉，离开老师还不行呀。

娘画的插图上需要写三个字：人之初。

我把这三个字工工整整写在纸上，娘工工整整地抄，检查的时候我看见"初"字少了一点。

娘：你给我添上吧。

我：自己添。

娘：一点都不给点？

我：我要是给您添上这一点，有可能您这张画都白画了。

娘：还能那样？

我：对。

娘：老师不给添还能咋整？俺自己添吧。

因为疫情，娘一年多没回安达。2021年暑期刚开始，我就让娘收拾行装。

娘：俺带哪本书回去呀？

我：回去住几天，还带啥书呀？跟您的孩子们好好唠唠吧。

娘：那带毛笔和墨盒回去吧，没事俺练练字。

我：不要带了，这几天您权当休息了。

娘：也不看书，也不画画，也不写字，没意思。

娘到底还是把毛笔、墨盒和练字的废纸装进行李箱。

前几天聊天，娘有些羞愧：你说我是啥人呀？不想干活的时候强干，写得也不好，画得也不好，写毛笔字总写错。

我说：您是正常人呀，我也这样，地球人都这样，写作、画画这类的活尤其不能勉强做。

娘说：我以为就俺这样呢。

练毛笔字练了两三年，娘总结了几句话：学写毛笔字像学骑自行车似的，刚学自行车的时候，一个小石头子也能把人摔倒。等学会骑自行车，啥石头都没事了，能骑过去的骑过去，不能骑过去的绕过去，手脚都听使唤了。

我问：您现在写毛笔字是啥阶段呀？

娘说：手听使唤了。

画画遇到新难题

娘最近每天都画画，从早画到晚。

天黑了，我替她打开 LED 台灯，她却丢下画笔：不玩了。

我说：好，该歇歇了。

娘解释：以前绣花，讲究"夜不观色"，要是晚上配花线，看不准，白搭功夫。给画上色，也是这个道理。

绥化市北林区出现新冠肺炎阳性病例，我跟娘不能出去运动了，但其他生活一切照旧。

图书公司想让娘画幅自画像，放在我俩合作的新书里。

娘：啥叫自画像？

我：照着镜子或者照片把自己画下来。

娘：这我哪会？

我：慢慢学吧。

我用娘的手机拍了她的照片，交给她。

娘很快画出第一稿，线条都是黑色，嘴唇用彩铅画成粉色。

我：娘，您为什么给嘴唇涂色呀？

娘：我的嘴唇本来就是这颜色，你不是让我画自己吗？

我：要是涂色，都涂色。要是不涂色，就都不涂色。

娘：那你不早点说！

我发现自己犯错了，赶紧上网给娘翻看别人画的自画像。娘说：

这回我知道了。

自画像又画了几稿，还是不理想，主要是脸部结构没画好，娘很泄气：你跟出版公司说，俺不画了。

我对娘这类话已经有了免疫力，我说：您累了，先歇歇吧。您看您越画越好，就差最后一点点，要是撂下，太可惜了。

结果就是，娘先后画了十几稿，终于完成了。

这本书里还需要添加几张画，呈现娘不一样的晚年生活。

娘画的第一幅，是我给她推背。画完以后，我发现一个问题。

我：您没给我画眼镜，这是我的特征，不能不画。

娘：对，我把这事忘了。

我转身在电脑前忙碌，娘站到一旁盯着我看。

我：您有事吗？

她：我在看你的眼镜，看准了才能画。

这幅画稿完成后，我给娘出了一道世界性难题：以后您再画我，把我画得好看点。

娘说：中。

第二幅画，娘画我们一起坐飞机出行，画完后她跟我检讨：还是没把你画俊。

娘指着画解释：本来想把你画在我前面，结果脑袋没画好，那就画俺自己吧，把你画在俺身后。就是这样，也没把你画俊。

我哈哈笑：错不在您，在我，是我长得太对不起您了。

第三幅画，娘画我请她到我的新闻采写课堂，接受学生的集体采访。我身穿紫色旗袍站在讲台上，戴着眼镜，面颊带红，娘穿天蓝色旗袍坐在一旁，有个学生站起来提问，我们都注视着那个学生。这幅画娘比较满意：这回把你画得俊吧？

我说：俊俊俊，太俊了。

"传奇奶奶"的书桌

娘的家里最重要的物件是旧沙发,玫紫色的绒面已经褪成白色,仍是她的宝贝。

阳光射进客厅以后,娘经常躺在沙发上,闭目养神。不大会儿没动静了,偶尔在睡梦中出声。

这样的瞌睡随时结束,她翻身趴在沙发上,接着晒后背,晒着晒着又打起瞌睡。

娘在客厅突然问:几点了?

我看了眼电脑右下角:十一点了。

呀,该做饭了。娘这回彻底醒了,离开她的宝贝。

记者到家采访,都是坐在沙发上跟娘聊天。

有位女记者专程采访"传奇奶奶",聊了半天跟我说:张老师,我想看看姜奶奶写字的书桌。

娘把扶手上的沙发垫子放到腿上:这就是俺的书桌,写字可得劲了,还能跟着光亮走。

我说:这已经是升级版,我娘最早的书桌是装水果的纸壳箱子。

记者笑了说:那我看看姜奶奶的书房吧。

娘拍拍沙发:就是这儿。

娘把书搁到沙发垫子上，一边示范一边解释：这样看书不累，不信你试试。

记者特别惊讶：那些书您都是这么写的？

娘说：对啊。

作为一个作家，娘实在太另类。

她绝大多数手稿写在废纸上。我给她买过学生用稿本，她根本不往格里写，空白处都写得密密麻麻，说按格写太浪费。

有一次，我用电脑给娘录手稿，录了大半停下来，在一沓废纸背面搜，搜了半天，也没搜到故事结尾。

我去问娘，她直接挑出一张褐色包装纸：三个故事的结尾都在这儿呢，你找的在最下面。怕你找不到，俺在这里边画了两道横线。

我说：娘啊，咱家废纸有的是，以后您可以写到三张纸上。

娘说：那多浪费呀。

好吧，好吧，还是我觉悟低。

娘学画画后，沙发垫子明显不够用，我想网购书桌，娘往前面一指：那东西就行。

"那东西"是用不锈钢和木质地板组装起来的家伙，桌面高度六十厘米，长度六十厘米，宽度四十多厘米。

它是群里老大，旁边还有几个小兄弟，它们几个一起组成电视柜，是我爱人参考网上电视柜的样式请人加工的。

我把那家伙拉出来，拉到沙发前。娘把画画用具放上去，试了试说：正好，别惦记买了。

有一天下班，娘乐呵呵地告诉我：俺有画板了。

那是一块长五十多厘米、宽四十多厘米的纤维板材，右上角有残缺。

我问：哪来的？

娘说：捡的。不知道谁家装修，扔了不少东西。

我有些自责，光想着买颜料，买笔墨纸张，忽略了这项，我说：这个不好看，我给您网购一块吧，网上有各种各样的画板……

娘打断我：好看有啥用？好用就行呗。俺用一上午了，挺好的，别浪费了。

娘还语重心长地加一句：钱就算齐腰深，也得该花的花，不该花的不花。

好吧，好吧，听老娘的。

有个老朋友实在看不下去了，命令我说：老娘又写又画的，必须给老人家安排个像样的书桌。

我转达老朋友的命令，跟娘说：您现在必须有个书桌。

娘想了想说：你家里你的书桌不是闲着吗？

我说：是，那个书桌小。

娘说：够我用了，把它弄过来吧。

2021年2月，"传奇奶奶"终于有了张一百一十厘米长、五十二厘米宽的细木工板的书桌，放在客厅靠窗的地方，那里光线好，娘画画用的瓶瓶罐罐和各种画笔终于有了更好的地方。

2022年9月，我爱人搬过来以后跟我说，娘的书桌太小，得换，房间安排娘咋习惯咋来。

娘的卧室面积最大，我的电脑桌和简易书架一直都在那里，娘写字画画原本在客厅，我们想让她继续用客厅。

娘说：不中，我起得早，有动静，要是再咳嗽几声，耽误你们睡觉。俺想在俺屋里画画。

爱人说：挤在一个屋里，大概放不开，你俩的椅子会打架。

娘说：不打架，不信你试试。

书架、书桌重新摆布，娘的书桌放在窗下，左侧是书架，右侧是娘的床头，刚刚好，就像提前定制似的。我跟娘的椅背中间，还有五厘米左右的空隙。

娘高高兴兴地整理她的东西，窗台都被她利用上了，放了一排丙烯染料。

娘说：书桌放在这儿，我特别满意，想咋的咋的。

娘新换的大书桌是她用了十年的双层餐桌，一百二十厘米长，七十九厘米宽，不锈钢支架加上木质地板，是和电视柜一起定做的。娘把画具分别搁置在桌面和桌下，还在挨着床的角落放了点零食和常用药。

我跟娘说：等我发了财，一定给您换张书桌。

娘说：不用，书桌再贵也不能帮我画画，别管啥东西，够用就行。

越老越美

耄耋之年童心绽放

只要有合适的土壤、温度和水分,尘封的童心都可以发芽、开花、绽放。起初,我疑惑、惊诧、忍俊不禁,我怎么忘了,每个老人都曾经是儿童。

白发和童心,是夕阳里最美的风景。

想唱就唱

娘喜欢唱歌。我不在家的时候,她经常放开嗓子唱。

娘:人家听见了,顶多说,十二楼住了个神经病。

我:我在家的时候,您也可以放开嗓子唱,我该干啥干啥,您影响不到我。

娘先唱《苏武牧羊》《小放牛》《沂蒙山小调》,后来唱《骏马奔驰保边疆》。

我:这首歌难度有点大,调太高了。

娘:没事,练呗,俺现在气门越来越足,调越拉越长。

2016年8月,早晨七点,我们和山东画报出版社总编辑傅光中等一行人从济南出发赶赴菏泽，中午到达。菏泽的东道主很热情，午饭聊到下午两点。读者交流会安排在下午两点半，娘没时间午睡了。

下午五点，活动结束，有人问娘：您累了吧？

娘说：不累。停了停，娘顽皮地补一句，累了俺也不说，俺不说谁知道呀？

读者交流会前，我跟娘说：今天来的读者都是文学爱好者，我们多聊聊写作方面的事。一会儿上台，您先做个自我介绍就行，千万别多说。到了问答环节，您可以随便说。

娘点头：记住了。

到了台上，娘说：老乡们，大家好！俺是姜淑梅，今年十八岁。

读者哄堂大笑。

娘赶紧说：说错了，俺不是十八，是八十。

读者鼓掌。

娘看了我一眼：老师刚才不叫俺多说，俺不说，俺唱一个，大家说好不好？

有读者喊：好！

娘唱了一段《永远是朋友》。

我哭笑不得，待她唱完向读者说：大家已经看到了，我娘就是这样，从来都不按章出牌，她写作就这样。正是因为不按章出牌，没有禁忌，她的作品才受到欢迎。

我把话题引向写作，跟娘一唱一和，非常默契。

傅光中先生事后说：姜阿姨到了台上就是玩啊，不管她咋玩，张老师都能接住。

"大众讲坛"由山东省图书馆与《齐鲁晚报》联合创办，属于公益性文化讲座，我跟娘受邀前往。

讲座中途，娘逮住机会又说：俺给大家唱两句好不好？

有人说：好！

我满脸疑问地看她，娘向台下一指：我看那个人好像困了。

那个人鲤鱼打挺，立马坐直。

这次，娘唱了一段《沂蒙山小调》。

想说就说

山东老家的岳母和女婿，彼此敬而远之，私下里，女婿被娘家人称为"客"（kēi）。

夏天，娘回老家看二姨，跟二姨一起住在表妹瑞娟家。

二姨嘱咐：姐姐，客要下班了，你那裙子露腿，快穿上裤子吧。

娘不服气：啥客客的，都是自己的孩子。现在的大闺女都露肚脐子，俺露点腿怕啥？

娘到表姐瑞玲家做客，吃到新鲜毛豆，越吃越香，她跟姐夫说：培祥，毛豆好吃，你再给俺买点吧。

姐夫说：中！

在老家那段时间，餐桌上天天都有毛豆。娘回来的时候，姐夫又买了一斤毛豆让带回来。

娘跟我说：俺这样多好，比那些假假咕咕的人强。

2015 年农历九月初九，绥化市委主要领导来家慰问娘。

娘说：俺是山东人，逃荒到安达，成名在你绥化这块风水宝地。

娘说：你们今天到这儿来，俺想起小时候一件事，你们想听不想听？

大家说：想听。

娘讲起小时候在老家，巨野县就一台汽车，县长坐汽车出门，县城还得戒严，她和很多人被关到卖水的屋子里，天黑了才放回家。

说起创作近况，她说：俺今年还学画画呢，你们想看不想看？

大家说：想看。

原定十分钟的走访慰问，持续了一个小时。

事后我跟娘说：以后再有人来看您，不要跟他们抢话说。

娘说：要是不抢话，俺怕没机会说。

2016年1月初，我跟娘带两只行李箱出门，在哈尔滨换车时去了商务候车厅。稍事休息，我准备带娘出去吃饺子。

娘问：咱还拉着箱子出去啊？

我说：嗯，我拉着就行，您负责走路。

我去看手机充电情况，顺便回复了QQ和微信留言。等我回头看，候车厅的工作人员正在跟"传奇奶奶"自拍合影。

娘公关成功，行李箱免费存放在服务台。

我问：您怎么跟她们说的呀？

娘说：俺说俺叫姜淑梅，你们上网看看就知道了，俺这回是去北京领奖哩。

在饺子馆，邻座男士问：老太太高寿？

娘说：元旦都过了，我八十岁了。

人家说：您身体真好。

娘说：要是这两个数能倒过来就好了。

2016 年 8 月，我们要去参加上海书展，书展上有娘的新书发布会。邻居阿姨问：姜姐，你有压力吧？

娘说：俺要压力干啥？第一个俺岁数大，第二个俺没念过书。要是哪儿做得不对，人家得说这老太太岁数大，还没念过书。

另一个阿姨问：你是不是得发言啊？那得好好准备准备呀。

娘说：不用，准备了俺也记不住，到时候想说啥说啥吧。

上海书展，娘的新书《俺男人》发布会被安排在十二点到十三点，正是午餐时间，现场来了十几个人，其中有《都市快报》记者戴维。

娘的情绪明显低落，少有笑容。

主持人开场后，会场陆续来了四五十人。

到了提问环节，读者提问，娘竟然说：俺刚才溜号了，让张老师回答这个问题吧。

事后，我跟娘沟通，她说：来的人少，俺就没劲头了。

我说：我们当老师的有个规矩，就算只有一个学生来上课，该咋讲课还咋讲。今天来的有记者戴维，就算现场只来她一个人，您都得打起精神头，因为她是做传播的，她一个人强过几百个现场的人。咱们千里迢迢来这儿，不就是为了把新书出版的事传播出去吗？有记者来，目的就达到了。

娘点头：到底是老师，俺知道了。

2017 年三八节前夕，我跟娘汇报：绥化市妇联正在评"十大女杰"，第一个确定下来的人选就是您。人家准备让您上台领奖，让我上台发言，讲您的故事。

娘：不让俺说几句吗？

我：不让。领完奖您在台下就座。

娘：俺在台下说几句行不？

我：不行。

娘：不让说话，俺憋得慌呀。

我："十大女杰"表彰会一年一次，市里主要领导都参加。您故事太多，妇联的领导怕您讲起来刹不住闸。

娘有些失望：知道了。

三八节当天，我跟娘一起参加表彰会。她从没参加过官方会议，光上台领奖走场就练了两次，她坚持不让身前身后的人扶，自己走。

开完会，我去领奖席找她，她悄悄说：俺刚才困了，瞌睡了。

这个小学五年级女生，肯定听不懂领导讲话。

抱着证书回到家，娘噘了噘嘴巴：一分钱奖金都没有。

2017年6月初，我跟娘汇报：省作协要召集中国作家协会会员，在哈尔滨培训三五天，您去不去？

娘：啥是培训？

我：就是听课。

娘：俺不去。

过了一会儿，娘问：咱自己花钱不？

我：车费报销，吃住全管。

娘：那为啥不去？去！

娘干了一辈子活，七十多岁才有空学扑克。跟我婆婆学会"五十K"，跟邻居学会"打升级"，跟三妗子学会"穿火箭"。

没故事写了，娘就下楼玩扑克。她说：俺得学扑克，年轻时候没玩过的东西，我都得试试。

本来，娘每天上午玩扑克，下午在太阳底下晒后背。决定参加培训后，娘便不出门了，说要捂一捂。早上出去晨练，也涂好防晒霜。

她跟我解释：人家见面都握手，俺把大黑手伸出来，也不好意思啊。等出门回来，俺再接着出去。

6月下旬，我跟娘一同去哈尔滨参加培训，入住北大荒宾馆。

清早洗漱完毕，我俩要去餐厅吃早餐，娘还穿着松松散散的藕荷色睡衣。

我：您要穿睡衣去餐厅吃饭吗？

娘：嗯。

我：不行，咋能穿着睡衣去吃饭呢？

娘：在家俺就穿着睡衣吃饭。

我：这儿不是家。

娘：谁的睡衣都没有俺的睡衣漂亮。

我：漂亮也是在家穿的衣服，不能穿着睡衣往外跑。

娘：你不在家的时候，俺经常穿出去，人家都说漂亮。

我笑了笑，不再说话。

娘叹口气：唉，老师不让，那就换下来吧。

培训是件累人的事，我好几次趴在娘耳边问：累不累？累的话，我送您回房间。

娘先是摇头，后来趴在我耳边小声说：不累，在家玩扑克，俺也是坐一上午。

上午，阎晶明老师的讲座题目是《追求真善美是文艺的永恒价值》，下午要分组讨论。

午饭后回到房间，娘问：下午俺去不去？

我：您随意吧。

娘：不去了，俺得好好睡个午觉。

我打了个盹起来开会，娘也醒了，说：俺跟你一起去吧。

讨论组主持人很尊重娘，请娘先发言。娘没有任何准备，她自我介绍完居然做了主题拓展：不光作家写东西要讲真善美，做人也一样，真善美得一代一代传下去，永不变色。

培训总要拍集体照，娘被迟子建主席请到前排就座。

摄影师说：准备好，我数一、二、三！

前排有人喊：茄子！

我知道是谁，声音不大，是这个队伍里唯一出声的人。

第二天，李一鸣老师的讲座题目是《以传世之心，作传世之文》，娘听着很新鲜。坐在会场后面，有些话她听不清，跟我说：俺想到前面坐，行不？

座位上都有名牌，只有零星空座，不方便我照顾，我说：不行。

她很听话，坐在我身边没动。

下午跟人聊天，娘说：李一鸣老师讲的故事好，他说餐馆门口有棵树，洗碗水往那儿倒，刷锅水往那儿倒，酸辣苦咸，啥滋味都有，就是没有甜。开水也没烫死它，还开出花来。俺就是那棵树！

这次培训的日程之一是，参观哈尔滨大剧院。

哈尔滨大剧院富丽堂皇，剧场里弥漫着木材的香气，那些变成座椅底座和扶手的木头，好像刚刚从锯木厂运来，身上还带着大森林的芬芳。我让娘仔细闻闻，她抽抽鼻子说：闻到了。

我们在山沟里待了三整年，家里还做过木材生意，对木材的香气太熟悉了。

离开剧院的时候，有人告诉我们，大剧院的花费上亿。

娘说：要是拿这些钱供孩子，得让多少念不起书的孩子上学啊。

培训第三天，娘问：咱再睡一夜，就该回家了吧？

我说：今天晚上咱就坐火车回家。我小姑子井华今天要做手术，我已经改签了车票。咱们帮不上忙，也得早点回去，熬点鸡汤啥的。

娘：知道了。

我：您好像还没待够哇？

娘：吃得好，睡得好，玩得好，谁愿意走啊？

省作协工作人员提前通知我，培训总结会上想请娘发言。

午饭后我问娘：下午您准备说点什么？

娘说：不知道，先睡觉。

下午开会，第一个发言的老师讲了半个多小时，工作人员悄悄跟我说：张老师，很多人提前订了回程票，您把握下时间，把发言控制在十分钟左右。

发言席特意准备了两个座位，其中一个是给我预留的，我陪娘登台发言。

娘也讲了真善美，她说：昨天咱们去呼兰的萧红故居，天气多好唉。上车的时候没下雨，半道下雨了。到了地方咱们下车，又不下雨了，空气特别新鲜。这是咱们大家的真善美，换来了老天爷的欢喜。

主持人迟子建接口说：您老人家是有福之人，我们都是借您的光了。

娘讲到她六十岁学认字，我看要拉长时间就提醒她：这个可以少说点。

娘不高兴了：那俺就啥都不说了。

迟子建说：没关系，不用考虑时间问题，我们愿意听您说话。

娘没有把话拉长，接着讲她学写作的事。台下的作家们眼睛发亮，不时会心一笑。

我看已经十几分钟了，接过娘的话头讲了这几天她作为一个学生的表现，赶紧收尾：娘，咱接着下去做学生，听听别的老师发言吧。

娘像小姑娘一样撒娇：俺还没说完呢。

我说：咱下次接着说。

走下讲台时，娘冲台下摆手：俺还没说完呢，下次接着说。

晚餐时，有的作家问：姜老师，您的作品是买断还是拿版税？

娘说：版税。

人家接着问：这几年拿多少稿费了？

娘想了想说：很多很多。

某次参加完活动，娘问我：俺今天说的话，有没有不对的地方？

我说：娘，八十岁以后，您就到了自由段，想说什么说什么。

不管您说什么，没有错，只有对。谁要是觉得您说得不对，那不是您的问题，是他的问题。

娘说：你说得对。

想玩就玩

1970年，国家搞三线建设，爹娘去了绥棱山沟里建砖厂，1973年才搬出来。

2020年9月，朋友们相约到绥棱玩。

娘：俺不想去，去了坠脚。

我：人家主要是想邀您回去看看。

娘：俺知道，看样子非去不可了？

我：对。

娘：那就去吧，出门俺穿啥？

我：长裙子，小唐装，外带披风。再准备套运动装，第二天穿。

娘：皮鞋，运动鞋，绣花鞋，俺带哪双？

我：先穿绣花鞋，备双运动鞋。

娘：中。平常你就打扮俺，出门更得把俺打扮俊点。

在绥棱家庭合影的时候，娘居中坐，正好是两把椅子的接缝处。

娘说：坐这儿是不是得交两份钱呀？

一句话把大家逗笑。

绥棱林业局是4A级景区，我们看过小火车，走到林业局广场，娘有些累了，坐下休息。约好她先歇着，稍后接她，我们一起去看绥棱林业局博物馆。

我事后问：我看您旁边坐个老头，你们聊了吧？

娘：嗯。

我：我看他不像个爱说话的人。

娘：他不爱说我爱说呀，唠了半天呢。他是林业局退休职工，退休金多少俺都知道了。

绥棱之行结束，娘跟大家说：在家爱玲一个人照顾我，这回出门你们都照顾我，我真有福气呀。

早晨七点二十五，我们还没吃完早饭，门铃响。

娘：找俺的。她拿起听筒说，好嘞，局长，我马上下去。

娘跟我解释：我们现在七点半上班，俺不收拾了，回来再说。

我：局长是哪位？

娘：你吕姨，玩扑克她张罗得最欢，我们都叫她局长，天冷以后在她家玩。她们没事，去得都早。

我：我看你们像小孩一样。

娘：俺们本来就是小孩。

中午，我刚到家，门铃响，娘对着话筒说：等着，俺马上下去。

我：干啥去？

娘：玩扑克。

我：睡午觉了？

娘：提前睡了。

我：吃完饭了？

娘：没有。俺们一共五个人，去晚了，没位。

我：那也得吃完饭再去，哪能饿着肚子玩呢？您跟那个阿姨说下吧。

娘很乖，对着话筒说：你们先玩吧，俺吃完饭再去。

早晨到娘那里，防盗门开着。

我习惯性地喊：娘！

无人应答。

我开始各屋找：娘！

还是无人应答。

娘大概出去了，忘了带好门，也不知道带没带手机。我正想拨电话，看见卫生间门关着，推开门，看见娘笑眯眯的脸。

我问：防盗门怎么开着？

娘说：俺刚才往楼下看，正好看见你，先把门给你打开了。

作家卿卿老爹百岁，什么毛病都没有，准备定制一批碗。云南那边的风俗是，百岁宴用过的碗，一个不剩，都被来宾拿回家用，图的是吉利。

我：等您百岁的时候，咱也定制一批碗。

娘：俺不过生日。

我：不过生日，可以送碗呀。选您自己的画，可以做到碗上。

娘拿起桌上的饭碗看了看：俺画得比这个好。

我：对呀。您属牛的，要不，画个牛？

娘：不画牛。碗在锅里又蒸又煮，牛怪难受的。

我：那画啥？

娘：画干枝梅。

我：我看行。再写几个字，比如"姜淑梅百岁"，这样的碗有收藏价值。

娘：好，为了这碗，俺也得好好活。

傍晚，跟娘一起下楼，邻居阿姨指着娘跟我说：你看她这身体，哪像八十岁的人？更别说八十四了。

我挎起娘的胳膊：大姐，咱去做运动吧。

娘说：好！

阿姨笑：这娘儿俩。

某天午睡后，我说：娘，下去晒后背吧。

娘：哪有太阳啊？都是云彩。

我：您看见的是云彩，我看见的是太阳。楼下的人都有影子了，没有太阳哪来的影子？

娘：就是有太阳，一会儿也没了。

我：那还不赶紧下去？

娘：下去吧，再不下去老师要生气了。

2021年的暑假到了，娘上午跟人玩扑克，下午画画。我上午泡在书里，下午继续，偶尔在电脑上看个电影。无遮无拦的南风，经常吹进娘的卧室，吹过我的书桌。

午睡过后，我跟娘一起吃水果，在酸酸甜甜的味觉里彻底醒来。

我说：娘，咱俩好像在海边度假呀，就是没有海。

娘正坐在沙发上，随手一挥：这不都是海吗？

那个瞬间，我好像看见屋顶变帐篷，沙发变海滩，地板变海水，感觉好极了。

想吃就吃

午间，娘把一条大鲤鱼的鱼头和鱼尾炖了，加了几叶白菜。

我跟娘齐心协力，一盘菜，只剩下盘底。

娘说：咱娘儿俩可真是吃货呀！

我早上有课，娘忙着做鱼。

吃饭的时候，娘说：今天的鱼不好吃，有点苦。

我尝了一口，安慰她：不苦，跟平常一样好吃。

鱼吃到一半，娘突然想起来：坏了，俺今天忘了给鱼开膛，一定是胆破了。

我哈哈大笑。

吃完饭，我准备上班，一边穿鞋一边跟娘说媒体预约采访的事。

出了单元门，我跑了几步感觉不佳，一只鞋松，一只鞋紧。低头一看，天啊，门口有我两双鞋，我穿成一样一只。

娘见我回来，问咋回事，知道了原委，轮到她哈哈大笑：你咋也这样？

下午三点多，娘在客厅喊：吃水果了！喝酸奶！

我过去跟娘边吃边聊：在大公司，上午和下午都有茶歇时间，公司准备好茶水、咖啡、水果、点心，让大家放松下。

娘说：咱就是大公司。

我天天早晨喝碗蜂蜜水，让娘喝，她不喝，说：蜂蜜是蜂子拉的屎，俺喝不下去。

我给娘讲蜜蜂如何酿蜜，蜂蜜有哪些功效，特别提到要是天天喝蜂蜜水，她还能健康生活几十年。

娘说：傻了这么多年，可不能再傻了，这不吃那不喝的，这回俺跟你一起喝。

第二次去杭州参加活动，闲暇时间带娘吃杭州小吃。浙江传媒学院附近有家"咬不得高祖生煎包"，我们要了两种生煎包，一碗片儿川，一碗腊八粥，另外要了一只空碗，分享。

娘刚咬第一口包子，汤汁即刻喷射出去，娘轻轻地笑：人家告诉咱"咬不得"，俺忘了。

我买回一袋鸡蛋。

娘：多少钱一斤？

我：五块。

娘：这么贵？以后不吃了。

我：不贵。您现在一个月工资涨到一千九了，就算一个鸡蛋十块钱，一个月是三百，也才是您工资的一小块，对不对？

娘：哈哈哈，俺闺女识数啊，吃吧，吃吧。

睡前，娘照例喝安神补脑液，她拿着玻璃药瓶说：俺天天喝你，你让俺聪明点行不行？

想美就美

春天到了，温度在慢慢向上爬。

我：您缺件风衣，天冷的时候，里面穿旗袍外面穿风衣正好，今天咱俩逛街吧。

娘：就你胆子大，还敢领八十多岁的人逛街。

我：九十岁以后，我也敢领您逛街。

娘：俺这个岁数，就不要买贵的了，咱先上"衣世界"看看。

我：好。

衣世界没有合适的风衣，我们去了华辰商都。我让娘在常去的那家旗袍店歇着，我先四处踏查，踏查完再带她有目标地逛，节省些体力。

在某家店，娘试了件黑底红花的传统风衣，问完价钱跟我说：就这个吧。

我：她家还有别的样式，您都试试。

娘：不试了，这个风衣俺相中了。

我：试试吧，不试试您咋知道哪个更好？

娘试了件黑底红花的披风式风衣，照镜子的时候说：还是这件好，来这个吧。

我提醒她：那里还有一件，花色不一样。

娘看了一眼，大概觉得黑底黄花有些素：不试了，就这个了。

我：试试吧，又不麻烦，万一更漂亮呢？

风衣上身，娘说：还是这个漂亮，俺不脱了。

晚上，我给娘放好洗澡水，让她准备洗澡。

娘突然说：白瞎了！

我不明白：怎么了？

娘说：刚才跟你三舅视频，我特意擦了化妆品。

绥化市委宣传部要拍个读书日的公益片，希望娘出镜，我替娘答应了下来。

按照约定的时间，我提前熨了几件旗袍，供娘选择。

娘：俺穿哪件？

我：您自己选。

娘：俺不会选，你选，你不是俺的经纪人吗？

午睡过后，娘问：俺出去晒后背，穿哪件衣裳好？

我：丝绒的休闲装，新买的那套。

娘：往那儿一躺，不用穿啥好衣裳。

我：那倒是。

娘：不行，俺不能给俺闺女丢脸。

娘还是穿了新衣裳出去。

晚上，我把娘拉到电脑旁。

我：这几天我在网上给您选了几件旗袍，您看看吧。

娘：俺都多大岁数了？还买新衣服？现在这些衣服，到死都穿不坏。

我：您不能那样想，离一百三十岁还有那么多年呢，买点衣服还多吗？

娘：哪天有空，你还是领俺逛街吧。

我：还是网上旗袍样式多，价钱也比商场便宜。不合适的衣服退回去，顶多花十块钱邮费，比咱打车去商场还便宜。

娘：好，想买就买吧，我不拒绝。你小妹妹胖，等俺不在了，俺的衣服她都能穿。

我：您是长寿的人，捡您的衣服穿，捡的是福气。等您不在了，能改的旗袍，我改了接着穿。

娘：那我就放心了。

调皮、撒娇与任性

别人送来的鲜花里，有枝多头菊花，已过月余，花还开着。

那天换水，发现花茎上抽出新叶子。

我说：娘，看看，新叶子。

娘突发奇想：种到土里吧，她能长出根来。

某天，娘说她的指甲长了，我的包里有指甲刀，顺手递给她。

娘用左手剪右手的指甲，比较吃力，我说我来剪吧。第一剪刚下去，娘"哎哟"一声。

我问：剪到肉了？

娘说：没有，俺怕你剪到肉。

吃午饭的时候，娘说：俺今天想到外面睡午觉。

我：不行。雨后降温了，今天最高温度才二十四度。就是温度上来也不行，在外面容易受风。

娘：那些干活的，也有在外面睡的，没咋的。

我：他们是没办法，有办法的谁在外面睡呢？我娘最听话了，一听就懂。

娘：不用哄了，俺在家睡。

娘到对面小区转，有人跟娘说：我会相面，您能活到一百一十岁。

娘回来很高兴：人家都说俺长寿。

我说：好啊。

过了一会儿，娘自言自语：活得岁数太大，就招人烦了，那不真成"老不死"的啦？

我哈哈笑：娘，没人烦。您长寿，我才能跟着长寿，对不对？

娘说：对！

我说：您性格好，肯定能活到一百二十岁。

娘说：俺听老师的话，活到一百二十岁，多一岁俺都不活。

2021年六一儿童节，我全天没课，看到朋友圈转发的小林漫画，跟娘一起边看边笑。

吃午饭的时候，我问：小朋友，你今天几岁呀？

娘说：八岁半！

过了段时间家庭聚会，我原话学给朋友们，娘当即纠正：你学得不对，俺不是那样说的，俺是这样说的——她改用童稚的声音说，八岁半！

简易衣柜的外罩风化了，我扒下来扔掉。稍不留神，娘用破旧床单缝了一个罩子套上，大小正合适。

我：太旧了，换了吧。

娘：不换，俺这是废物利用。东西放在俺屋里，你说了不算。

两年以后，我跟她商量：要过新年了，咱换个新罩吧，我买布您做，中不中？

娘说：中。

在商场选布料，娘看好的布料图案是卡通熊。

我：这个图案特别适合小孩。

娘：俺本来就是小孩。

我大姑姐上学时间短，早早被叫回家看弟弟妹妹。看到十三岁，到生产队干活养家。公公婆婆病重，家人在微信群里沟通情况，我才知道姐姐不认字。

我问姐姐想不想学认字，想学我教她，还特意去书店买了字号最大的故事绘本。

娘跟我的朋友说：她婆婆、她大姑姐想认字，她都给买书，俺当初学认字的时候，啥书都没有。

我的朋友哈哈笑说：这话听着有点酸啊。

盛夏时节，娘跟我一起乘电梯下楼，让我看她手里的一大把杏核：俺下去种树。将来杏树都长起来，吃杏的时候，人家会说，这是那个白头发老太太种的。

我说：咱们小区不能随便种树。种什么，在哪里种，都有规划。不信您看看我手机里的照片，从上面往下看，都有设计造型。

娘很泄气，出了单元门把杏核丢进垃圾桶：树都不让随便种，这还是物业管理好?

我买回久保桃,想当即清洗。

娘:你着急吃吗?

我:不,就是想洗出来。

娘:你歇会儿吧,我下午洗。

我:您要是忘了怎么办?

娘:罚站。

娘出去溜达,遇到不熟悉的邻居阿姨。

阿姨说:大姐,你的眼睛真好,看着还水灵灵的。

娘说:俺的眼睛是假的。

阿姨吓了一跳:假的?

娘说:俺做过白内障手术,晶体都换了。

娘外出回来,叹口气:今天回来,俺都找不到家了,找了半天。

我:呀,怎么搞的?

娘:咱这个单元门口有棵树,树上有个杈子,我就记着这个杈子,他们给锯掉了。

我:这些人真不像话,锯掉也不告诉俺娘一声。

娘:俺过了这个单元,越走越不对劲,又往回找。

我:墙上不是有楼号和单元号吗?下次您看这个。

娘:那多麻烦呀,以后记着树杈没了就行了。

给娘按摩,一直找不准膝关穴,只知道在膝盖内侧某个隐秘处。

最近看到某公众号上的图示，我按图索骥，边按边问娘：是这里吗？

娘说：我不告诉你，你就在外面晃荡吧。

我心领神会，指关节直接深入。

娘说：啊！疼！不告诉你，你也能猜到。

早上，我到娘那里的时候，她要么在桌前画画，要么画累了躺在沙发上闭目养神。

她不抬头，经常大声问：来者何人？

我有时回：你闺女。有时回：张老师。

二十世纪八十年代，全家人围着收音机听刘兰芳讲评书，"来者何人"的重复率最高。

跟娘出门闲逛，一个中年男子停下脚步问：老人家多大岁数？

娘答：八十六。

中年男子说：哦，都八十六了，身体不错。

我纠正：我娘才八十六岁，八十而已！

娘和婆婆：
两个女人一台戏

俗话说：三个女人一台戏。

其实，两个老太太凑到一起，戏就开场了，我只是配角。

她俩，一个是婆婆，一个是老娘。婆婆和我生活了二十年，老娘把我养到二十岁。我希望她们都在我的眼皮底下慢慢老。

朋友听说我要把老娘接来同住，先替我担心：两个老太太在一起能行吗？她们万一打起来，你帮谁啊？

我说：她们以前处得挺好的。

我说：她们都是善良聪明的老太太，打不起来，我心里有底。

嘴上说着"有底"，越说越底气不足。

老娘刚来那阵，我叫"妈"，两个人一起答应。我改了称呼，开始管老妈叫"娘"，娘是山东人，很快适应了新称呼，但我叫"妈"的时候她还是习惯性抢答。

最初，两个老太太总玩"五十K"，没有赌注，只是玩。她们的手拿不住牌，都把手里的好牌扣在各自前面，好像给对方埋下定时炸弹。她们的出牌速度极慢，每次出牌都仿佛深思熟虑，有时打一阵牌才发现早前出错了。

婆婆输牌的时候多，偶尔赢一把。

娘竟躺在床上伸懒腰说：俺洗牌都洗累了，可该歇歇了。

婆婆生气，有时一边生气一边回击，有时干脆摞牌不玩了。

我私下跟娘说：我婆婆身体不好，玩扑克您让着点她，她是真的在生气。

娘毫不妥协：打扑克没啥好谦让的，谦让就没意思了。俺知道她爱生气，气惯了，她就不生气了。

娘还把原话说给我婆婆：你儿媳妇劝俺，说你身体不好，不让俺气你。玩个扑克有啥生气的？气惯了，你就不生气了。

不玩扑克，娘就看书，认字认了十几年，我的书她多半能看懂。婆婆不认字，除了看电视没什么事干。耐不住寂寞了过来找娘，她们拿起扑克再战。

有一天晚上回家，我听见两个人在唱歌，她们说玩扑克玩累了，唱歌比赛呢，看谁会唱的歌多。

我说：好啊，你们以后可以天天唱。

婆婆说：都是老歌，歌词都忘了，想不起来。

我自告奋勇为她们上网搜歌词，把歌词字体放大，再打印出来。有的曲调记不准，我帮她们戴上耳麦，在网上反复听。练歌的时候，她们经常得清嗓子，我就买回冰糖和梨，让她们熬汤化痰。她们熬的汤总是一式三份，我无痰可化，也跟着她们混吃混喝。

有一天回家已是中午，家中无人，她们的外衣和鞋都在屋里，不像走远。突然想起隔壁，隔壁住着一对八十多岁的老夫妻，隔壁阿姨偶尔过来坐坐。

还不等敲门，听见隔壁传来歌声、琴声和笑声。原来，隔壁大爷会弹电子琴，听力下降以后，很少弹过。两位歌手到访，他突然有了兴致，为三位歌手一一伴奏。

有了电子琴伴奏，婆婆和娘热情高涨，没事就唱歌，扑克牌已经靠边站了。

我喜欢那些老迈的歌声，虽然时常跑调，跑也跑不出多远，还能拉回来。某次在公交车上，一支曲子轻易地溜出嘴角，我轻轻哼唱，正是她们经常哼唱的《小放牛》。

有天晚上，娘来到我房间，悄悄问：你婆婆得尿毒症了，你知道不？

我说：不知道。

娘忧心忡忡：她跟俺说她得尿毒症了，我说你别吓唬俺，俺胆小。她说她自己的病她知道，她总肾疼，尿频，都好长时间了。

我笑了，赶紧宽慰娘，告诉她没事，我婆婆经常为自己诊病，实际上是猜病。

我跟婆婆说过，肾长在腰的部位，有时候我们说腰疼，实际上是肾有了毛病。婆婆说她经常腰疼，有时疼得厉害。B超检查发现，婆婆肾里有结石，有少量积水，治疗了一段时间，已无大碍。但在婆婆那里，再没有"腰疼"这个概念，腰疼的时候她一律说"肾疼"。

去年她猜自己的肾有毛病，是肾炎。我带她去做尿检，各项指标都正常，但她不相信。她说那次检查不准，大夫技术不行。

她问我：我的肾有病，他咋说正常？我肾里明明还有结石，他咋没检查出来？

我跟她解释：尿检是检查肾脏有没有炎症，指标正常就是没有炎症。尿检检查不出有没有结石，检查结石得做B超。

她坚持说：有病检查不出来，就是大夫技术不行。

我当时无奈，跟她开玩笑：跟你们老太太没处说理去。

现在看，婆婆不但怀疑检查结果，连她猜的病都升级换代了。

我跟爱人商量，这次由他带婆婆去做检查，能做的检查给婆婆全做一遍，再找我们的邻居参谋下，那位邻居是附近医院的副院长。

检查结果出来，爱人特意去找那位"参谋"。

参谋说：这老太太没啥事，比我们的检查指标都正常，肾里那点结石和积水问题不大，不必用药。

爱人说：不行，你得给我妈开点药，要不显得我们太不重视了。

参谋说：老太太胃不好，你给她买点健胃消食片吧。

爱人电话打给我，我们正在饭桌上，我不敢笑。

我跟婆婆说：肾没什么大毛病，结石和积水还有点，不用吃药。胃药您还得吃，邻居让您以后吃健胃消食片。

婆婆说：话都让他说了。他以前跟我说，不用吃胃药，总吃胃药对身体不好，现在又告诉我吃胃药了。我这些毛病都是从胃上得的，这次我想做胃镜，他也不让，说总做胃镜对身体不好。

没检查出来尿毒症，婆婆不那么高兴，反而对参谋有些不满。

剧情很快反转，我发现：猜病不可怕，隐瞒病情才可怕。

娘有句名言：除了癌症，啥毛病俺都能自己治。有些小毛病，她自己按摩用药，鼓捣好了，便觉得自己掌握了医术，常给别人提些治疗建议。

我跟朋友介绍她时常说：我娘，姜淑梅，江湖医生。

那天，婆婆跟我说：赶紧领你娘看病去吧，她腰疼好几天了。她没跟你说，跟我说了。

娘腰上起了几个疙瘩，我知道。她说没事，我也没当回事，还应邀给她拔过两次火罐，看来事情不那么简单。

我把娘叫到房间，让她老实交代问题。

她不得不交代，不光那几个疙瘩疼，前面的肚皮也像被针扎了一样。

听着像"蛇盘疮"，但我拿不准，上网搜寻蛇盘疮的症状，立马对上号了。

我说：明天赶紧跟我看病去。

娘说：都知道啥病了，还知道咋治，咱自己治呗。

我吓唬她：这种病很严重，很多大老爷们在诊所疼得直叫唤，我亲眼看见的。还有的人治好了病，隐痛持续了半年多。

娘被我吓唬住了，第二天乖乖跟我去看病。

果然是蛇盘疮，又名带状疱疹。大夫跟我很熟，说老太太问题不大，针灸三次，用点抗病毒药就没事了。

娘软软地看了我一眼，眼神里装满哀求，我懂。

我跟大夫说：我娘晕针，能不能不针灸？

大夫笑：没事，我针灸不疼，扎上她就知道了。

娘毫无选择地躺到床上，眼睛盯着棚顶，显得很无助。我拍拍她的手说：这个大夫给我针灸过，她下针确实轻。

大夫下针的时候，娘眼睛紧闭，眉毛和嘴角一起抽动。六根银针扎下去，她抽动了六次。

事后我问她疼不疼，她说不疼，就是害怕。

第二天需要继续针灸，娘一大早就央求我：不去了中不中？俺的病已经好了，昨天针灸完一次都没疼，真的。

我说：坚决不行，必须听大夫的。

她辩解说：昨天大夫说，拔罐按摩对路子，要不早大发了。俺自己按摩完了，你接着给俺拔罐吧。

我说针灸一次不管用，三次能管用已经谢天谢地了。我批评她最初不该隐瞒病情，现在不该不听话，总之就是调皮捣蛋的个别生。我说她不去针灸我就该针灸了，这样着急上火我都快急出毛病了。

或许是最后一句话对她触动最大，她一边笑我三句话不离本行，一边穿上外衣到门外等我。

第四天早晨，娘从外面回来，高高兴兴地跟我说，她完全好了，药都不用吃了，她刚才一口气做了三十个仰卧起坐。我哭笑不得，江湖医生果然够江湖。

事实证明，她又错了，病去如抽丝，抽得没那么快。双黄连抗病毒口服液我一直买，她一直很听话地喝着。

很平常的一个黄昏，家常饭菜，公公、婆婆、娘和我围桌而坐，连座位都是固定的。

公公照旧喝一点白酒，新翻出来的红酒属于女人。

婆婆说：过去有学问的人，有好酒好菜就得作诗，咱没学问，可惜了。

娘说：人家能作诗，咱也能，做不好，还做不孬？

婆婆分派任务：嫂子，你起头。

娘很爽快：行，俺得想想。

我们继续吃饭，去皮后的苹果块是我的主攻方向。

娘停了一会儿，低声说：大海啊，你咋这么多水啊？

我笑，公公婆婆却没有反应，娘的山东话他们有时听不懂，我充当翻译，把山东话翻译成普通话。翻译完毕，他们都笑了。

婆婆说：要是这样作诗，那我也会作，听着——黄河啊，你咋这么黄啊？

公公放下酒杯抬头向上说：天啊，你咋这么蓝啊？

我们都笑喷了。

跟老诗人坐在一起，我也成了诗人。我对着苹果块说：苹果啊，你咋这么好吃啊？

他们又笑。

我点评说：你们作的诗都比我的有气势，天啊，海啊，黄河啊，都比苹果大。以后吃晚饭的时候，可以继续作诗，每天不重复就行。

婆婆鼓励我：你也行，就你作的诗实在。

婆婆安排娘：只要作诗，你就起头。

娘说：没问题。

十几天后，红酒喝完了，诗人的晚宴又恢复成四个人的晚餐。

但是，某天吃早饭的时候，婆婆说：我给你们说个绕口令吧。

我说：好啊。

婆婆说：大海大，长江长，大海里面有龙王。大海大，长江长，大海没有长江长。

我问：是您自己编的绕口令吧？

她说：是，不大离看见啥东西，我就想编几句。

我说：太好了，以后您一定要继续编。

大海和长江，婆婆都没见过实物，至于谁比谁长，我会在合适的时候讲给她听，反正来日方长。

我喜欢这样的时光，喜欢时光里的小戏，小戏里的平淡和琐碎。如果能够和时光对话，我要告诉它：慢些，再慢些，不必急着往前走。

您为何越老越美

一个女人怎么会越老越美呢？年轻的时候我是不信的，我看到的都是皱纹、白发、不经意的叹息和日渐枯萎的形体。

爹去世后，娘一个人孤单地步入老年，有过一段暗淡的时光。后来，目睹她在我的眼皮底下慢慢变老，越老越美，我对未来不再恐惧。

简 单

娘年轻的时候爱美，一件漂白布的白衬衫穿了十年，下班挂起来，上班再穿上。哪天上班，娘都把自己收拾得干净利落。砖厂的活又累又脏，她戴上白色的帽子，套上蓝色的围裙和套袖，插过坯，装过窑，推过上千斤的水坯车子。干这些活的时候，露出来的衣领还是雪白雪白的。

爹不一样，他愿意"嘴上吃得油漉漉，身上穿得烂乎乎"，嘲笑娘是"包皮子穷种"。

爹去世两年后，我的表姐朝霞送娘一件红色羊毛衫，娘很喜欢，穿着出门遇到老熟人。

这位大爷说：他张婶，没有他张叔了你还穿这么好，不怕人家说闲话吗？

娘说：有啥说的？大不了说俺想找老伴，那就找呗。有男人的还离婚哩，俺找老伴不是应该的吗？

过了一段时间，这位大爷要给娘介绍对象，娘告诉他：我就是爱穿，俺还真不想找对象。

娘的生日越过越简单。

以前是家庭聚会，后来参加聚会的人越来越多，变成张氏家族和姜氏家族聚会的日子。

娘来绥化以后，基本都是回安达过年，大家留她过完正月十七的生日，我把她接回来。

七十九岁生日前夕，娘跟我说不想过生日，我问为什么，她说大家都挺忙，年年还得破费，心里过意不去。

我说：这次您请大家吃饭吧，谁的钱咱都不要。

娘说：好！

小妹爱玉建议，生日午餐不杀生，全点素菜。

娘说：好！

那次生日娘特别开心，生日聚会临时变成演唱会，没有音乐伴奏，孩子们都到前面清唱。

事后，我跟娘说：以后的生日就这么过吧，您请大家吃饭。

娘说：以后不过生日了，你告诉大家，等俺一百岁的时候再过生日。

我想知道为什么，娘说：一个人跟那么多人说话，累。

这几年，娘的生日午餐特别简单，她做四样小菜，我和爱人陪她享用。

2019年正月十七，娘的生日午餐多了一锅羊肉汤，热气蒸腾，她亲手熬制。

娘让我盛羊肉汤，我问：汤里放盐了吗？

娘：忘了。

爱人：没事没事，盐现吃现加就行。再说，忘了放盐比放重了强，盐要是放重，汤就不能喝了。

娘：你真是张爱玲的丈夫，会哄俺。

我：等您百岁生日的时候，我一定给您好好操办，还是您请大家吃饭。

娘：真到那时候，也不用操办，清清净净的，我才能多活几年。

生日前夕，我问娘：您想吃点啥？

娘说：啥都不用买，俺天天吃好的喝好的，天天都像过生日。

娘说的好吃喝，没有山珍海味。它们是地瓜、花生、红枣，是奶粉、豆粉、酸奶，是白菜、萝卜、胡萝卜，是她做的包子、馒头、饺子，是她熬制的各种粥。

在我的味觉系统里，娘熬的粥是天下第一美味。

单说小米粥吧，她放花生、红枣、饭豆，还放地瓜或者倭瓜，有时放枸杞或山药豆。花生在粥里还保有一点点脆，在甜甜面面的粥里正好可以细细品嚼。

2020年的正月十七更简单，因为疫情，这个家只有我和娘。

我跟娘说，不管疫情啥样，生日总归是生日，就算宅在家里，也该和平时有点不一样，家里还有面膜，提前一天敷面膜吧。

娘说好，她乖乖躺到床上，等着我帮她敷膜。

生日那天和平常一样，娘四五点钟起来，在沙发上写写画画，一忙就是一天。

睡前，我照例洗脸，用一点护肤品。

娘：你现在皮肤不好，都是用化妆品用的。

我：我皮肤不好吗？比上不足，比下有余。

娘：你脸上的毛孔，俺都看得见。小时候你啥都不擦，脸上可光溜了。

我：我现在五十岁了，咋能跟小时候比？

娘：以后，你别化妆了。

我：拍点水用点奶液，算不上化妆。

娘：不是化妆是啥？

我：是护肤，补充点水分。

娘：反正俺顶多洗一次脸，出门抹点防晒的东西，化妆品不是啥好东西。

某次，在央视录节目，小化妆师说：奶奶，您的皮肤真好。

娘说：哪有皮肤？就剩褶子啦。

化妆师问：您有什么保养秘诀吗？

娘说：有，不洗脸。

化妆师附和：对啊，现在很多人化浓妆，不洗脸、不化妆也是保养。

娘这是实话实说，她的理论是：洗脸是为了给别人看，不出门不用洗脸。

出门就不一样了，她长年戴口罩和手套，天冷的时候保暖，天热的时候防晒。

作为资深美女，娘也有遗憾，背有些弯，脸上有几块老年斑越来越明显。

她经常向后拉伸脊背，跟我说：俺要是不驼背，那该多好呀。

我给娘买过多种祛斑霜，效果不大。

前几天，娘突然跟我说，她在用达克宁软膏擦脸。

我吓了一跳：那是杀菌的药。

娘说：俺看了，能祛斑。

我在外包装上找了半天，也没找到"祛斑"，只找到一个词"花斑癣"。

娘：它能去癣，就能祛斑。

我：娘，您还是用新买的美白祛斑霜吧，先用两套，要是不管用，咱再换。

娘：中。

她用祛斑霜也跟别人不一样，像涂药一样，一块一块地涂在那几处老年斑上，说这样才能有效果。

闺密给我快递来某某原液，据说可以淡化各种皱纹。我让娘用，给她读使用说明书：早晚洁面后使用。

娘像孩子一样惊呼：啊？还得天天洗脸呀？

娘的眉毛是半截眉，我们姐妹也是。平时素面朝天，穿旗袍的时候，我经常修补下。

我：娘您看看，我画得咋样？

娘：挺好。

我：我也给您画吧，穿旗袍的时候，还是画画眉毛涂点口红好看。

娘：是，给俺画吧。

工程完毕，我很满意：真好看，很自然，您快照照镜子。

娘：好就中，不看了，本来就是给别人看的。

幽　默

我喜欢给娘拍照，容易获得成就感。她的白发是老年人的白发，她的皱纹是老年人的皱纹，她的眼神却常常是十八岁的眼神，明亮、清澈，就那么美滋滋地看着你。

我把娘叫到电脑前，让她看自己的照片：看看您多漂亮，眼神好像在勾谁，可以用这张照片登征婚启事了。

娘看了看说：行啊，到时候俺给你领一大串爹来。

2013 年 11 月，陪娘飞北京，参加系列活动，磨铁图书公司产品经理陈亮接机。

坐上出租车，娘说：陈亮啊，一个是你，一个是马国兴，总说俺写的东西好。过去有人说，"捧吧，你都把人捧到天上去了。"你们真把俺捧到天上去了，这不，俺刚从天上下来。

到宾馆安顿好，送走陈亮，娘说：闺女，这地方咱以后经常来吧。来回坐飞机，吃住不花钱，多好哇。

娘告诉我：咱住宾馆，得跟在家一样，能不用电咱不用电，能少用水咱少用水，不能浪费。

娘第一本书出版后，我替娘寄给外地的亲戚。

山东巨野的表姐瑞玲收到书，特意打电话问娘：大姨，您缺不缺经纪人？您要是缺经纪人，我过去给您当经纪人。

娘说：俺以前听说过"牛经纪""马经纪"，"牛经纪"是卖牛的，"马经纪"是卖马的，还没听说过"人经纪"哩，你是想把大姨卖了吗？

两个人在电话两头哈哈大笑。

后来，大家都说我是她的经纪人，出书、采访等事宜都通过我沟通确定。娘说：俺以为你姐跟俺开玩笑，这回知道了，俺还真得有个经纪人。

玩扑克的时候闲聊，吕阿姨说：人家姜姐是作家，中央电视台上了好几次，没有一点架子。

娘哈哈笑：架子啥样的？作家还得有个架子呀？

还没有新冠病毒的时候，娘出去溜达也戴口罩。

一群阿姨问：天都不冷了，你咋还戴口罩呢？

娘说：这些天，俺都晒黑了。

她们说：黑点就黑点吧，你还想找老伴咋的？

娘说：过些天我还得上电视呢。

她们说：上电视的时候，多擦点粉，啥都有了。

娘说：要是晒得漆黑再擦粉，那还不跟驴粪蛋子挂霜似的？

《世界遗产地理》的编辑跟娘和我约稿，让写东北年俗。稿子发过去以后，编辑觉得缺点东西，约我儿子李一再写一篇，还要了娘的电子照片。

我跟娘汇报这事，娘问：要你的照片没有？

我：没有。

娘：人家是看我漂亮，看你不漂亮吧？

我：肯定是这样。

娘：俺想也是。

即便出去玩扑克，娘也把自己收拾得漂漂亮亮，旗袍和裙子轮流登场，包里还要放把小梳子，随时梳头。

小区里有人夸：阿姨穿得真时尚。

娘故意说：是，俺的衣裳可贵了，这套衣裳二十多块钱哩。

2018 年，母亲节当天我要出差。前一天忙完手头事，我准备带娘去美容院洗汤头，做足疗。洗汤头又名头道汤，就是配合头部按摩，用中药汤洗头。

上了电梯，娘笑眯眯的：你今天穿对了，俺是红花，你是绿叶。

天啊，那天她穿的是大红色长衫，我穿的是绿色运动上装。无暇顾及穿着，结果这般巧合。

爱人给我买了件酒红色夹克衫，我找出一条深蓝色休闲裤试着搭配。

我：娘，搭这条裤子怎么样？

娘：挺好。

我：真的吗？

娘：你想咋搭就咋搭，它们不会说"我不愿意"。这件衣服好是好，就是不能上电视。你告诉永久，你的衣服不少了，不用再买了，要买就买上电视能穿的衣服。

2018 年冬天，八十七岁的三舅身体出现小状况，从黑龙江大庆去了河北廊坊。表妹夕霞和妹夫带三舅去北京看了几次专家，再加上一家人精心照顾，三舅很快康复。

2019 年 5 月，在北京录完节目，我陪娘去廊坊看三舅和三妗子，三舅拎着马扎早早等在下车的地方，三妗子在家等候。

我们进门，三妗子开玩笑：呀，名人来了！

娘说：是，屋里不用点灯了。

我请闺密聚会，拉娘参加。

娘那天找出紫色毛裙，外搭一件墨绿色毛衫，她还找了一条粉色丝巾系好，脚上是黑色半高跟长靴。

我最近忙，厚衣服刚找出来，还没来得及熨烫，穿的是休闲装。

娘：你为什么不穿红大衣？

我：没熨呢。

娘：放着好衣服不穿，走到外面，别说你是我闺女。

我们在美容院做完基础面部护理，娘对着镜子梳头。

我说：您的皮肤真好，好像十八岁。

娘特别淡定：真的吗？十八岁？有过。

附近有几家理发店，剪发价格不一样，像我娘这样的短发，有的五元，有的十元。

小区门口的理发店刚开业，周一免费给老年人理发。

娘避开周一，付钱理烫发。

娘说：干哪行都不容易，咱不占这个便宜。

我问：那个五元店剪得怎么样？

娘说：短一块。

2020年中秋节下午，我动员娘去求实公园，上午我跟爱人去转了转，各种树叶都很好看。

娘说：那就去看看吧。

我穿了套蓝白条运动装，有点像中学生的校服，娘说：不好看，穿这身衣服别跟俺出去。

我赶紧换衣服，玫粉色上衣，黑裤，玫粉色休闲鞋。

娘评价：这身还中。

听她的语气，刚过及格线。

有一次，跟娘一起翻看手机里我俩的照片。

娘说：你不能跟俺比，跟俺比你就太丑了。

我故意噘嘴：我想哭，使劲哭。

娘笑：不说不笑不热闹。

过了几天，娘安慰我：你长得不俊，身材俊。

晚餐时，娘问：吃不吃月饼？

我心不在焉，看手机新闻：吃。

娘问：一人半块？

我继续看手机新闻：我要小半块。

娘掰完月饼说：尽你挑。

我抬头看见，包装盒里的月饼均匀地分成两半，我还有得挑吗？我说：娘您好坏！

我明白这就是当娘的心思，她就是想让我多吃一点点月饼。

豁 达

2013年10月，娘第一本书出版后，我跟她说：您可以申请加入省作协了。

娘：给钱吗？

我：不给钱。

娘：不给钱没啥意思。

后来，省作协主席迟子建打电话说：如果姜阿姨愿意加入省作协，我愿意做第一推荐人。

我跟娘讲迟子建是怎样一个了不起的作家，讲作协是什么样的组织，娘说：你看着办吧。

2015年8月，接到多位朋友电话，祝贺娘加入中国作家协会。忙到晚上，我才跟娘提这事。

她问：这回俺追上你了吧？

我说：嗯。

娘继续看她的戏曲频道，没事了。

一般在长假或者短假，我集中精力录入娘的近期作品，一边录入，一边商量着修改，需要补充的内容她做补充，我再补录。

娘常教导我：你是老师，啥事都没有学生的事大。人家学生千里迢迢扑奔学校，家长不定多惦记呢，咱不能耽误了学生。

老年活动室是小区的信息集散地。

娘回来说：有个老头过七十大寿，五个儿子一人给他一千块钱，把他高兴坏了。他说完刚走，就有个老太太说，"那算啥？五个儿子才五千。"她就一个儿子，她儿子只要汇钱，哪次都是几万。听说她儿子在上海工作。还有老两口啥收入没有，光有低保，俩人天天去活动室玩，可高兴了，说低保的钱够花。

娘感叹：一千刨子、一万刨子也刮不平这个社会的差距，自己心里平就行了。

春天临近，积雪化了冻，冻了化。

我到小区门口取快递，顺便买了鱼和鸡蛋。快到家门口，我踩到冰上，"啪嚓"，坐在地上。可惜四斤鸡蛋，变成一袋子鸡蛋汤。

到家跟娘汇报经过，娘问：你咋样？

我说：我没事，哪儿都不疼。

娘说：俺闺女没事就行，这点鸡蛋算啥。

小时候也这样。那时候穷，别人家的孩子弄坏东西都挨打，我家例外。娘只是说：以后小心点。

三哥曾经把好好的闹钟拆开，再也组装不起来，那堆零件终成废品。娘告诉三哥：以后得记住咋拆的，这样才能装上。

小区有个阿姨快言快语，闲说话的时候说：你看谁谁谁，今年都七十多岁了，还天天穿裙子，真能臭美。

娘笑而不语，回家以后跟我说：她想咋说咋说，我想咋美咋美。我原来想说，我都八十多岁了，不也天天穿裙子吗？怕她不自在，不说啦。

2022年春节过后，我试着用按摩油给娘推背，这个项目美容院叫"开背"，可以把肩颈、后背和腰部推得热乎乎的。娘说：这个项目最舒服，后背上那几个项目你都不用做了。

想起家里有朋友送的面膜，给娘按摩前身的时候，我先给她敷上面膜。

娘说：又不出去参加活动，别浪费了。

我骗她：再不用就过期了。

娘说：那中。

带娘参加安达老乡的聚会。

吴姐：老娘，您皮肤真好，比我们的皮肤都好。

娘：刚做完美容。

吴姐：哪家美容院呀？

娘：爱玲美容院。

爱玲美容院一天两次营业，就娘一个顾客。上午我挤出维生素E胶囊里的液体涂到娘的老年斑上，晚上按摩身体的时候给她敷敷面膜。

娘说：你这个美容院赔钱呀。

我说：您天天开心，我就赚了。

娘说：是这么个账。

下午工作的间隙，我跟娘坐在沙发上边吃东西边聊。

娘：我身上经常痒，后背实在太痒了，俺就在沙发上蹭两下。

我：呀，您要长个儿。

娘：就从你给我推后背，再也不痒了。

我：坏了，您长不了个儿了。

娘哈哈大笑。

傍晚去学校运动场跑步，我把豆沙色遮阳帽扔在场边，离开的时候天色已暗，忘得一干二净，丢了。

娘：你丢的那是愁帽子，丢了就没愁事了。

我：您真会安慰人。

娘：咱老家人不捡别人的帽子，别人戴过的，都说是"愁帽"。

我细数了下，这几年娘丢了仨愁帽，我丢了俩。

自 足

从2013年2月到2022年9月，娘属于半独居状态，我白天没课的时候去她那里，晚上九十点钟离开。

一起吃饭的时候，我们都吃得香喷喷。

我说：还是人多吃饭香，您一个人吃早饭特别没意思吧？

娘摇头：我看着电视吃早饭，电视里那么多人陪着俺哩。

2021年3月8日早晨，我进门先说：娘，节日快乐！

娘反问：咱哪天不是过节？哪天不都快乐？

我说：您说得对，女王。

两位女士闲坐在长椅上，我从旁边路过。那天早晨，我穿的是黑色丝绒风衣，里面是黑色丝绒旗袍，戴了一顶灰色帽子。

女士A：你看她，天天穿得这么漂亮，好像公主。

女士B：可不是，听说年纪也不小了。

我笑着停下脚步，转头说谢谢。

进门后我学给娘听。娘正要出去玩，她立马回身去照镜子：俺得好好打扮打扮，我是公主她娘！

从外面回来，娘很宽心：不光俺记性不好，年轻人记性也不好。今天有个年轻人到处找钥匙，俺也帮她找半天呢，找了半天没找到。最后呀，钥匙在她手脖上挂着呢。

我问：这年轻人多大呀？

娘回：看着比你大点，六十岁吧。

有一天，娘在客厅里大声说：这些人，都骗我！

我走出去看，娘的手里是我给她新买的镜子。

娘说：外面这些人都夸俺漂亮，我刚才照镜子，满脸都是褶子，漂亮啥呀？

我说：娘，您不能跟二十岁的人比，跟八十岁的人比您就是漂亮嘛。再说了，八十岁的人要是脸上一点皱纹都没有，那是妖精。

娘哈哈大笑，笑完说：脸上净褶子，咋看都不好看。

我说：您不能光盯着皱纹，您看您气色多好呀，脸蛋上光溜溜的哪有褶子呀？

娘重新在镜子里看了看自己：不看那些褶子，俺还挺俊的。

每年的 4 月 15 日，绥化市区停止供热，室内温度有点低，经常是娘要躺下了，我才想起来帮她插上电褥子。

娘躺在床上等我按摩的工夫，一边揉肚子一边说：发电，俺给自己发电呢，马上就不冷了。

天气越来越好，有人在小区里摆摊理发，娘出去转，直接把头发剪了。

我说：这个人手艺太一般。

娘说：我看她不容易，还不用排队。

娘照完镜子说：这人手艺是不咋的，我还告诉她，可别剪短了，过几天我该烫头了。这个月谁找吃饭我都不去，等头发长长了再说。

夏天到了，衣服越穿越薄，娘说这几天玩扑克经常流鼻涕，她还有点不服气：难道这就是老了吗？

我说：当然不是。

我教娘按摩肺经上的穴位：孔最穴、列缺穴、鱼际穴、少商穴。

过了两天，娘汇报：按这些穴位真管用，鼻涕没了。

我说：谢谢我吧。

娘说：谢谢我吧，我又让你长本事了。

前几年，娘说：年轻的时候走路，俺总提醒自己挺胸收腹。这几年走路也想着挺胸收腹，不会了，不会使那股劲了。

给娘开背四个月后，她说：早上出去走，俺会挺胸收腹了，走二里地歇歇，歇完再走又不会了。

我说：别急，慢慢来。

娘非常肯定地说：这都是你的功劳。

娘每天歇脚的地方，是一家超市门口，那里有凉棚、沙发和桌凳，早饭以后总有人在那里玩扑克。娘起得早，那里没人，她经常躺下歇歇，要是穿旗袍出去走，她就坐下歇歇，她管那里叫"露天宾馆"。

我和娘都添置了新旗袍。

我下班回家，娘问：你这个新旗袍有多少人点赞啊？

我：有几个同事。

娘：俺穿旗袍出去，那些人都夸漂亮。中午做饭，俺戴着围裙做的。

我有件黑色的毛呢大衣，2003 年购入，我跟娘轮流穿，不管是配旗袍还是配冬装，都说好看。

2019 年春季冬装打折，我跟娘商量：再买件大衣吧，咱俩还可以换着穿。

娘说：中。

我穿 L 码，娘穿 XXXXL 码。根据娘的尺寸，我网购了一款粉色大衣，分头试穿后，果断退掉。

娘说：你穿挺好看的。

我说：一定要咱俩穿都好看才行。

逛街购衣，我跟不同的导购重复要求：选我俩都能穿的大衣，主要看红色。

找了两个小时果然找到，宽松版，颜色和样式我俩都喜欢。

回家后，娘说：明天你上班，你先穿。

有家美容院乔迁新址，搞打折促销，我办了卡，空闲的时候跟娘一起去消费。

出去的时候，有个阿姨问：娘儿俩干啥去？

我抢答：阿姨，我们出去转转。

有了空闲，再约娘去美容院。

娘：俺不去，哪有这个岁数还去美容院的？

我：这个岁数了才应该好好享受。您身体好的时候，跟我一起享受了，等您不在了，我去美容院不会太难受。

娘：好，我跟你去。俺不做补水，人家说给你补水就补进去了？傻子才信。我没看你的脸变水灵，我的脸更没用。俺光洗澡，做足疗。

我：好好好，咱俩洗完澡，我补水，您做足疗。

更早的时候，闺密在另一家美容院给娘办了张卡，让我陪娘有空过去洗汤头。娘洗过几次，感觉神清气爽。

十一长假，我约娘去美容院，娘说：还是去洗汤头吧。

这次洗完头，她跟服务的小姑娘说：真有效果，俺不耳鸣了，下次来，俺还找你。

她回头跟我说：以后，你让俺来俺就来，去美容院比去医院强。

2019 年 9 月，陪娘外出参加活动。

娘：不出门，不做节目，你经常带我去美容院。这回要做节目，咱也不去美容院了。

我：出门前不是忙吗？这回我带了不少面膜，等于带着美容院出门呢。

连着几个晚上，我帮娘敷膜，她乐得享受。

有天晚上，我想继续帮她敷膜。

娘：不用了，明天坐火车，后天也没啥活动。

我：我带得多，足够您用。

娘：那也不用浪费。

住在济南某宾馆。

娘说：给我倒点水，俺得吃点鱼肝油和钙片。

我把纸杯递给她，继续忙自己的。

娘说：你听话点。

我回头看，盛水的纸杯已经搁在床上，娘用商量的口吻跟它说：你听话点，别动，你不听话我打你。

网店年中促销，我选了件旗袍，也给娘初步选了几件。

我：您过来看看，这几件旗袍咋样？

娘匆匆扫了一眼：千万别给我买，俺一件都没相中。俺都多少旗袍了？还给我买？这小区的老太太，谁的衣服都没俺的衣服多。

我：等您新书出来，不得还有活动吗？

娘：那也够穿了，不许买啊。

过了一会儿，娘小声说：你不用跟俺溜须，你不溜须，俺也给你做饭吃。

每次要出门，娘都提前几天收拾她的行装。

出门前，我把我的东西交给娘，由她装进旅行箱就完事了。

我说：跟您出门，真省心。

娘说：我现在光给你添彩，不给你掉色。

娘跟我说：天热了，你再给我买瓶 BB 霜。

我不光买回 BB 霜，还买了隔离防晒霜。

娘：俺用哪个？

我：想增白擦 BB 霜，怕晒黑擦防晒霜。

娘：中，都是好东西。

娘从外面回来说：今天下午，一起晒太阳的姐妹研究我脸色，说俺又白又细，问俺擦啥牌子化妆品，俺说不知道。有的就说，"她闺女给她买的化妆品都贵。"

我：不贵。

娘：我跟她们说，俺天天睡前喝奶粉，可能是喝奶粉喝的。你王姨说，她以后天天喝奶粉。你朱姨说，"你就是喝一大缸奶粉，脸也白不了。"

我：啊？

娘：你王姨特别黑，黑瘦黑瘦的。

傍晚，娘穿新旗袍出去玩。

回家以后，我问：都夸您旗袍漂亮吧？

娘：没有，一个都没有。

我：不会吧？

娘：人家都夸俺长得漂亮。

网购的阔腿裤和棉马甲到了，我穿给娘看。

娘说：好看。你打扮好看了，我都愿意告诉人家，那是俺闺女。

娘还说：当老师的整天站在学生跟前，应该多买点衣裳。你看那些主持人，哪个衣裳都不少，老师不也是主持人吗？

我的白头发长得飞快，又该染了。每次都是我染前面的头发，娘帮我染后面。

这次，娘提前洗好冬枣，把富士苹果打皮后切成小块，她把果盘递给我：俺给你染头发，你吃水果吧，平常也没时间吃。

这个下午，我俩坐在窗前，我坐在地板的垫子上享用水果，娘坐在椅子上拿着染发的梳子忙活。

我问：娘，世界上还有比我更幸福的人吗？

娘回：没有！

说起话来，娘说：你丈夫是前世修来的，有你这样的媳妇，家里的事他多省心啊。俺也是修来的，有你这样的闺女。

我：我也是前世修来的，有省心的丈夫，还有这么好的老娘，老了老了都成名人了。

娘：是啊。你教俺写作是费点心，可俺天天给你做饭吃，给你收拾屋子啊。

我：我这样的闺女有的是，您这样的老娘天下少有啊。

娘：你说得对！

过了一会儿，娘说：俺闺女就知道俺爱听啥，专拣俺爱听的说。

2022年10月4日，吃早饭的时候我说：今天是重阳节呢，您点一样可口的菜，我们中午给您做。

娘一口气点了三样：地瓜、倭瓜、胡萝卜。

这三样都在早餐桌上，头天蒸的，娘百吃不厌。

不熟悉的邻居问娘：你家几口人呀？

娘以前说：一口半。

人家就问：咋还能一口半呢？

娘说：俺闺女白天在这儿，晚上回家。

公公过世后，我跟爱人搬过来。

爱人经常问娘身体好点没有，事事体贴。他背后跟我说：当初我那么穷，娘不嫌弃，把你嫁给我，我咋能对她不好呢？

娘跟邻居说：以前跟前有一个孩子疼我，现在是两个孩子疼我。

助　人

有种痔疮栓治好了三哥的痼疾，娘走到哪儿讲到哪儿，都讲到我住的小区里了。

邻居跑遍药店没买到药，她便收钱准备回安达的时候代买，这家药厂还不知道，他们多了一位七十五岁的义务代理。

二妹心脏不大好，娘听说有个偏方是棉花籽配鹅蛋，让妹妹赶紧吃。妹妹尝试后说她好了，没事了，娘马上打电话让表妹从山东寄来五斤棉花籽。

我不明白：二妹已经好了，您干吗还要麻烦表妹？

娘说：咱好了，还有别人呢。

只要听谁说心脏不舒服，娘立即送棉花籽，还详细讲解做法和用量。

我说：娘呀，您太像卖鹅蛋的托了。您在哪个地方住，哪个地方的鹅蛋准卖得快。

娘说：俺不管啥托不托，我就知道这个偏方对大家好。

作为江湖医生，娘时常出手。

娘跟我说：院里有个人鼻炎犯了，枕头垫得老高也睡不了觉，俺教她按摩。

我问：您知道穴位吗？

娘说：不知道。

娘给我做示范，自上而下捋鼻梁，再捋鼻子两侧，左鼻孔往右按，右鼻孔往左按。

我有一个重大发现：您这不就是祸害鼻子吗？

娘说：她鼻炎好了，今天谢俺呢。

东北人爱喝大楂粥，一般就是把大楂子煮熟，讲究一点的加把饭豆。我娘不，她放花生、红枣、饭豆，放又面又甜的白瓤地瓜，还放冰糖。

煮好以后打开电饭锅，家里的空气都甜丝丝的。

好东西不能独享，娘让我给对门邻居送些。

小夫妻俩都说：姜奶奶，您煮的大楂粥真好吃，我们太幸福了。

娘说：喜欢就好，以后带你们一份。

我是娘那边的专职采购。

娘说：咱家该买葱了。

我说：知道了。

傍晚出去转，十楼的姐姐说：姜姨，别人给我的葱吃不了，剥干净也洗干净了，不知道您嫌不嫌弃。

娘说：太好了，谢谢你。

过了几天，娘说：咱家倭瓜快吃完了，还剩一小块。

我说：知道了。

晚上，十四楼的妹妹给送来俩，说是娘家妈妈在小菜园种的。

我说：惦记您的人可真多，她们好像都有顺风耳，您跟我说过的话，她们都听见了。

娘说：等天凉了，咱炸麻花给大伙送，欠人家的总感觉不得劲。

2019年3月，公公婆婆一起病倒。

婆婆的脚肿了，疼得不敢碰，正计划去医院做检查，公公突然眩晕，爱人想带他去医院，公公一步都走不了。爱人叫来救护车，公公在医院做了各种检查，排除了脑部和心脏的问题，只是眩晕的原因一时查不出，公公只能回家静养。

第二天，我们要带婆婆去医院，她也寸步难行，三个人扯住褥子四个角才抬下三楼。检查结果跟我们估计的一样，痛风。

娘知道了情况说：他俩咋能一起病倒呢？

我笑：得病这事哪有商量的？

娘：也对。

我：周六周日，我小姑子照顾着呢，到了周一都得上班。

娘：两个人大小便不能自理，你们找保姆都不好找。你跟永久商量下，俺过去照顾他们几天行不？等你们找到人，俺再回来。

爱人回复说不用，他先请几天假在家照顾。

我回家的时候，娘嘱咐：对公公婆婆和气些，身体不好的人心焦。照顾好永久，他肯定着急上火。

过了几天，我大姑姐来，接手照顾俩老人，我没课的时候回去陪公公练习走路。听说车轱辘菜（车前子）可以治疗痛风，娘经常去外面挖些回来。

我说：够了，不用再弄了，我婆婆吃不了那么多。

娘说：俺打算包包子，让你婆婆一天吃一个车轱辘馅的包子，吃上一年。她身体好了，你们都省心。

娘打听：你婆婆最近咋样？

我：还卧床，更瘦了。

娘：越是这样，你越得对她好点，整天在床上，她得多难受啊。

中午，热气腾腾的山东包子出笼。

娘说：圆包子是俺给你婆婆蒸的爱心包子，鸡蛋车轱辘馅的，准比前几次更好吃。剩下的这些俺都放了肉，给大伙吃的。

娘从外面回来，跟我说：有个邻居今天跟我们说，她可喜欢吃水果了。大伙说，今年水果便宜，那就买呗。她没吱声，肯定是手底下不宽绰。手里没钱，啥东西看着都贵，俺知道。

过了两天，娘跟我商量：俺想选几样水果，给你那个姨送去。

我：好啊，说话的时候得注意下。

娘：俺就跟她说，闺女买的水果多，吃不过来，让她帮俺吃点。

娘从外面回来，高高兴兴地告诉我：今天交了个新朋友，我认识她，她不认识我。

这位阿姨患阿尔茨海默病，手里经常拿着梳子或者气球。保姆跟娘说，要是手里没有东西，这位阿姨经常把自己挠伤。她已经不认识儿子了，儿子有时来看她，问她：我是谁？她答：你啥也不是。

娘每次见到她，都跟她聊天：我比你大七岁，我是你姜姐，我叫姜淑梅，咱俩做朋友好不好？

阿姨说：好。

娘说：那你要记住，我是你姜姐，下次见面，我要考考你。

等下次见面，阿姨早忘了娘是谁，娘就一遍一遍地告诉人家：我是你姜姐。

终于有一天，这位阿姨说出答案：你是我姜姐。

成　长

2018 年初夏，外出参加活动，娘上身穿九分袖唐装，绿底黄花，下身穿黑色裙裤。

在首都机场的摆渡车上，一位中年女士问：阿姨，您是模特吗？

娘说：不是，俺是作家。

女士说：您穿得真时尚。

在宾馆住下后，娘说：你的回头客没有俺的多。

我纠正：不是回头客，是回头率。

娘说：没文化还是不中呀，俺还得跟老师学。

下了课，我照例去娘那里。

娘：你买的化妆品，我看是抗皱的，拆开用了，抹在脸上咋那么白呀？白得吓人，隔了好一会儿，才不那么白了。

我：哦，有抗皱效果吗？

娘：好像还行。

娘拿来东西让我看，上面写着：××抗皱洁肤乳。

我：这是洗脸的，洁肤的意思是清洁皮肤。咱家洗脸的东西多，这个我才没拆。

娘：俺记住了，明天不擦它了。

我：您得马上洗掉，洗脸的东西留在脸上伤害皮肤。

娘：记住了。

我从超市买回来冬枣，知道娘爱吃。

娘：多少钱一斤？

我：八块。

娘：太贵了，以后别买了。

我：娘呀，您不是告诉我们，要算大账别算小账吗？您算算吧，吃啥都比吃药便宜，穿啥都比住院合算。吃好了，穿好了，您心里高兴，吃药和住院咱都省了，是不是？

娘：说得对，听你的。你小时候俺教你，现在该你教俺了。

有一天，娘叹气：俺现在听不懂话了。

我：我说的话您有听不懂的吗？

娘：没有，有的人说话俺听不懂。我现在也不会看电视了，新闻和电视剧都看不懂，想看下面的字吧，没等我认完，没了。

我：这不是您的问题，是他们的问题，有的人不会好好说话，也不懂您。再说，有些网络语言我也不懂，想弄明白也得查查。

娘：可不是？现在新词太多了。以前听过一个词，听音儿是"驴干电影"，这里也说，那里也说。俺后来问你，啥叫"驴干电影"？你说不是"驴干电影"，是"立竿见影"，竿子往地上一立，马上有了影子。你一说我就明白了。

我：再有不懂的，您还是问我吧。

娘：中。

怎么称呼老年人，是个值得研究的问题。

外甥女想想来绥化玩，她是娘一手带大的孩子，跟娘很亲昵，张口闭口叫娘"老太太"。我听着不舒服，这个称呼里有种不良暗示。

我纠正想想：这屋里没有老太太，只有姥姥和资深美女。

娘说：俺不就是个老太太吗？

我说：我从没觉得您老，更没觉得您是老太太。您看您这么漂亮，还这么聪明能干，怎么能跟别人一样？

娘马上说：想想，你大姨说得对。

傍晚，我跑完步去健身器材那里，娘正跟几个叔叔阿姨聊天，她指着我说：这就是俺闺女，刚退休。

我跟大家点头，他们说：她就是你闺女呀，都退休了？看她跳绳像孩子似的。

娘说：她是大学教授，还是作家。

我很难为情，默默地做我的仰卧起坐。

回家以后，我说：娘，在外面咱还是低调点吧，教授和作家就不要说了。

娘说：不，我就说。俺说的是实话，又没吹。

我哭笑不得。

晚上，给娘做睡前按摩的时候，我说：今天跟您聊天的叔叔阿姨，有的好像从农村来的，大概没有退休金。在他们面前说教授呀作家呀，就像在饥饿的人面前吃馒头，还一个劲吧唧嘴。

娘"扑哧"一声笑了：到底是作家，这个比方打得好，以后俺不说了。

公公去世后，我们要卖掉大房子，我让爱人在窗户上贴出简要信息，他把面积数和电话号码分别写在两张纸上。

娘看了以后评判：少了俩字，"卖楼"。

我辩解：咱卖的不是整栋楼，是自己的房子。

娘：那就写，"卖房"。

我：想买房的，一看就懂。

娘：我就不懂！你明天最少再贴一个字，"卖"。

接受娘的批评，第二天我给卖房广告加字，想了想添加了"急卖"，分别张贴在面积数和电话号码上面。

娘：这还不对。

我：咋又不对？

娘：你应该加上"此房急卖"，或者是"此屋急卖"，要不人家知道你卖的是啥？

天，眼前这位是我的语文老师呀。

有年冬天，我跟娘去杭州，正赶上下雨，在一片灰绿色中，偶尔闪过星星点点的玫红。

我说：娘，有花，咱找找看。

娘笑：哪里有？这个时候咋会有花呢？

我拉着娘四下找，在某校区看到几株低矮的花树，怒放的花朵上雨珠颤动。

一旁竖着标牌，她们叫茶梅，十月开花，一直开到第二年四月，花期持久。

我给茶梅和娘拍了很多合照。她们多像娘的姐妹啊，春天不开，夏天不开，到了秋风飒飒的时节，突然间满树花朵。

在衰老和生死面前

以前特别怕自己老去，怕脸上皱纹丛生，怕眼睛被皱纹包围。

我四十三岁那年，娘搬来跟我住，看着七十三岁的娘一点点、一年年老去，我的恐惧逐渐消失：八十岁有什么好怕的？我八十岁的时候也就这样，挺好的。

"等我老了"

多大年纪算"老"呢？

我的学生十八九岁就说自己"老"了，都"奔二"了。有家媒体提及四十七岁的当事人，题目的表述是"四十七岁的大爷"。

年过八十的娘说起未来，还习惯说"等我老了"。

她每天都做几十个仰卧起坐，问我：你知道俺为啥做这个？

我：不知道。

娘：等我老了，也能自己起来，省得你们往起搁。

最近看到资料，说这项运动不适合老年人，我跟娘一再解释，她才减少了数量。

她还是每天写字、画画。

歇息的时候，她跟我说：等我老了，故事写得差不多了，咱俩合作写电视剧吧，把我写的这些故事都用上。

我郑重承诺：好，等您老了，咱俩合作。

我跟娘说起别人身体越来越差，脾气越来越大。

娘说：等我老了，也得那样。

停了一下，八十一岁的老娘哈哈大笑。

大清早，娘去小区对面的绥化学院锻炼身体，"唰"的一抬腿，腿就到单杠上了，她一遍遍压腿。

有个年轻人对同伴说：看看，这老人家多厉害，腿抬得那么高。

娘说：厉害啥呀？你们能上去翻跟头，我都翻不了。

年轻人哈哈笑：您老人家要是能上去翻跟头，那就是传奇了。

我跟娘出门，在飞机上闲聊。

娘说：你是中国作家协会会员，俺也是。你写了那么多年，出了四本书，俺四年也出版了四本。有一样俺撵不上你，你是教授，我还是小学生。

停了停，娘说：有两样东西，你这辈子也撵不上俺，你知道不？

我答：一个是年龄，一个是辈分。

娘竖起拇指：不愧是教授。

娘一直自己洗衣服，很少用洗衣机，多数用手洗，有时候还用下搓板。

那天我没课，跟娘说：我要用洗衣机洗衣服，把您该洗的衣服都拿出来吧。

娘斩钉截铁：没有！

我说：您翻翻大件的衣服，用手洗很难洗干净。

娘找了一会儿，递给我一件厚毛衫：这好东西，舍不得给你。总管俺要，给你吧。

娘多次说：以后不能做饭了，俺去老年公寓。

我：为啥？

娘：你整天忙，不能耽误你。

我：我快退休了，退休就不忙了。

娘：你那边还有公公婆婆呢。

我：这您不用操心，我们会有安排。等我给您做饭的时候，您可别嫌弃我呀。

娘：只要身体好，俺愿意给你做饭吃。

我：那您就做到一百岁吧。

娘：你可真狠呀，一张嘴就让俺做到一百岁。

我：您要是表现好，我可以考虑让您做到九十岁。

娘：好，做到九十岁。

有天晚上，娘身体不适，我赶紧带娘去医院。

在出租车上，娘嘱咐我：别说俺八十二岁，就说俺七十。

我问：为啥？

娘说：俺怕吓着人家。一说八十多岁了，人家都不敢碰我了。

我忘记带娘的身份证，窗口挂号，让自报年纪，我说：七十。

做完检查，没什么事。

娘跟年轻的女医生坦白：俺这辈子不愿意撒谎，今天撒谎了，对不住。俺怕你知道俺八十多岁了，心里有负担。

女医生说：奶奶，您真不像八十多岁的人，像七十岁。

早晨遛弯，邻居李叔说：姜大姐，你身体真好，能活一百岁。

娘哈哈大笑，回了两个字：不够！

几个家庭聚会，东道主邀娘参加。

娘：去还是不去，我听你的。

我：您不是害怕痴呆吗？跟不同的人接触，可以防止老年痴呆。

娘：好，俺去。

只要家里有面，娘一定自己蒸馒头，她说自己蒸的馒头筋道，有嚼头。

娘：咱家的馒头和米饭，俺一口菜不吃也能吃得饱饱的，你信不信？

我：信。

娘一边吃饭一边感叹：这阳间的饭，真好吃啊。

每顿家常饭，娘都精心烹制，主食、菜、粥或菜汤一样不少。

吃完饭我感慨：真好吃，吃饱了还想吃。

娘：俺也是。

我说：这样的日子，我愿意再过五十年！

娘说：这样的日子，俺愿意再过一百年！

蒸馒头是个体力活，娘八十三岁的时候，我跟她商量：咱不蒸了好不好？我们肯定能买到您觉得可口的馒头。再说，也太浪费时间。

娘说：中。

试吃了几家馒头店的馒头，娘确定了其中一家：这家馒头行，有馒头味。

2022年10月末，绥化出现疫情，我不得不重操旧业。十几年没做花卷，和面该放多少酵母粉、花卷该怎么拧，我都忘了，娘在一旁耐心指导。

我问：我都忘了，您怎么不忘？

娘说：这点活我做了一辈子。

"江湖医生"

2003年，娘跟我小妹去了河南濮阳，妹妹要开餐馆，娘帮着带孩子，在人生地不熟的地方突然耳聋。

她后来说：耳聋的滋味真不好受，光看见人家张口闭口，啥都听不见，跟傻子一样。

她没去医院，也没买药吃。经络和穴位她一概不懂，只想着哪儿有毛病收拾哪儿。有空她就揉捏耳朵，还在耳朵周边按呀搓呀，听力神奇地慢慢恢复。

听力恢复后，她还是每天收拾耳朵，揉、捏、按、搓，这样坚持下来，她的听力比同龄人还好一些。

娘的手或脚偶尔紫一块，她自己"诊断"说，这是毛细血管出血。

闲着的时候，她经常捋瘀血周边，过了两天，那块紫不见了。

有一天，娘跟我说：今天中午，右手拇指这儿伸不直了，眼看着肿起来，俺就往旁边捋啊捋，捋好了。

我说：以后天天吃点圆葱和木耳吧，对您的血管有好处。

娘说：俺的身体俺心里有数，你放心吧。

娘把看得见的衰老说成"掉渣"。

有几天，娘的膝盖酸软无力，站都站不起来，她自言自语：这是又掉渣了？

娘想了想，大声说：俺自己治。

她两手掐住脚腕，从下往上撸到大腿根，反复撸，等她把两条腿撸热，也把自己累出一身汗。她还让我在她膝盖附近拔了几次火罐，逐渐康复。

康复后，娘仍然每天撸腿，每条腿至少撸五十个来回。

不管谁说腿疼，娘都支着儿：撸腿呀。她还手把手教人家具体操作，但能够像娘这样每天坚持、坚持十几年的人少之又少。

2017年元旦过后，娘感冒了。可能是每天去小区活动室玩扑克，受了谁的传染。有两天娘发烧，这是好几年都没有过的事。我那几天陪她，也染上感冒，我继续上课，娘继续写作。

有天中午，娘把午饭做好了，说：你自己吃吧，俺不想吃。

我说：您少吃点行，不吃不行。

娘盛了满满一大碗米饭，坐下来吃。

我笑：您不是不想吃吗？怎么盛了这么多？

娘说：吃饭就得像样吃，少了能够吗？

小区里，几位阿姨坐在一起聊天。

邱大夫：人家都说，七十三，八十四，阎王爷不叫自己去。

娘：俺明年八十四，俺才不去呢。

邱：人家来接你，不去也得去。

娘：来接也不去，自己也不去。

邱：人家派花轿来接，说弘坤玉龙城有个姜美女。

娘：谁爱去谁去，俺就是不去。

回到家，娘跟我说：都知道我爱开玩笑，才跟俺开这样的玩笑。

小区有两个叔叔经常住院。

王叔出院后，娘指着他跟别人说：他是个大英雄。

大家愣住，不解其意。

娘说：他刚跟阎王爷打了一架，把阎王爷都打败了。

另一个叔叔出院后，娘也冲人家竖拇指：英雄，厉害！

这个叔叔说：我不是英雄，我跟阎王爷有亲戚，他一看是亲戚，就把我放回来了。

楼上有对恩爱的老夫妻，叔叔突然亡故，阿姨整天以泪洗面。娘特意煮了大楂粥，大清早给阿姨送去。

过了几天，娘又去敲门说：我带你出去玩吧。

阿姨：我想去看女儿。

娘：你现在身体最重要，你身体好了，孩子们才放心。

阿姨勉强答应，跟她下楼。

娘：你是不是谁都不想见，就想一个人待着？

阿姨：你怎么知道？

娘：我经历过了。今天咱不在院里转，去对面的小区，那里没人认识你。

娘一直惦记着楼上的阿姨，没事就约她下楼转转。

阿姨：老伴去世后，我的觉特别多，睡了一个月。

娘：那是他护佑着你呢。睡觉总比睡不着好，我那时候睡不着。

晚上，娘睡下，我在她的卧室继续备课。

娘呼地坐起来：这么晚了，你咋还不走？

我：才九点多，您刚睡下。

一个小时后，娘呼地又坐起来：几点了？我得起来做饭了。

我：现在是晚上十点多，您好好睡吧。

第二天，我问：您昨天睡觉咋一惊一乍的？

娘：昨天晚上睡得不好，一个小时醒一次。

我：咋了？

娘：我昨天吓着了。傍黑天跟你阿姨聊天回来，一下电梯觉得后边有人跟着，回头看没人。

我：您可别吓唬自己了。就算叔叔跟着，他也是来感谢您的，您照顾他老伴，他怎么能吓唬您？

娘：是啊，俺这辈子就是胆子小。

婆婆突发痛风，卧床两个多月了，毛病不大，康复缓慢。她年老体衰，烈性药不能用，温和些的中药见效慢，她几次三番拒服，我跟爱人急也没用。

回到娘这边，我说：娘，到您那时候一定要相信我，全听我的。

娘说：呸呸呸，俺才不得病哩。

我赶紧说：我是说五十年后，一百三十岁的时候您不是有个坎儿吗？

娘笑了：对，一百三十岁俺有个坎儿。

2019 年 11 月，婆婆病危，我告诉了娘。

娘：俺应该看看你婆婆去。

我：您的心意我已经跟家里人说了，他们都不希望您去，年纪大了，尽可能离这种事远点。

娘：亲家母病重，俺不过去看看，不对劲。实际上，俺真不愿意去，俺害怕。

几天后，我给娘打电话：今天中午，我不去您那里吃饭了。

娘问：为啥？

我说：我婆婆去世了。

娘的声音突然弱下去：知道了。她挂了电话。

我赶紧打电话过去，跟娘说，婆婆凌晨在家里走的，走得很平静，很安详，亲人都在身边。

娘的声音平静了些：好，知道了。

当晚我去看她，娘的嘴角有了水泡。

娘说：刚开始心里不好受，我会开导自己，一会儿就想开了，你放心吧。

健康秘诀

娘没事琢磨"健康秘诀"，经常说给她的小伙伴听：

人到老年，坚持锻炼。

天天都去，健康自己。

啥病没有，解放儿女。

买粮买菜，也有力气。

多干家务，儿女欢喜。

少管闲事，少生点气。

衣服脏了，自己去洗。

说起话来，总说知足。

儿女听了，心里踏实。

后面还有一些内容，韵脚和节奏都变了。

有一天，我带娘参加闺密聚会，把两瓶红酒装在布袋里，跟娘边走边聊。

娘听见红酒的碰撞声，说：瓶子在里面也说话呢。

几个闺密偶尔聚到一块打麻将，我不会玩，也不参与，这些娘不知道。

娘在餐桌上分享她的健康秘诀：人到老年，坚持锻炼……

我看差不多了，叫停：娘，可以了，后面的韵脚换了，跟前面不一样了。

娘不高兴：俺不管啥韵不韵，俺不懂，你一打岔俺都忘了。

闺密都说：让娘说完，我们都爱听。

娘接续说：少吃咸盐多吃醋，少打麻将多走路。

闺密哈哈大笑，跟我说：老娘想说的，你能拦得住吗？

她们跟娘说：娘啊，我们听您的，以后少打麻将多走路。

2020 年 3 月初，新冠病毒阴魂不散，我跟娘一起趴在窗前往楼下看。

娘：现在可以聚堆了。

我：谁说的？

娘往楼下指：不是说没事了吗？你看他们，都凑近了说话。

我：黑龙江又有新病例了，这事一时半会儿完不了，还得加倍小心。这些老人不听话，不像您这样明事理。

娘：他们没有好老师。

娘有三双旧皮鞋，都是我小妹给买的，穿了二十多年，她还舍不得扔。

我：都给您买新鞋了，为啥还穿这双大棉鞋？

娘：这双鞋沉，你买的鞋可轻了。

我：您就应该穿轻便点的鞋呀。

娘：不对，俺穿这双鞋，就不用绑沙袋锻炼了。出门的时候穿新鞋，一点都不累。

前些年，我要给娘按摩，她不让，还说：你两个妹妹给我按摩，可舒服了。你按摩可好，酸疼酸疼的。

我说：我给您按的地方都是重要穴位。

娘说：俺不管啥穴位不穴位，舒服就中。

2020 年元旦回安达，娘跟两个妹妹说起这事，姐俩都为我正名。

回家以后，娘说：这回，你想咋收拾我就咋收拾吧。

有一天，娘自己按摩后，用彩笔在大腿边上画了一个红圈。她指给我看：这个地方疼，你给俺重点按。

我说：那个地方是风市穴，身体里的风就在这里聚集，这里疼说明您身体里风气重。

连续几天按摩加上拔罐，效果不错，娘说：现在不疼了，谢谢张大夫。

我给娘捶打后背，问她感觉咋样。

娘：你的手恁小，小皮锤咋恁有劲？跟小铁锤似的。

过了一段时间，还是给娘捶打，从后背捶打到脚心。

娘：你最近不用劲了吧？

我：没有，还跟原来一样。

娘：那咋不恁疼了？

我：通则不痛，知道了吧？

娘：知道，你这是给我打通了。

家里有冰虾，我让娘每天早上煮几个吃。怕她忘，把提醒写在硬纸片上：蜂蜜＋冰虾，一天都别落。

娘把"落"误读成"luò"，我做了解释。

娘：俺不中用了，啥事都忘。

我：您是不中用了，除了做一日三餐写书画画收拾房间外加运动，您啥都不会。

娘哈哈大笑。

院里有几个叔叔阿姨，聊天时都说活够了，不是这儿疼，就是那儿疼。

娘说：俺没活够，俺向一百三十岁出发。

娘喜欢吃野菜，经常用荠荠菜、婆婆丁或者蚂蚁菜拌面，蒸熟以后用蒜泥、熟油和海鲜捞汁调拌，不难吃。

娘说：以前挨饿才吃野菜，现在吃野菜是改善生活。

野菜的食材都是我小姑子井华提供的，她在绥化郊区打工，各种野菜源源不断地送回来。

娘在微信里语音留言：谢谢你了，孩子。

井华回复：大娘，只要您吃不够，我就挖不够。

小区里，有人跳楼。

娘说：以前我欠那么多债，咋没想过跳楼呢？

我故意打岔：那时候都住平房，没楼可跳。

娘说：不对，不跳楼还有别的死法。那时候我就只想着，快点还债，把债还清，俺就是死了心里也清静。

在小区里溜达，有个阿姨跟娘说：我儿子在南方买房子了，那儿空气可好了，没有得脑血栓、高血压这些毛病的。姜姐你要是到那儿养老，还能活十年。

娘笑笑，什么也没说。

回家以后，娘说：俺都想跟她说了，在这儿养老，俺最少还能活二十年。想了想没说。

我问：为啥不说？

娘说：人家也是好意。

晚上，我照常给娘做睡前按摩。

娘：这啥时候是个头呀？

我：什么？

娘：你给我按摩，啥时候是个头呀？

我：没头！给健康的老娘做按摩，谁有我这样的福气？再说，给您做按摩，等于我锻炼身体呢。

娘：可不是，忙活半天，你真是锻炼身体了。

晚上八点，娘上床躺下。

我：稍等，忙完电脑上这点活，我给您按摩。

娘：中。

很快，我身后响起轻轻的呼噜声，她睡着了。

等我忙完手头活，娘正好醒了。

我：现在趴好。

娘：还打呀？

我：当然。

娘乖乖地翻身趴下：唉，一顿都不能少。俺这辈子没挨过打，到你这儿找齐了。

如果穴位痛感明显，娘就用声音表示。"哎哟"，是很痛，我的手劲要收敛。"哎哟哟"，是太痛了，手劲和按摩时间都要收敛。

隔了一段时间，按摩梁丘穴的时候我问：这个穴位我按得准吗？

娘：准。

我：那您怎么不"哎哟"？

娘：能挺住了，原来疼得受不了，现在不那么疼了。还有的穴位以前感觉扎，里边好像有包刺，都怕扎着你的手，现在也不那么扎了。

我俩在外面洗澡回来，娘躺到床上歇着。

我跟娘汇报：毛巾、澡巾我都洗完了，您的短裤我也洗了。

娘说：哦，这个家今后你得多操点心了，俺年纪大了。

我笑：别拿年纪大当借口，该干什么您还得干。

娘大笑了一阵，笑罢说：好！俺闺女说啥俺都爱听。

天冷了，韩姐给娘网购了一件酒红色外衣，短款，大袖，搭配黑色丝绒长裙很好看。就是大了一码，得拿到服装店改下。

我：这回我教您扫码，学着微信支付。

娘：人家老太太都不会这个。

我：您是个不平常的老太太，不能跟她们一样。

娘：好，俺学。

2020年11月，我取回娘的体检报告单。

娘：说说吧，咋样？

我：您的血脂高了，胆固醇正常值最高5.20，您5.23，低密度脂蛋白胆固醇正常值最高3.34，您3.47。

娘：俺经常跟人说，俺三高没有，心脏没病，白吹了。

我：大夫说您太胖，应该减几斤体重。

娘：吃啥都香，减不了，不能啥都听大夫的。

我：晚饭可以少吃点，您还可以多走动。您平常一天走四里，以后加一里吧。

娘：傻丫头，八十多岁的人你看谁还能走四里地？俺一天走四里不错啦。

我：活过八十岁的人，谁都有点绝活。

体检的话题到此为止，我从没指望娘立刻听话。

第二天吃晚饭的时候，娘跟我汇报：上午走了三里地，下午走了一里多，差点不到二里。晚上俺就喝一碗粥，啥都不吃了。

娘强调：不听别人的，得听张大夫的。

绥化又降大雪，小区清扫很及时，娘照旧下楼遛弯。

下午没课，我跟娘一起去小区物业采集信息。路上娘滑了一下，幸好我在旁边扶着。

送娘回家后，我拿着家里的撮子和扫把出门。

娘：干啥去？

我：您常走的道，我再清扫下。

娘：俺挑着道走哩，扫它干啥？

我：清扫下我才放心。

清扫工具不给力，效率低下。天黑以后，遛弯的邻居姐姐帮我找了个大扫把，效率总算上来了。

晚上五点多钟，接到娘的电话：快回来吃饭吧。

吃完饭，仿佛充足电，我又穿好羽绒服。

娘：还去？

我：嗯。

娘：别去了，你事那么多，别让俺着急了。

我：事多也没急事，我又不是去偷去抢，您着什么急啊？

娘：没见过你这样的傻子。你去吧，俺明天走路，专门捡我闺女扫的道走。

第二天，娘告诉我：你扫出来的那条道，不光俺走，大家都走。

我：一举三得啊，我还锻炼身体了呢。

娘：以后下雪你就下去扫吧。

我：哎。

娘：你还真想去啊？

我：当然了。

娘：唉，俺要是不活到一百三，都对不起我这傻闺女。

晚上我有饭局，下午四点，要给娘提前按摩。

娘：不用了。

我：我说用就用。给您按摩完，我才放心走。

娘：犟种，净给俺添麻烦。

娘一边说一边去卧室，一层层脱衣服。

我：您不用脱得那么干净。

娘：脱还不脱干净了？得跟晚上一样，你想咋按咋按吧。

中午到家，娘突然问：老师，静脉曲张该按摩哪儿？

我：这个我真不知道，有空查下。放心吧，您静脉曲张不严重，我肯定给您按好。

娘：不是俺。有个邻居静脉曲张可严重了，你教会俺，俺再教她。

我：要是这样，您就先别学了，咱都不是大夫，这种情况必须找专业大夫治。

娘很失望：知道了。

我跟娘汇报：新冠病毒变异了，传染性大大增加了。

娘：老天爷这是要亡人哪，怕人太多把地球压塌了。

我：死亡的多半是老年人，所以我才不让您去人多的地方。

娘：俺是年轻人！

晚上九点结束按摩，娘伸出手：给俺。

我：啥？

娘：觉！俺刚才都困了，你这一顿又按又敲，觉没了。

书桌上有张纸巾，我顺手递给娘：把觉给您了，别再管我要。

娘接过去放在枕边，一会儿就睡着了。

时隔一年多，娘才知道二哥心衰严重在哈尔滨住院抢救的事。

我当时想去哈尔滨看二哥，正想编理由，电视的遥控器坏了。
我跟娘说去修遥控器，到了傍晚再打电话告诉娘，晚上有个饭局，
不回去吃饭了。

娘说：这样的事，你不告诉我就对了。俺知道了也没用，我着
急上火，还给你添心事。

2021 年，清明假期第一天，我跟娘刚吃两口午饭，接到小妹
电话，侄女带大哥大嫂去大连旅游，大嫂脑出血，医生说出血量大，
已经没有抢救价值。小妹和妹夫马上开车去大连，侄子和媳妇也从
齐齐哈尔飞大连。

我回到餐桌，娘说：不管是谁家的事，我不问，我管不了。

知道这事瞒不住，我实话实说。

娘叹气：天上掉下来的事！你大嫂身体多好呀，我还说她这辈
子没少出力一定长寿哩。

娘放下筷子再没吃一口午饭，她说累了，到沙发上歇歇，午睡
也没睡。

下午我哄着她吃了点水果，喝了点水，晚饭才照常。

娘说：我想开了，这是你大嫂的命，她的寿命到了谁也拦不住。

第二天上午大嫂走了，我跟爱人要回安达帮忙料理后事。娘说：你放心去吧，俺没事。最好能把你大哥带过来，我开导开导他。

处理完后事，我们把满头白发的大哥带回家，娘已经准备好晚饭，她一口没吃，谎说提前吃了。婆媳一场四十八年，两个人不曾红过脸，娘需要慢慢消化掉她不动声色的难过。

我的堂叔伯大娘虚岁九十五，已经卧床三四年了，最近情况不太好。

我问娘：大娘要是有事，告不告诉您？

娘说：告诉我吧。

过了几天，大娘去世，我告诉娘，娘说：她走了就是享福去了，你大娘活着太受罪，儿女也跟着受罪。

二哥打电话给我，准备给爷爷奶奶和爹娘买墓地。

我说：娘说过，将来不进张家墓地，她在咱们家净受累受气了，想离他们远点。应该听娘的。

二哥很为难：要是以后爹娘不合葬，做儿女的，好像没做到位。

娘从外面溜达回来，跟二哥说：我跟你爹合葬行，必须离你爷爷奶奶的墓远点。

二哥说：明白了。

放下电话，娘跟我说：俺以前说的是气话，等我没的那天，你们咋方便咋来。俺以前受过气，还能老受气吗？再说，人死了就啥都没有了，还计较那些干啥？

2021年9月17日上午，天气晴好，娘从外面回来。

我：娘，今天是老年痴呆防治日。

娘：俺防着哩。

我：咋防？

娘：打扑克、走路。

我：走路能防痴呆？

娘：天天走出去好几里地，我得记着道好回来呀。

我：还有吗？

娘：做饭，早上做啥中午做啥晚上做啥，好吃还营养，我得动脑筋吧。画画，画啥，咋画，我得琢磨吧。对了，还有唱歌。

我：唱歌也能防痴呆？

娘：俺得记歌词呀。

我采购回来，娘拿出一种水果问：这是荔枝吗？咋红色的？

我：这是越南荔枝。

娘：很贵吧？

我：十四块钱一斤，我没多买，尝尝吧。

娘：以前的皇帝，也没有现在人的日子好呀，好好享受吧。

秋分过后，娘把溜达时间从早上改到下午。

某个下午，我要出去跑步，娘赶紧放下毛笔：我也得出去溜达了。

她一边穿衣服一边说：忙到下午，就不愿意动了，我总管教着自己——不能懒，必须下楼，啥时候走够数，啥时候再回来。

我：您这叫自律。

娘：啥？

我：自律。

娘：这个俺做到了，这还不容易吗？

2021年11月，我大姑姐六十岁生日，我们接娘过来一起吃饭。

聊天的时候，娘跟大家说：现在啥叫本事？健康是本事，谁健康谁有本事。别的东西能花钱买，健康买不来。

娘躺在床上，偶尔轻声哼哼，类似呻吟。

给她按摩的时候，我问：下午我听见您哼哼，是哪里不舒服吗？

娘：没有，就是想哼哼，哼哼两声心里可得劲了。

我：那我就放心了，您现在也可以哼哼呀。

娘：不中，不累的时候哼哼不出来。

天气逐渐暖和，娘开始在小区里走圈，走一大圈是四里地。

娘回家后问我：你知道俺为啥走圈不？

我：锻炼身体。

娘：还有，俺走出去了就得走回来呀，想懒都不行。

抱病时选择坚强

2013年10月底，娘晨练时倒着走路，忘记身后的一个台阶，突然摔倒，左手手腕骨折。

她知道我六点半起床，六点半以后给我打电话，轻描淡写地说：别着急，反正医院没开门，你吃完饭过来就行了。

去医院以后，两个医生合作，帮娘腕骨复位。1985年娘左腕骨折过，这次复位用了十分钟左右，我跟我爱人看着不寒而栗，娘始终一声没吭。

回家以后我问她：您为什么不喊？

娘反问：喊也疼，不喊也疼，为啥还要喊？

术后还有疼痛，娘坐到沙发上，左手打着绷带，右手继续写作。

娘告诉我：写字也疼，不写也疼，还是写吧。

2022 年 1 月底，腊月二十八，娘在电话里跟亲戚聊天：我现在身体特别好，啥毛病没有。

当天下午，娘开始头晕，没有食欲，还有点恶心。

我给娘量血压，高压 140，前所未有。

我赶紧给熟悉的大夫打电话，大夫说：她这个年纪血压偶尔上升，很正常，可以用点 B 族维生素和谷维素。

吃药的时候娘还不太服气：我这不是药罐子了吗？

我说：您吃的都是营养药，哪里是药罐子呀？要说您是营养罐还差不多。马上就过年，新一年该有的小毛病，您已经提前完成任务啦。

娘说：你说得对。

娘以往低压 60 或 70，高压 90 或 100，现在低压 80 或 90，高压 120、130 或 140，她严重不适应，还有些头晕。

我陪娘去小区诊所，继续问诊。

大夫：老人家哪里不舒服呀？

娘：血压不稳。

大夫：高压多少？

娘：140。

大夫把完脉说：您有点脑供血不足，吃点药吧。他给开的药是心脑清。

我把药买回来，娘拿出说明书细看。

我：说明书字太小了，我都看不清。

娘：俺眼神好，看得清清楚楚。

娘后来指给我看：这药治高血脂、动脉硬化、冠心病、心绞痛，还治中风、半身不遂、口眼歪斜、脑梗塞。这些病，俺也没有哇。

我：您这点毛病是最轻微的病了，说明书上没写，先吃几天吧。

吃了几天药，娘跟我说：那些毛病没长在我身上，我这是替别人吃药呢。

娘也有她的隐痛，起初我不知道，就知道她血压不稳了，原因不明。

有一天我给她按摩的时候，娘说：只要想起你姥娘来，俺就难受，睡不好觉。你姥娘病重的时候，我从东北回去，就知道天天守着她，咋就不想着带她到外面去治病？你说，以前我咋那么傻！

我：我大舅是大夫，他都救不了我姥娘的命，您就是去外面治病也一样，那时候就是这种医疗水平。

娘：你姥娘算是白疼我了，俺在东北，一年一年回不去，就能攒点钱给家里寄。

我：那时候都没钱，这些钱肯定能解决不少问题。对待老人，您只要做了力所能及的事，就不用后悔了。我结婚以后，看到有人到咱家讨债也后悔过，我要是嫁个有钱人，把钱甩过去就解决问题了，那也是我当时力所不能及的事。想也没用的事，以后就不要想了。

娘：知道想也没用，管不住自己。

我：以后再想到这件事，您就告诉自己，换，换，换。像摁遥控器一样，换到别的频道。

娘：我试试吧。

睡饱以后，娘的血压基本稳定了。

2022年8月，我照顾公公那段时间，娘不光痰多还咳嗽，枇杷止咳糖浆已经不管用，试了各种药没有效果，有时咳一夜睡不了多少觉。

娘在电话里总说她挺好的，不用惦记。

我回家逼问，她才说点实话，说自己没有胃口，什么都不想吃，就喝点豆粉和酸奶。

送走公公，我赶紧带娘去医院。做完肺部CT，医生说没什么问题，给开了两种药。回家吃药，还是没有效果。

我想带娘去朋友的诊所。娘说不去，买甘草片给她吃就好了，谁谁谁说这个药好使。

我：昨天的大夫是西医，今天的大夫是全科医生。他如果说应该吃甘草片，回来我就买给您吃。

娘：真不想去，俺浑身没劲。

我：那您更得去，今天不去，这点毛病越拖越严重。

娘想了想：这咋整？唉，还得听你的。

全科医生看完CT片，说娘支气管有点炎症，重新开药。娘这回病症见轻，说：这药管用，你别着急了。

娘食欲不佳，某抗生素引起肠道反应，吃了必吐。

联系医生，换了抗生素，娘的身体逐渐调整过来。

娘说：前几天浑身没劲，脚底下好像踩棉花。

我问：今天咋样？

娘说：脚底下还有棉花，没那么厚了。

过了两天，娘说：今天脚底下没棉花了。

娘这几年悄悄胖起来。胖起来以后，体检报告单上多了项"轻度脂肪肝"，前几年买的旗袍和唐装有些不能穿了。我经常提醒她，不要再胖了。

这次毛病不大，久咳不愈，很消耗人。娘说：你整天说我胖，要是不胖点，俺早就塌架了。病好以后，我还得吃得胖胖的。

我抱住娘说：我错了，我再也不说您胖了。您睡眠好，胃口好，很快就能胖起来，白白胖胖。

病情出现反复，娘有时咳得厉害，医生建议输液。

知道娘晕针，我问娘：您怕不怕？

娘：怕也没用，听大夫的。

我：扎针的时候疼一下，然后就没事了。

护士扎完针，娘安慰我：扎针的时候也不疼。

娘这次生病，治疗上有拖延，我跟娘说：是我照顾不周。

娘说：人吃五谷杂粮，咋能不生病呢？

娘身体稍好，我采访她：这次生病，您有啥感受？

娘说：我也该有点毛病了，哪能一个劲好？

娘说：死很容易，吃不进去饭，说死不就死了吗？咳嗽的时候太难受，我都不想活了。

娘总结说：我这次是大病一场，再也恢复不到以前那样了。

我说：支气管炎，不算大病，也伤不到元气，您别想玩赖。九十岁的时候，该做饭还得做饭，该办画展还得办画展。

娘笑了：俺不听阎王爷的，听你的！

娘在床上歇着，我给她读贾平凹的散文《说生病》，个别书面化语言，我直接转翻成大白话。

娘：这个贾平凹真有想象力。

我：您也要像他这样，试着跟自己的身体说话，您可以这样说，"支气管呀，你对我太好了。好得我一直不觉得你存在。当我知道你的部位，你却病了。这都是我的错，请你原谅。我终于知道你有多重要，以后要好好保护你，一切都拜托你了，支气管。"

娘呵呵笑：中。

第二天我问：您跟您的支气管说话了吗？

娘：说了一遍。晚上做梦，我梦见一个女人和一只小鸟抬水。我跟那个女人说，"我跟你抬水，小鸟太累了。"那个女人说，"不用，它行。"

我：您好有想象力呀。

娘：哪有想象力？

我：有想象力的人才会做这样的梦。

娘：你可真是个写作老师。

娘这次咳嗽，已经持续半个多月。吃口服药，情况不见改善。输液消炎化痰，见效甚微。医生无奈说：这拨咳嗽原因不明，特别顽固，试试中药吧。

娘没有食欲，强迫自己吃饭。她解释：肚子里有空，就是不饿，不饿也得吃。吃饭等于吃药，吃饱了，才有抵抗力。

娘有点精神头，就出去走走。有天早晨五点多听见门响，起来看见娘从外面回来。她小声告诉我，去早市买了四个土豆。

回头看见茶几上有娘的字条，正面写的是：你娘上市厂了。

她写完发觉有错别字，"厂"有问题，却想不起来"场"怎么写，就在字条背面写上：你娘去早市了。

她跟我说：越走越有劲，越不走越没劲，俺不能让病拿住。

亲戚朋友推荐的药我都买回来，跟娘一一说明。娘说：药不能瞎吃，这就像用兵打仗，咱得好好安排，用精兵强将。

我说：您是我的榜样，将来老了有毛病了，我也要像您这样。

每次要咳嗽，娘都关上房门。

我：娘，您不用这样。

娘：你又替不了我，看你那表情比我还难受。

我：那我也得看，好知道您啥情况。

娘咳嗽严重的时候，我把被子搬到她卧室，把瑜伽垫子铺到她床脚下，晚上在那里，午睡也在那里。

娘：回你屋睡去。

我：您现在这样，回去我也睡不好。

娘：你帮不上忙。

我：端药递水呗，养闺女不就这个时候有用吗？

娘夜里咳嗽，每次咳后我都给她按摩肺经、胃经、脾经、肾经，特别是阴陵泉穴和丰隆穴，一个排湿，一个化痰。我这手艺虽然皮毛，但效果还好，娘咳嗽的间隔时间变长。

家务活我全盘接手，做饭，熬药，洗洗涮涮。

娘：看着你笨笨卡卡的，没想到你还挺会照顾人。

我：您这回生病好像是在考验我，我经得住考验了，对不对？

娘：嗯。

我：考验完就得了，您快点好吧。

娘：好！

娘身体好些了，我们闲聊。

娘：我以为俺到寿了呢。

我：您的肺一点问题都没有，光咳嗽哪能丢命呢。老话说，"七十有家，八十有妈"，您得努力，让我八十岁的时候还有娘呀。

娘：你八十岁的时候，俺多大？

我：一百一十岁。

娘：差不多。

娘这次连续咳了二十几天，严重的时候连续咳，好像要把五脏六腑咳出来，最终咳出来的却只是白痰，很黏。

中药喝到第五天，娘终于止住咳。

我说：您不咳了，全世界的花都开了。

娘纠正：太夸张了，你世界里的花都开了，这倒是真的。

娘随后说：这些天，耽误我画三张画。

娘在慢慢康复，进食逐渐增加。

她：这段时间你辛苦啦，等我好了，我给你们做饭。

我：不行，我俩年轻力壮，等着您做饭，那不是欺负老年人吗？

娘：那咋整？我还想做点啥哩。

我：可以呀，您就做您自己爱吃的东西吧。比方说，晚上您想喝什么粥，洗好了放进锅就行了。

娘：中。

过了几天，娘告诉我：以后我不跟你抢着做饭了，有那个时间，俺得多画画。你退休了，俺还没退休呢。

我说：好好好，我同意。

有天晚上，按摩结束，我在台灯下看书，娘在我身后的床上准备入睡。

她突然问：把俺接来，你后悔不？

我回头笑：不后悔，一点儿都不后悔。

娘说：这些年，我特别满意，我给你打一百分。

我说：我更满意，我给您打一百二十分。

大笑过后，我告诉娘：有的人赡养父母，好像在还债，一个养小，一个养老。我不是还债，我很享受，以后怎么过晚年，您是我的榜样。

娘说：明天玩扑克，我得告诉她们，听听俺闺女咋说的。

坦然准备身后事

1981 年，娘四十四岁的时候，给自己准备过后事。

那时候她已经病了两年，瘦得皮包骨，每天大便三四次，多的时候七八次，严重的时候大便像鱼肠子，经常带血。有的大夫说是慢性肠炎，有的说是结肠炎。不管哪种病都需要休息，需要增加营养，可家里有五个上学的孩子，还有好几头奶牛，休息和营养都没有，越病越重。

娘去安达市人民医院看病，有个大夫跟她说：你这种病，咱安达我经手看的就三个，吃点药顶着吧，治不好了。

娘听了哈哈大笑。

大夫说：你笑得吓人，你笑啥呀？

娘问：大夫，你贵姓？

大夫说：我姓李。

娘：李大夫，你说俺的病好不了，俺一定能好。俺跟病做斗争，俺一定能战胜它。到时候，俺吃得胖胖的来见你。

李大夫说：好，到那时候我也为你高兴。

娘心里想：你不像个大夫，大夫不能跟病人这样说话。你今天碰到个胆大的，要是胆小的，就叫你吓死了。俺笑，是笑话你这个大夫哩。

笑归笑，回家以后娘开始准备自己的后事，准备什么呢？

那时候，商店有卖大人棉衣棉裤的，没有小孩子的，她怕她没了我们小姐仨受冻，有点力气就给我们做棉袄棉裤。这个是大闺女的，这个是二闺女的，那个是小闺女的。这套是今年的，那套是明年的。做了好几摞。

1982 年，爹受工伤，复方新诺明吃了过敏，扔在一边，有几片药还让茶水给泡了。娘看扔掉可惜，捡着吃了十片药，竟然大病得愈。

娘做的棉衣棉裤多半没用上，正好街道组织居民为灾区捐棉衣，娘都捐出去了。她已经有力气给我们重新做了。

娘没去医院看那位李大夫，她跟我们说：病好了不是挺好吗？咱不能让人家心里不舒服。

娘七十多岁的时候，身体还好，想着百年以后不给子女添麻烦，悄悄地准备"装老衣"。

她那时帮小妹带孩子，住在小妹家。小妹给她定做的紫红色缎面棉袄，她非常喜欢，跟我们说：俺走的时候，就穿它。她还买了内衣裤，做好棉裤。

2009年夏天，二嫂突然病逝，没有任何准备，把娘准备的装老衣穿走了。

当时缺黄褥单，娘去丧葬用品商店买，三十元一条。

娘说：我给你五十，买两条，行吧？

人家说：行。

交易完成，店主笑着说：在我们这儿买东西，从来没有讲价的。

娘顺便花五元钱买了丧葬用鞋，据说鞋上有绣花。

小妹知道后，把黄褥单和鞋都扔了。

娘：要不是你把我接到这儿来，赶上安达白布减价，连孝布俺都买好，省得到时候你们抓瞎。

我：别惦记了，我抽空再给您准备。

娘：俺都准备好了，我想穿平常爱穿的衣裳走。你小妹给我买的一套睡衣，你前几年给我买的蓝棉袄，还有那件紫色的大袍子，我都准备穿走。

我：那不行，必须是新的。

娘：不对。山东老家那边，老年人的装老衣过年都拿出来穿，说是穿过的衣服死后才能带走。

我问：您给自己准备这些东西，有没有点难过或者害怕？

娘摇头：没啥，谁都有这天。你小妹啥时候再来，我让她给我买黄褥单和鞋就中了。

2019年夏天，娘八十二岁。

澎湃新闻记者于亚妮问娘：您怎么看待生死？

娘说：俺这个年纪不怕死，怕卧床，拖累儿女。

闲聊时，娘说：俺这个岁数，是熟透的瓜了。

我：您不才十八吗？

娘：哄自己哩，哪能当真？只要不卧床，俺愿意活长长的年纪，生活这么好，谁愿意死啊？可惜呀，这事自己说了不算。最好是哪天你推门进来，俺已经硬了，那就是俺修来的福气。

我：活过百岁的人，基本不卧床，您就努力吧。

娘：好！

2022年9月，娘去好朋友家串门。这个阿姨生活拮据，有病不舍得买药，但买装老衣舍得花钱，先买了一套感觉不好，又专门定做了一套。

她让娘看了定做的这套，说：你也定做一套吧，过两天我带你去。

娘说：我不做，俺都准备好了。有病你得吃药，别耽误了。

回家后，娘跟我说：你说你姨傻不傻？再好的装老衣，到了死那天，也是一把火烧了，花那么多钱有啥用呀？

我说：我姨是想走的时候体面点。

娘说：对，俺俩算的账不一样。

生活智慧

老娘的巨额财产

　　我后来才知道，娘在悄悄为我存钱。等我知道的时候，数目已经很可观了。

　　我后来回忆，娘是何时存的第一笔钱呢？应该在我初中毕业的时候。

　　1982 年初中毕业，我没报考重点高中，而是报考了小中专。我觉得自己不大可能考上大学，上不上重点高中都一样，要是考上小中专，四年以后我就可以工作了，家里兄妹多，我特别想早点独立。

　　结果，我没考上小中专，分数却超出重点高中录取线二十多分。大家都说：你看看，你看看，你本来就不该报考小中专，自作主张，吃亏了吧？

　　情绪低落的时候，遇到一个同学，我们报考的是同一所师范学校，她分数比我低，却接到通知要去参加师范学校的体检，说是万一有体检不合格的人，有机会补录。

　　她问我：你怎么没接到体检通知？

　　这其实也是我想问的。

　　我让娘陪我去学校，准备问校长。没想问班主任，却在林荫路上最先遇到她。

　　班主任远远见到我们就拉下脸，等我走近了，劈头就训：怎么样？后悔了吧？想改报志愿吧？告诉你，晚了，不赶趟了！当初报考的时候，你没征求我意见，现在晚了，找我没用！

我说：我想找校长……

她不耐烦地一摆手：找校长也没用！赶紧回家吧！

我是来打听事的，不想回家，就说明来意。她依旧一摆手：晚了，录取都结束了，你们闹也没用，赶紧回家吧！

这个"闹"字，像根鱼刺扎疼了我，我拉着娘扭头就走。

多年以后想起，那根刺好像还在肉里，咽喉处隐隐作痛。

那年我十五岁，自己的事情第一次做主，就栽了大跟头，趴在地上，看不到未来。

我要就读的那所普通高中，离家很远。每逢下雨就全校停课，校园四周一片汪洋，往哪个方向扛自行车，都得扛二三里路才能上道。每年考上大学的人凤毛麟角。

某个下午，娘在灶台上和面，要贴玉米面大饼子，我抱柴烧火。我可能叹气了，因为娘突然问：咋回事？咋还唉声叹气的？

我说：小中专我都没考上，大学我更考不上，上不上普通高中有什么意思呢？

娘问：你知道你为啥没考上小中专吗？

我说：因为我笨呗，怎么用功都没用。

娘哈哈笑了，说：不对。小中专算个啥？这是老天爷想让你考大学呢。你要是真考上这个小中专，哪还有机会考大学？

真的吗？我半信半疑。

真的。我大闺女这么用功，肯定能考上大学。娘笑着看我。

在娘的笑容里，在越来越旺的灶火里，我似乎看见了未来。未来还很模糊，但有闪烁的光亮，很温暖，很温暖。

我乐颠颠地去了那所普通高中，乐颠颠地往返于雨天一地泥泞、晴天尘土飞扬的上学路。

高二时，我选了文科班，语文老师很快另谋高就。我很泄气，跟娘说：没人给我们上语文课了，文科班不上语文课怎么能行呢？

娘语气轻松：你语文好，怕啥？语文课不上，你正好有时间了，别的科你可以多用点劲啊。

我想了想，对啊，语文课不上了，我正好学别的。

高三了，学校的煤不够用，我们上午上课，下午放假，没有晚自习，更没有假期补课。

我说：别的学校都报高考计划了，听说我们校长一个都没报。老师背后说，往届起码敢报一个半个的，有时还超额完成指标，这届学生可能真要"剃光秃"了。

娘说：你们校长肯定不知道有你这样的学生，要是知道了，他最少敢报一个。他不报数更好，咱没压力，没压力是好事啊。咱不为他们，咱就为自己争口气！

我觉得娘说得对。午后，我独自一人留在教室，靠运动取暖，暖和一点了，就继续自己的复习。

娘做了一辈子家庭妇女，没有文化，也没固定收入，她经常为此自责。在我考上大学以后，在我窘迫出嫁的时候，在我身陷困境孤立无援的时候，她总是说：娘真是没用，娘要是有文化有收入，是不是还能帮你一把？

她不知道，在我成年以前，她已经送了我一笔巨额财产，我也悉数收入囊中，可以大摇大摆满世界行走，随时支取随时享用。

她送给我的，其实是看问题的另一个角度，是她一直不曾改变的乐观。带着它走世界，受点挫折怕什么呢？

爹娘情事

1954 年春天，爹十八岁，榆树般结实粗壮；娘十七岁，玉兰树一样亭亭玉立。婚姻自主的劲风吹到古老闭塞的鲁西南，已经疲惫不堪支离破碎，因此他们无缘结识知名的小二黑和小芹。但是既然已经长大了，迎风而立，只好乖乖地等着随便一双什么样的手，来摆布自己。

外祖父曾是那一带的开明乡绅，他跟媒人要求：登记之前两个孩子必须见见面，先有个了解。

这种要求在当时绝无仅有。娘听说了，想到那个人一路走来像耍猴的一样轰动十里八乡，愁得天天哭。眼看见面的日子临近，逼得没办法，只好跟外祖父讲：那个人真来，俺就去死。

外祖父问：见见面有什么不好？

娘说：他瘸他瞎俺都认了。你偏偏让他到这儿来，今后俺咋见人呢？

原本约定登记当天先见面后登记，没想到，爹不敢来，娘自然也没有死，亲事就草草定了。

到区里登记时，十八对男女分坐两排，谁也不知道对面哪个人是自己的，又不敢抬头张望，只等着管登记的人念自己的名字。

一个四十多岁的黑男人和一个年轻的白姑娘一起站起来，娘怦怦乱跳的心忽地沉下去。

管登记的人问：你愿意和他结婚吗？

姑娘低着头低低地说：愿意。

娘后来跟我说，那姑娘登记罢，没等走出门就掉泪了。等念到自己名字时，娘壮起胆子偷看了爹一眼，见胳膊腿都齐全，人长得也说得过去，放下心来。

那是姜淑梅的名字第一次在公共场合使用，在之后的很多年里也是唯一的一次。后来她成了"富春家里的"，大哥出生后，又变成"来顺他娘"。

爹是我们的好父亲，却不是娘的好丈夫。他一生热爱白酒、朋友和被吹捧，有酒必喝，喝酒必醉。

每每爹酒后同娘咆哮，我总躲在角落里暗自伤心，然后望着同样伤心的娘一遍遍发誓：将来一定要把娘从爹的家里拯救出去，我养着她。宁可这辈子不嫁人，我也不要爹再看见娘，或者娘再见爹。

第二天雨过天晴，晨曦又照到娘的脸上，爹也难得地在厨房忙前忙后，什么事不曾发生似的招呼着我们吃饭上学。我却依然耿耿于怀，在我眼里，爹和娘像一个粗制滥造、一个精工细作的两只瓷碗，偏偏被放在一起，极不般配。

爹在家的时候总是忙于制造各种噪音，睡觉时鼾声轰隆隆响，聊天的音量和吵架一样。干活时，如果手里的东西不乒乒乓乓响的话，他一定要大声唱歌，好在他只会唱那首"嘿啦啦呀嘿啦啦啦"，所以家里偶有片刻的安宁。

娘则像一树花静静地开落，走近她的人先欣赏的是她的美丽，继而是人品。娘没受过教育，没有正式职业，在爹的厂里做了大半辈子临时工。

可我，即使到了早熟的年龄，也看不出爹是怎样爱娘的。

爹似乎对身上的脏衣服情有独钟，只有在娘一而再再而三的催促下，才恋恋不舍地脱了，不耐烦地一甩：给你！

那时家里实在没有风景，只有红砖地略有秀色。我和娘常常忙一个下午，把地面刷洗得鲜鲜亮亮。爹毫不怜香惜玉，在干干净净的地上印满脚印。没等我急，他先嚷：刷它干啥？倒好像错在我们，我们的半天辛苦真的妨碍了他的鞋落地。

爹觉得自己是响当当的男人，而男人注定比女人头发短见识长。他从不相信娘的判断能力，也就从不接受娘的建议，撞到南墙也不回头，只因为娘曾经预言过。似乎他的粗暴和娘的贤惠一样，都是理所当然的。

只有在娘偶尔出门的时候，才能看到爹的些许落寞。各种声响虽然还在持续，音量却降了很多。与我们面对面时唯一的话题是：你娘今天到哪儿了，还有几天能回来。

这大概就是思念了，爹对于娘的实实在在的思念。我曾企盼这思念能产生奇迹，换来永远的和平。可娘一到家，爹的思念就成了昨夜的茶，随手一泼就没了。

我常常为娘骄傲，但很长时间我不明白爹怎么会是娘的丈夫，我怎么会是爹的孩子。

书上说：没有爱情的婚姻是不道德的。我当然就是这场不道德婚姻结出的六个果子之一，但是我没敢跟娘说，怕她再伤心。

成年以后，我认真地问过娘：您为什么不和我爹离婚？

娘惊愕了半晌才说：傻丫头，吵归吵，哪家夫妻不吵架？你爹从没打过我，也没骂过，真的。

维系婚姻的东西应该有很多，在娘那里居然可以如此简单。

我筹划多年的拯救计划顷刻间土崩瓦解，一地瓦砾。后来，我就在这瓦砾之上为爱而嫁了。

　　爹的离世非常突然。车祸发生时，娘就在现场，看见车轮下赤着脚的爹，娘糊涂了：他怎么没穿鞋呀？我得给他穿上。她找到了一只，又找到了另一只，穿上了这只，也穿完了那只，爹还没动，娘猛醒过来：他怎么了？他到底怎么了？

　　半年后，在寂静下来的空荡荡的家里，我第一次跟娘讲儿时的梦：一个男人来找我，温文尔雅，和我理想中的爹一样。别人告诉我，我是被捡来的孩子，他才是我的亲爹。他也拍拍我的头：孩子，跟我走吧，回咱们的家。

　　娘问：你跟他走了吗？

　　我说：没有，我不想离开您。

　　娘淡淡地笑了。

　　我终于说：不过我现在希望我还能有个爹，他应该比我爹更会做丈夫。

　　娘神色黯然：梦也罢，不梦也罢，这辈子你只能有一个爹。我老了，脑筋也老了。

　　娘不老，才六十岁，真正老了的是娘的脑筋，不过这件事可以慢慢来。我又要外出读书，走前想陪娘去爹的墓地，娘一直没有去过。

　　娘摇头：现在这样挺好，有时间我就去街上人多的地方看人，总觉着说不上啥时候，你爹会过来喊，"来顺他娘！"要是看见你爹的墓地，记着是啥样的，连这点希望也没有了。

　　远在他乡的此时，想到娘我仍泪流满面。

　　也许娘和爹真的是一棵树和另一棵树，虽然他们大不相同，站在一起纯属偶然和误会，但是他们并肩站立了四十二年。四十二年太久了，彼此的根已深深切入对方的生命里。

或者，他们像千百年来的男人和女人一样，娘是水，爹是土，他们被一双已经残破的大手搅拌成泥。现在，岁月的风吹过了四十二个春秋，爹又风化成土，娘却再也找不到自己了。

擦干净自己的鞋

擦鞋的时候总会想起娘。娘离我越来越远，想起娘的时候也就越来越多。

娘是个干净利落的女人，快七十岁的人了，鞋面总是一尘不染。她爱穿白色袜子，脚下的白袜和头上的白发一样干净。

可是不幸，爹是个邋遢人，三个哥哥在这点上很像爹。和邋遢作战，娘身单力薄。恰在此时，娘迎来她的第一个女儿——我。

小时候，我还是她的帮手，帮着扫地刷地擦柜子整理衣物。可我们家的邋遢势力太强大了，刷了半天才刷干净的红砖地面，转眼就有了黑脚印；一点一点整理好的衣柜，第二天全乱套了。我实在懒得做这种无用功，很快从这场争斗中撤退，留下娘孤身一人，与爹他们斗智斗勇。

娘最想不到的是我的"堕落"——长大以后，我也邋遢。不知从哪天起，我开始丢三落四，常用的东西总是找不到，娘被我翻得不耐烦，一出手就把东西找出来。我出门前，娘常拎着木梳追出来，在我的短发上匆匆梳两下，一边梳一边说：一个女孩子家，头不梳咋能出门呢？

一旦遭遇爱情，女孩子会有很多改变，遭遇了爱情的我，也让娘松了一口气。但她显然不是特别放心，结婚时特意送我一套组合家具，每次来我家，她都先到家具上摸一把，看看我被改造的程度。

最初的检查结果，娘很不满意。她举着手上的灰尘说：看看，又该擦了。

我赶紧汇报：我一周彻底擦一次。

娘说：那怎么行？家具得天天擦。

我自作聪明地对付：东西我都放里面了，外面我又用不着，天天擦它多麻烦呀。再说，您姑爷都同意了，您就别管了。

娘不再多说，找到脸盆打上水开始擦。

我只好举手投降：我来我来，您歇歇吧。

我很快有了经验，娘一进门，我立马动手收拾房间。

后来，即使娘不来检查，我也习惯花费点时间，把房间收拾得利落点。

有一次娘来，我带着她里里外外看，看我的劳动成果。正等着娘的夸奖，娘却盯上我门口的鞋：你的鞋多长时间没擦了？

我说：有几天了。

娘说：上面一层灰，赶紧擦擦吧。

我还想抵赖：求求您别看了。现在的人，往上面看还看不过来，谁还有时间低头看我的鞋呀？

娘也不争辩，回手拉开抽屉，要亲自动手。

我赶紧找出刷子和鞋油，乖乖地自力更生吧。

娘看我老老实实接受改造，很开心：把鞋擦干净了，穿上试试。

穿上焕然一新的旧鞋，我第一次知道什么叫"足下生辉"。

娘说：闺女你记着，脸不是人的脸面，谁有粉都往脸上擦。看一个人是不是真干净，看他的鞋就行了。

小姑子在我家出嫁那天，一大早我忙得晕头转向。迎亲的车马上到了，娘突然跟我说：你的鞋还没擦呢。

我哈哈大笑：今天新娘不是我，谁看我呀？

趁我不注意，娘找了条抹布，弯下腰开始擦。

看到娘白发苍苍的头顶，我的眼泪险些下来，慌忙抢抹布，娘却没撒手。她说：耽误不了你啥事，再来两下就完了。

2001年春，我先离开娘，到另一个城市工作。毕竟离得不远，可以常常回去看她。

2003年初，娘又随小妹去了河南，离得更远了。

想娘的时候，我习惯擦鞋。擦鞋的时候，往事历历在目。我没告诉过她，我的鞋如今有多干净。我却经常告诉自己，像娘希望的那样做吧，擦干净鞋，走好每一步。

段子手

在生活中,娘是个段子手,她本无意为之,却经常达到段子的效果。我偶尔在朋友圈发布,朋友说:你们娘儿俩好像在说相声。

段子手登场

2013 年春节前,两个朋友来家看娘,说:姨呀,我们在爱玲的博客上看见您的作品了,写得真好,我们都是您的粉丝。

娘笑着应酬,并不深究。等人家走了,她问:爱玲,啥叫"粉丝"?

我解释完,她说:听着跟"粉条"差不多,还兴这么夸人呀?

后来,娘的粉丝多了,有的自称"姜丝",她渐渐习惯。

《乱时候,穷时候》出版后,《读库》主编张立宪请娘签六十本书,他准备在读库的网店推出签名本。

娘那时候写字慢,央求我:爱玲,你替俺签名吧,俺写字慢,写得还不好看,这得啥时候能签完啊?

我说：人家买签名本，就是冲着你横不平、竖不直的签名，慢慢写吧。

娘撇撇嘴：这些人真傻。

签完几百本书，娘偶尔翻看封面，发现"淑"字中间部分带钩，再签名的时候，"淑"便有了钩。

她后来惊叫："梅"字也有钩呀，以后俺得写上这个钩。

有人求书，娘这回一笔一画签名，签完名哈哈笑：俺光想着画钩，咋把"梅"写成"海"了？

有人问娘：奶奶，您的梦想是什么？

娘说：俺不知道啥叫梦想，俺知道啥叫做梦。写作、出书，是俺以前做梦都不敢想的事，现在是真的啦。

朋友建议，给娘开个作品研讨会。具体哪个单位牵头，邀请哪些专家，再做商议。

我跟娘说了朋友的建议，娘说：研讨会，俺听着跟外语似的，拉倒吧。

绥化电视台记者来到家里，要拍娘弹电子琴的画面。

娘问人家：你会弹吗？

记者说：不会。

娘说：那俺就放心了，弹错了你也不知道。

小区里有个人听说娘七十五岁学写作，还发表文章了，问娘：

你信点啥吧？你要是不信点啥，这么大岁数了，咋能写出文章来？

娘说：俺这辈子啥都不信，就信良心。

穷时候，娘养过猪，断断续续养了二十年。

娘从不吃猪皮、猪蹄，也不吃猪头肉。很多年里，我知道娘不吃这些东西，却不知道原因。

后来问起这事，娘说：猪整天在泥里待着，也不洗澡。看见猪皮、猪蹄，想起猪在泥里搌咕，俺就恶心。

我问：那您为啥不吃猪头肉？

娘说：猪不刷牙。

清早有课，我没回家，住在娘这边。

吃饭的时候，娘问：今天早晨把你聒醒了吧？

我说：您好像打了个喷嚏，没事吧？

娘说：没事。俺在客厅画画哩，感觉要打喷嚏，赶紧往俺屋跑。结果，正好走到你门口，忍不住了。

娘在小区转，大家唠家常的时候，她留心谁是有故事的人。

某天，她碰见一位阿姨，跟人家说：俺相中你老伴了。

那位阿姨很大方，说：好啊，相中你就领走。

娘说：俺没相中别的，俺相中他一肚子故事了。哪天有空，让他给俺讲故事，中不中？

阿姨说：行。

事后我警告娘：别瞎开玩笑，您容易让那位阿姨吃醋，以为您要抢她老伴。

果然，有人转述那位阿姨的话：白头发那个老太太脑袋有病。

有段时间赶书稿，我半个多月没跑步，体重飙升，有的旗袍已经没法穿了。正好我的瑜伽教练要开断食瑜伽班，为期七天，我赶紧去了。

断食是逐渐断掉的，第一天断晚餐，第四天全部断，复食也是逐渐恢复。每天晚上，我都去健身俱乐部做瑜伽，不觉得哪里不适。

娘频频问：不吃饭，你不饿吗？

我：不饿。

娘：一点都不饿？

我：一点都不饿。

娘：人家说啥你信啥，拼种（山东方言，傻）。

我：拼种就拼种，反正我不吃。

娘：以前，俺吃不上饭才断顿。现在有吃有喝，人家还不让你吃饭。

吃饭的时候，娘的动静比平时大两倍：真好吃，这饭咋这么香啊！

有一天，娘说她耳鸣好长时间了，过些日子回安达，想找个老大夫吃点中药。

我说：为啥非得回安达找大夫？好大夫哪里都有。我先看看书，穴位按摩要是管用，药都不用吃了。

我还真查到两个治疗穴位——中渚穴和角孙穴，先找准穴位，再教她揉按。

中午下班回家，娘说：你要是我婶子，俺都想跪下给你磕一个。你是我闺女，俺没法给你跪下。

我吓了一跳：咋了？

娘说：按摩真管用，已经有效果了。

我笑：那您以后叫我张大夫吧，您是江湖医生，我也是。

在小区里，娘大概是操心最多的人。

有位先生六十多岁，病愈后走路不大抬脚，踢踢跶跶的。锻炼一段时间后，看着身体结实了，走路并无改变。

有一天四周无人，娘突然命令人家：抬起脚来！

那位先生看了看她，走路把脚抬起来。

娘说：这样多好，以后就这么走，记住了吗？

先生点头：记住了。

娘后来遇见他，走路还是不大抬脚，踢踢跶跶的。但每次看见娘，他都很努力地把脚抬起来。

滕飞是我的大学同学，她和她家三哥专门过来给娘讲家族故事，带着水果进门。

娘说：你们带着故事来，比带啥来我都高兴。

中午，我约了几个同学一起吃饭，娘说：三十年后，俺还请你们吃饭，都得到场！

大家都笑：好，我们努力！

自从有了稿费收入，谁给红包娘都不要，她还专门给上学的晚辈发红包。有人来看她，一起到外面吃饭，她坚持埋单。

我采访她：埋单啥感觉？

娘说：牛！

我陪娘到长春参加活动，北京电视台的编导和摄像师一路跟拍，还打算在长春拍些外景。我的学生王剑平过来看我们，正好开车载我们出去。

拍摄的间隙，娘指着重庆路新华书店的牌匾说：那句话说得真好。

我这才注意到那句话：读书改变你的生活。

娘指着我跟剑平说：咱俩一个老师，我是你师姐。

跟娘乘火车出门，我带了一本毕飞宇的小说《哺乳期的女人》。

我看书，娘闲坐。她不知道毕飞宇何许人，问我：你现在看这本书，还有用吗？

段子手继续

2016年农历七月初七，朋友们要请娘吃饭，娘不在绥化。

2017年2月14日，大家聚在一起，娘问：你们知道上次情人节俺干啥去了？

大家说：不知道。

娘说：会情人去了。

大家哗地笑了。

娘说：俺想回来，人家不让，硬留俺，说要给我惊喜让我眼前一亮，没办法呀。你们想知道俺的情人是谁不？

大家说：想知道。

娘说：他叫晶体。

当时，娘在安达做了第二只眼睛的白内障手术。

张珏是娘的孙女，我大哥的女儿，大学毕业后一直在北京工作。娘到北京参加活动，张珏和男朋友要请娘吃饭。

当着男朋友的面，张珏小声问：奶奶，您当年登记的时候，那几个长得不好看的男的，是不是就他这样啊？

娘在张珏耳边笑着说：你长得也不好看，这事就咱俩知道，你谁也别告诉啊。

多年后，娘跟张珏视频聊天。

张珏说：奶奶，我自己在家的时候，粥做好了，都不用勺子盛，直接拿锅倒在碗里。

娘说：孙女啊，我要是自己在家，粥做好了，碗都不用，直接端锅吃。

娘看我每日忙碌，跟我说：闺女你记着，不管啥时候，勒人的钱不要，扎手的钱不花。

某作家朋友过来看娘，两个女生坐在沙发上唠得很热乎。

临走，朋友说：姨呀，我想问您最后一个问题，这个问题您可以回答，也可以不回答。

娘很爽快：只要知道的，俺都回答。

朋友嘿嘿笑，表情很神秘：到现在为止，您拿多少版税了？

娘笑着指指我：这个问题，你问我经纪人吧。

朋友哈哈大笑：服了，我对您心服口服。

我吃过早饭，来到娘的住处。

娘见到我就说：闺女啊，俺不能吃饭了。

我看娘容光焕发，不像哪里不舒服。

娘说：今天早晨，俺才吃俩馅饼、俩鸡蛋、半碗粥，再就是几片木耳。

2017 年腊月二十六，绥化室外温度零下二十几度，室内零上二十几度，娘要回安达过年，我买了车票送她。

在卧铺车厢放下东西，娘说：闺女，有钱了咱也买火车，还是这里边暖和呀。

娘在小区里溜达，有个陌生的中年男人路过，回头看看娘说：这老太太真精神！

娘问：真的吗？

陌生人说：真的！

娘说：你说对了！

娘天天早晨去绥化学院晨练，在健身器材区做各种拉伸。要是哪天她去晚了，别人就会问她怎么没来。

外出开会前，娘特意跟那群伙伴请假，说明情况。

开会回来，第二天早晨她就归队了。

有个叔叔说：你都回来了，怎么不跟我们报告？

娘马上大声说：报告！

逗得大家哈哈大笑。

有天早晨，娘去得稍晚。

那个叔叔故意问：今天有人迟到，知道是谁吗？

娘说：知道。

她往身后随便一指：他在我后边呢。

秋分过后，娘不再起大早去绥化学院晨练。

有个叔叔说：你今天来晚了。

娘回：我比你来得早，我都走八圈了。

叔叔大惊：真的？

娘说：那是做梦。

叔叔大笑：到底是作家，总说不过你。

有个人打电话向娘诉苦，说做生意赔了钱。

娘说：俺聋了，这两年耳朵不好使，你说的话俺都听不清了。

事后，娘跟我说：俺怕他开口管俺借钱。

娘的铁杆粉丝索要签名，把他的购书寄来。

娘写完粉丝姓名问：冒号咋写？我忘了。

我在旁边比画：两个点。

娘跟我同一个方向横着画了两个圆点。

我从外面回来，娘走过来问：你猜猜，俺今天洗没洗脸？

我：没洗。

娘：为啥？

她到镜子前照了照，自言自语：这咋能看出来呀？

我：要是洗了，您就不让我猜了。

娘：唉，俺还是洗洗再出去吧，说不上碰见啥人，又要跟俺合影。

鲁院同学王梅给我寄过一件粉色的晚礼服，肩部是吊带，裙摆垂到脚面，我跟娘都喜欢，但前胸后背露得比较多，我只在闺密聚会时穿过。

某次要上电视节目，娘问：你为啥不穿最漂亮的裙子？

我问：哪件？

娘说：就是那件粉裙子呀。

我解释：我是老师，不是演员，露得太多不合适。

娘说：我给你在前面缝块布吧。

我笑：那就不好看了，现在很多裙子前面都这样。

娘撇嘴：一个个都露着妈妈膀（pāng）子，一点不好看。

我纠正：娘，现在不叫妈妈膀子，叫乳沟。

娘更加不屑：那玩意，谁没有呀？

娘每次回到安达，兄弟姐妹都聚在一起，大家说说笑笑。

小妹爱玉：咱家就我长得像妈，也那么好看，你们都不行。

娘：真的？

爱玉：真的。

娘皱着眉问大家：俺像她那么胖吗？

二哥有段时间心衰住院治疗，大家都瞒着娘。

这次回来二嫂告状：大夫让老二戒烟戒酒，戒了几天，现在又喝酒又抽烟，我说也不听。

二哥辩解：一天就喝一两酒，几天才抽一包烟。

我说：娘，你得惩罚我二哥，用鞋底子来两下，我的皮鞋就在你脚底下呢。

娘说：好！

她脱下宾馆的一只纸拖鞋，朝二哥肩上轻轻拍了两下。

娘会用微信后，没事的时候常跟她的孩子们视频聊天。

二哥好长时间没动静，留言也没回音，娘沉不住气了：你二哥这是咋的了？

我也惦记了，越想越害怕，打电话也没人接听。

我急急慌慌把电话打给二嫂，正好两个人在一起。我听见二哥声音洪亮，正在外面忙着什么，就说：这么长时间了，你也不跟娘说说话，娘惦得不行，你是想挨骂还是想找打？

二哥嘻嘻笑：咋都行。

我把电话递给娘：您骂他两句。

娘接过电话语气温柔：儿子，知道你没事俺就不惦记了，你快忙吧。

2018年元旦，娘打开微信，看到朝霞姐的问候：大姑早上好！

娘语音留言：俺不光早上好，哪天都好，天天快乐，放心吧。

陪娘外出，住进某地宾馆。娘要换衣服，我赶紧拉窗帘。

娘：不用拉。

我：小心让人看见。

娘：没啥看的，他们的妈妈都这样。

稍不小心，我的手机掉在地板上，声音很大。

娘：给你当手机太命苦了，经常挨摔。

我：您还把手机忘在冰箱里呢。

娘：对，给俺当手机，累了可以到冰箱睡觉。

出门在外，早晨起来，我烧水晾好，把水倒进保温杯的盖子里递给娘。

娘说：你伺候我两天吧，回家我还伺候你。

她看了一眼杯盖：张半碗，给俺把水倒满。哪次倒水都是半碗，盛粥也是半碗。

我乖乖把水倒满，辩解说：我不是张半碗，是张大半碗，水呀粥呀，倒多了怕您洒。

娘喝完水，我问：再来一杯？

娘特别豪迈：喝就喝，谁怕谁？

婆婆想要车前子，打焯后蘸酱吃。

傍晚在学校跑完步，我去树丛找，专门摘车前子的嫩叶，结果惊动了蚊子，腿上多处被咬。

到家，娘接过我手里的野菜：你没少弄啊。

我：野菜挺多的，蚊子也多。

娘：挨咬了？

我：嗯。

娘：你穿着裤衩子，就是去喂蚊子。

我：我这是七分裤，好不好？

娘：那不就是大裤衩子吗？

晚上六点多，我飞奔到家，想陪娘吃饭，没看见娘，看见桌上留条：

爱玲我完了

去人家玩了

我代手机了

读到第二遍，我确信首句"我"后面丢了"吃"，末句"带"写成了"代"，拍照发了朋友圈。

很多朋友评论。有的说：这是改错的样本。有的说：姜奶奶承包了我今天的笑点。

邻居张影是中学老师，喜欢跟娘聊天。每天傍晚，她都跟小区的人一起打太极。

路上，娘碰见打完太极的张影。

娘问：你比画完了？

张影笑：比画完了。

我陪娘到哈尔滨参加新书分享会活动，哈尔滨作家清风徐提前预订了饭局。

餐桌上，清风说：大娘，您特别有作家范儿。

娘：前些天在山东大学有个活动，俺外甥女去了，她也这样说。

我：您说啥是"范儿"？

娘：俺不知道。

我：您想想。

娘调皮地往餐桌努嘴：这就是呗。

清风："范儿"就是一个职业该有的样子，风度。

娘：这回总算知道了。

在小区里遛弯的阿姨都三五成群，一边说话一边慢慢走。

娘不大跟她们掺和，快走。

有位阿姨说：这老太太，走得真快。

娘回：俺不是老太太，是大姑娘。

我刚进屋，娘把右手伸给我：老师，打手板吧。

我问：咋了？

娘指了指茶几上的画：你让俺在画上横着添字，俺忘了，竖着写上了。

我笑着抱了抱她：没事，这正好是您的风格，写作、画画您不都随意吗？慢慢就形成自己的风格了。

娘熥了四个黏豆包，说好一人两个。

吃着饭说着话，我忘了自己吃多少，帘子上还剩一个。

我问：这是谁的？

娘说：你的。

我夹过来咬了一口，娘咯咯笑。我知道上当，就势把豆包放进她碗里。

娘还是笑：俺是想考考你。唉，仨大钱（注：过去用的方孔金属币）你都数不过来。

参加作代会

2020年1月初，黑龙江省第七届作代会在哈尔滨召开。绥化代表团里原本有我，没有娘。迟子建知道后，多给绥化一个代表名额，请娘参会。

我在宾馆排队办理入住手续，省作协小崔搬来椅子请娘落座，作家里的帅哥姜超和张晓光陪娘聊天。

大家都问娘：累了吧?

娘说：不累，太高兴了，俺这是老闺女回娘家。

省作协党组书记李红做六届作代会工作报告，大概用了五十分钟。

散会后，娘跟我说：这孩子念了那么长时间，得累够呛，俺都心疼了。

薛喜君是大庆作家，原籍安达。会议间隙，她跟娘合影留念。

喜君：娘，等您一百岁生日的时候，我要送您一百朵玫瑰。

娘：好，咱说定了。等俺一百二十岁，你还得送俺一百二十朵。

喜君：好!

在娘八十多年的人生中，这是她第一次当代表，全程参会。

会议日程之一，是选出第七届作代会全委会委员，娘看了两遍候选名单有些失望，趴在我耳边说：有你，没有我。

散会后，我们搭乘杨传术的吉普车从哈尔滨回绥化。

传术是文代会代表，搞音乐的，跟娘熟悉，同车的还有绥化作家刘福申。开车上路后，传术让我当主持人，说要开一个路上的音乐会。

传术：娘，我给您唱歌好不好？

娘：好，还是我先唱吧。

大家说：好。

娘先唱《小汽车呀真漂亮》，那是我童年时代的老歌，唱完又唱《沂蒙山小调》。

传术：唱得好，现在该我唱歌了。

我：娘唱歌，是怕你开车溜号。

娘：还是俺闺女知道俺。

传术：娘您放心吧，开车唱歌不会分神，还会提神呢。

他先唱《在那桃花盛开的地方》，又唱《骏马奔驰保边疆》。

娘：还是你唱得好，唱得有劲！

段子手晋级

娘相信人家说的，"一天三个枣，青春永不老"。

她做饭的时候顺便煮把红枣，我俩分食。

这天，一人仁枣突然变成俩。

我：娘，为啥少了一个？

娘：你这回买的枣大，吃得太快了，俺想省着点。

我：对身体好的东西不用省。

娘：对，从明天开始，咱还是一天仁。

小区里有好几处运动器械，娘经常到最近的那片转转。

夏天，娘回家后跟我说：俺今天想在椅子上杠腿，有个年轻人坐那儿不动。

我：后来呢？

娘：后来，俺在旁边唱歌，想他保准不爱听，把他气走。俺唱了仁歌，他没走，俺走了。

我把这个桥段发了朋友圈，朋友们笑翻，纷纷留言。

作家杨藻：意外伤害！

同事陈威：估计年轻人没听够。

作家朱成玉：怪您唱得太好听了。

娘的铁杆粉丝刘永平替年轻人撰写了台词：这老太太，唱得怪好听呢，再来仁！

娘的肩周出了点问题，她趴在床上，我准备给她做按摩。

娘：我不跟你做朋友。你是俺的敌人，俺要把你打跑。

我：什么？

娘：一起溜达的妹妹有白癜风，她说她要跟白癜风做朋友。

我：她很智慧啊。

娘：我可不想跟肩周炎做朋友，俺一定要把它打跑。

睡前按摩，我继续捶打肩井穴。

娘：疼！

我：您想喊就喊吧，我该砸还得砸。

娘不出声了。

我：您可以喊，没事，反正别人听不见，您还能舒服点。

娘：喊也没用，不喊了。俺想咬牙挺住，牙都卸了。

韩姐是我的好朋友，幽默，智慧，在娘眼里是一等美人。

韩姐的儿子和儿媳都很优秀。儿媳怀孕的时候考上博士生，三十岁博士毕业，二胎落地。

聊到这家人，娘说：你韩姐的儿子真会找媳妇。停了停，娘又说：他爸爸比他还会找媳妇。

韩姐在电话里说：我跟娘一样，都有好奇心、上进心，都是人来疯。

我学给娘，娘问：啥叫人来疯？

我解释：一般是说小孩子，家里来了客人特别高兴，人越多越愿意显摆自己。

娘说：俺真就这样。一样的场合，人少了俺说话都提不起劲头。

说起某户人家，老人养大几个子女，现在老无所依。

娘评价：一大堆木头，找不出一个撩子。

撩子即楔子，是插在木器榫子缝里的木片，可以使接榫的地方牢靠，不松动。

成元网购的雪莲果到货，取回来一看像地瓜。

娘跟成元微信聊天：大孙子，俺这辈子没吃过雪莲果，这就煮一锅，让邻居也尝尝。

成元说：奶奶别煮，雪莲果打皮就能吃。

娘笑完跟我说：俺爱说话有好处吧？多说一句话，少煮一大锅。

我跟娘聊到辐射。

娘：人家说，晚上手机放在跟前不好，有辐射。

我：手机辐射小，可以忽略不计。灯光还有辐射呢，微波炉、电磁炉也有，辐射都不大，辐射最大的是做 CT。

娘：俺知道电磁炉有辐射，每次用电磁炉，俺先开排烟罩。

我：为啥？

娘：排辐射呗。

餐桌上，吃菜吃到一块肉。

我惊讶：家里好像没肉了，肉是哪来的？

娘回：俺割了自己肉炒的。

我继续吃，还是没有吃出答案。

娘孩子般得意：酱鸡头呀，你带过来的你忘了？俺把鸡头拆卸了。

娘在给自己的故事画插图，四开的画纸需要裁开。

我：您裁的纸有毛边，以后我给您裁吧。

娘：中。

那天，娘交给我三张画纸。

我：您多拿几张。

娘：俺试试你，裁不好以后不用你。

我早晨有课，饭后收拾装备。

娘看见餐桌上我的手机自言自语：这是走了？手机又落家了。

我从卧室伸出头：没走，我在这儿呢。

娘说：俺这会儿一点不糊涂，正想打电话让你回来拿手机哩。

娘说话经常打比方。

提到晚年走红，她说：俺跟辣椒似的，老了老了还红了。

说起命运，她说：俺是弹花锤子命。

我没见过弹花锤子，据娘说，这种锤子有桃木也有梨木的，两头粗大，中间细长。娘这辈子真是两头好，幼年受宠，大器晚成。从五六岁到六十几岁，战乱、饥饿、贫穷、疾病，她都经历了，多少次死里逃生。

我给娘按摩，没按过的穴位痛感强烈，她问：这是不是你开的新课呀？

等到胸前的那些穴位痛感逐渐降低，娘宣布：这个城市解放了。

现在，只有新近找准的几个穴位还有痛感，娘说：这回全国快解放了。

娘年轻时睡眠不好，我差不多天天问：睡得怎么样？

娘这天早晨说：七个小时，连着五天都是七个小时。

我说：您这样的睡眠，不少年轻人都得羡慕。

娘说：俺在追赶年轻人的梦。

某年冬天，我们外出参加活动。聊到身体状况，有个年轻人说，他每年都感冒一次，就一次。

娘说：俺好几年都不感冒一次。

结果我们刚回到家，娘就感冒了。

娘问：咋回事？俺都好几年不感冒了，刚吹完就感冒？

我笑：这种事真不能吹，我以前也吹过，吹完就打脸。

李一春节没回家，五一节回来了，下午走的时候娘送他到电梯口：你得多锻炼，向姥姥学习。你看我天天锻炼，身体啥毛病没有，吃啥都特别香。

到了晚餐时间，娘罕见地躺到床上，说昨晚没睡好，现在困了得补觉。

我做好晚饭，娘只喝了几口稀粥，说胃里不舒服，碗里的红枣和米粒都捞给我。

第二天早晨，娘恢复如常，跟我说：可不敢瞎吹了。

跟娘一起玩的伙伴，经常抱怨身体不舒服，还有的说浑身哪儿都疼。

吕姨问：姜姐，你疼不疼呀？

娘这回特别低调：我呀，也老了。

跑完步我准备回家，走到运动场出口，脑袋突然"嗡"了一下，粉色帽子落到地上，转头看见足球。足球场好像有球赛，我被射门球击中。

有个男生满头大汗跑过来：对不起，老师，您没事吧？

我说：没事。

他问：您真的没事吗？

我安慰他：真的没事，我有点功夫。

旁边的两个校工都笑了。

回家学给娘听，娘大笑：真能吹，跟我一样。

接到系里通知，我跟娘说：明天我十二点零五下课，下午一点半学生毕业答辩，要是回来吃饭就太赶了。

娘：咋都行。

我：对了，我明天穿那件大摆旗袍，可以骑自行车。俺娘做的饭那么好吃，不回来吃饭太可惜了。

娘：你净哄俺，天天哄俺。

我：您是说我嘴巴抹蜜了吗？

娘：你天天喝蜂蜜水，从心里往外甜。

早晨起来，娘告诉我：俺想出去走，找不到裤子了，裤子都在你那屋。俺怕惊动你，找了你的肥裤子穿。

我：咋样？

娘：挺好。

我：呀，以后咱俩关系更不一般了。

娘：是，好得穿一条裤子。

2021年6月8日，陪娘去北林区第三医院接种新冠疫苗，排队排了七八十分钟。我替娘排队，娘就近坐等。接种后留观十分钟，娘说没啥不舒服，我们就打车回家了。

进了小区，我问娘：累不累？

娘说：不累，就是想躺着。

2021 年 6 月 29 日早晨，疫苗接种第二针，我跟娘戴着口罩和帽子，在外面排队等了半小时。

进了医院走廊，迎面走来的女医生小声说：这不是"传奇奶奶"吗？

我们从医院出来，排队的人群里有人小声说：这不是"传奇奶奶"吗？

这些声音很小，娘没有听见。回家以后我告诉娘，娘说：俺要是听见了，得说声"是"。

娘不知道啥叫"躺平"，我跟她解释了半天，她说：啥都不干天天躺着，那不累吗？忙完了歇着，不累。

暑期，小妹爱玉带着儿子王习同来串门。

习同十一岁，坐在沙发上用按摩槌轻轻敲打自己的后背。

娘说：大点劲，你那跟蝇子踢一脚似的。

从第二天开始，爱玉做好晚饭一口不吃，说要减肥。我们吃饭的时候，她乐呵呵地当观众，过了一会儿说：你们吃饭我看着，你们坐着我站着。

娘补充：俺就吃，你就看；俺就嚼，你就咽；俺也吃饱了，你也看了（liǎo）了（le）。

娘有点驼背，到了晚上经常直不起腰，按摩的时候，我在她的腰部多用了些时间。

前几天，娘在小区打完扑克直起腰，发现自己变高了，小伙伴变矮了，原来感觉蔺姨最高，现在好像不相上下。

蔺姨说：还是我高。

娘跟蔺姨并肩站在一起，让另外两个阿姨评判，她俩说：差不多。

你高。娘停了停，笑着跟蔺姨说，你比俺血压高。

农历七月二十二，据说是财神爷的生日。从下午五点开始，绥化市区鞭炮声此起彼伏，大家争着迎财神。

娘跟邻居说：这准是卖鞭炮的人编出来的说道。

回家以后，娘小声说：财神爷，他们都吓唬你，俺家肃静，你到俺家来吧。

给娘买东西不能问，问了她就挥手拦停。

爱玉给娘网购的被子和床品三件套到货，娘马上接通视频：老闺女，俺啥都不缺，光被子就四个，厚的薄的都有。你买的东西俺都放起来不拆，等你家小宝结婚的时候，俺送她当陪嫁。

爱玉：这是单人被，陪嫁得双人被，到时候我再买。

娘：俺都八十五了，不想拉巴新东西，不管啥好东西，等我没了都得烧了。

爱玉：您还能盖二十年呢，那时候就不是啥好东西了。

娘：你说少了，我的目标是活到一百二。

我们一起大笑。

爱玉：二十年以后，我再给您买新的。

娘：中。只要不挨打，不罚跪，不犯法，不上税，我都敢吹！

晚上，我照例给娘做睡前按摩，按摩三阴交穴，需要内踝尖做参照。

我：您的踝骨尖，我摸了半天才摸到。

娘：俺年轻的时候脚就胖，哪儿都不胖，就脚胖。

我：您现在哪里瘦呀？

娘：衣服瘦！

2021 年 9 月 21 日，阴历八月十五上午，我进屋的时候娘正忙着和面，准备包饺子。跟娘闲聊，她全用谚语回复。

我：前几天预告了，今天晚上黑龙江看不到月亮。

娘：八月十五云遮月，正月十五雪打灯。

我：好还是不好呢？

娘：雪打灯，好年景。

我：今天早上，还下了一阵雨呢。

娘：八月十五下一阵，旱到来年五月尽。

我：坏了，明年要旱呀。

娘摇头：有钱难买五月旱，六月连阴吃饱饭。

娘命令我：把这些老话记到台历上，看看来年收成咋样。

果然，绥化的 2022 年是个丰收年。

2021 年 9 月，巴彦疫情很快波及绥化，学生上网课，全员做核酸检测。

早上，邻居微信告诉我，第四次核酸检测开始了。

我：娘，赶紧穿衣服，这会儿人少。

娘：俺洗洗脸。

我：戴口罩，洗不洗脸都一样。

娘照了下镜子说：不洗脸也挺好看。

检测完回到家，我说：这回您好好洗脸吧。

娘说：脸都是给别人看，不出去了，还洗脸干啥？

娘画画累了，躺在沙发上闭目养神。

我凑过去：您想吃什么？我出去买，国庆假期咱得好好过呀。

娘闭着眼睛举起两根手指：天上的星星要两颗，蚂蚁的鲜血要一盆。

我哈哈大笑，知道是戏文：这两样东西我买不到呀，我能买到的东西，您想吃什么？

娘笑着睁开眼睛：顿顿吃馒头，天天像过节，啥都不用买。

只有吃饭的时候，我跟娘才有更多时间聊天。

我说：娘您看，咱家多简单，住了八九年墙还没刷呢，就刮了大白。屋里一件名牌没有，可我看哪儿都顺眼。

娘说：咱不要啥名牌。你好好写作，俺好好画画，等咱俩都出名了，咱就是名牌。

给娘按摩的时候，说到身高。

我说：您看咱们身边的人，个子矮的人更长寿。

娘说：那当然，一样吃东西，个子矮的人身体吸收多呀。

我用拇指指甲按娘中指指尖上的中冲穴，娘说：你少使点劲，别"嘎嘣"一下掐漏了。

内踝骨附近的太溪穴，是肾经的原穴，我边按边说：按摩这里，您就等于喝参汤呢。

娘说：不要了，这参汤又酸又辣。

娘腋窝下方的大包穴一直痛感强烈，她说：疼！

我停下手：早晚都得疼，挺过去以后就不这么疼了。

娘问：你就不会糊弄下？

我答：别人我都不糊弄，咋还能糊弄我娘呢？

娘哈哈笑：真是你娘的闺女，干啥都认真。

娘跟我说，右胳膊抬起来有点费劲，睡前按摩的时候，我在她肩贞穴和臑俞穴上用了些劲。

娘：哎呀，疼。

我继续按：疼就对了。

娘：哎呀，哎呀呀……我是你娘！

我已经按得差不多了停下手：最后这句最管用，这事我想起来了。

我们一起大笑。

第二天我问：胳膊好点吗？

娘抬了抬胳膊：你不说我都忘了，好了。

有个小朋友送娘一株非洲紫罗兰，当时还是幼芽，一点点长大，一年贡献几次紫色的花。

紫罗兰越长越大，我们给她换了大花盆。大概乔迁的时候伤筋动骨，紫罗兰很长时间不开花。

娘经常跟她说话：换土都半年了，你咋还不开花？我都给你浇水了，你应该开呀。

晓之以理没有用,娘没了耐心:你再不开花,过几天我拔了你!

威胁有效,紫罗兰露出花骨朵。

有道菜,娘从春天吃到秋天:婆婆丁煎蛋。把婆婆丁的叶子切碎,加上切碎的葱和辣椒,打进鸡蛋。

某个中午,娘把料备好,我煎鸡蛋饼。

吃午饭的时候,我跟娘说:我高考那年等成绩的时候,咱家来了客人,菜都备好了,您手腕摔伤,跟我说:你做菜吧,炒熟就中。我不知道煎鸡蛋怎么才算熟,在大铁锅里来回扒拉,结果,炒出来成了鸡蛋球,黑乎乎的。

娘说:煎鸡蛋饼大家都会,煎鸡蛋球就你会。

我从外面回来,娘躺在沙发上。

娘:完了。

我:啥完了?

娘:我完了。

我:您咋完了?

娘:我完成任务了。

我这才看见,娘画完的画躺在娘的书桌上。

准备做睡前按摩,娘说:这两天,我脚底下好像有层牛皮纸似的,手指头尖也有点麻。

我说知道了,按摩的时候在脚底和手指上多用了些时间。

第二天我问娘:感觉好点没有?

娘说:好点了,脚底下不像是牛皮纸了,是一张薄纸,手指尖也是，麻的地方小了。

　　我继续按摩。过了几天再问娘，她说：全好了。

　　我说：娘呀，这些神经末梢，最容易捣乱了。以后我给您掐指尖，再疼您也别说，好吧？

　　娘说：你这是麻子不叫麻子，叫坑人。

家里家外

小时候，很少看见爹娘在一起商量事，爹说话大嗓门，好像在家里说一不二。偶尔低声说话，一定是有些事需要摆平，他摆不平了，请娘出面。

娘经常说：你不是有本事吗？俺不管。

爹经常回：你不是"穆桂英"吗？这事就得你上阵了，别人谁都不行。

张氏家族里的"穆桂英"

1958年，爹外出找活干，在哈尔滨荒山嘴子四砖厂落脚，属于"外流人员"。

1959 年，各公社开始按人口发放购粮证。当时有个说法，外流人员家属不给购粮证，娘和两个堂叔伯嫂子都在其中。

娘去找农业合作社的社长，她问：大叔，人家都有购粮证，为啥不给俺？

社长：你男人是外流人员，家属都不给购粮证。

娘：俺男人不是到外面偷摸去了，他是去建设国家，爹娘和老婆孩子就该在家活活饿死？大叔，咱一个庄住着，俺不能告你，俺得去公社和巨野县打听打听，是不是全中国都这样？要是全中国都这样，俺饿死也没话说。

社长：你先别去公社了，俺去公社再问问。

当月，娘和两个堂叔伯嫂子都拿到购粮证，十多口人都有了一点口粮。

有好些年，娘是张氏家族里平事的人。

堂叔伯大哥家发生纠纷，大嫂一个人跑回娘家。半年里，大哥去了三次大嫂的娘家，也没请回人，多次来家求我娘。

娘看大哥可怜，跟他去了大嫂的娘家，跟大嫂说了不少好话。

大嫂不为所动，跟大哥说：你要是还有良心，就给我买辆自行车，我去砖厂上班，那个家我肯定不回去，孩子我也不要了。

娘跟大哥说：你都看见了吧？你请俺来，俺尽力了，人家不想跟你过了。现在，摆在你面前的就两条路，一条路是出门就去供销社，买瓶敌敌畏喝了，一了百了；一条路是马上回家卖东西，牲口和粮食能卖的你都卖了，老人和孩子你都别管，拿钱走，找个谁都不认识你的地方落脚。小伙子长得好，又有钱，还愁找不到媳妇？实在找不到媳妇，俺给你张罗。有了媳妇，还愁不生孩子吗？

大嫂扑通跪到地上说：大婶啊，我跟你们走，你就是穆桂英啊！

1986 年，三叔的大女儿爱华从天津转学回来，安达市教育局的工作人员要把她的学籍落到安达五中。娘不同意，直接去找主管副局长。

娘：这是俺小叔的孩子，现在住在俺家，俺家离二中最近。俺知道二中学生多桌凳少，俺自己弄桌凳放在学校行不行？

副局长：不行，外地转学来的都想进二中，二中容纳不了那么多人。

娘：俺小闺女在二中上初一，让俺侄女跟她挤一挤，三个人一张桌，行不行？

副局长：不行。

娘：实在不中，把俺小闺女调到五中去，把俺侄女落到二中。闺女是俺亲生的，俺侄女的爹妈都不在跟前。

这位副局长被娘感动，破例把爱华的学籍落到二中。

爹待人真诚，亲戚、朋友、刚认识的老乡经常往家领，一进院子就喊：来顺他娘，来人啦，快点做饭。

有时候，这拨人刚走那拨人来，娘曾经一天做过八顿饭，不算做菜做干粮，光是挂面就煮了六斤。

因为真诚，爹交了几个真心朋友。因为轻信，爹也吃了很多亏。

娘总结说：你爹呀，狗戴上帽子，他都当朋友。

二十世纪八十年代初，爹在砖厂办了病退，三哥成了最后一批接班的国营工人。爹卖了家里所有奶牛，买了台东风牌卡车，雇司机，挣运费。忙了两年，把车赔进去，还欠下外债。

有个乡镇砖厂货款加运费拖欠上万。三哥要结婚等着用钱，娘跟三哥骑车六十里过去要账。

厂长：砖厂账户上就四千块钱了，孩子要结婚，我给你三千。

娘：太好了，俺谢谢你。

砖厂离镇上的银行四五里路，娘拿着支票去支钱，顺便问：我这账户上还有多少钱?

营业员:一万多。

娘带着三哥回去大骂厂长:你真不是个东西,你现在说袖子里有胳膊俺都不信了。

厂长:嫂子,你别生气。

娘:再给俺开两千块钱的支票。

厂长:行行行,我现在就开。今天太晚了,银行下班了,你们娘儿俩住一夜再走。

当晚,厂长请他们吃饭,娘喝了半斤白酒。

娘事后说:头一回喝那么多酒。一边喝一边唠,心里高兴,没喝多。

1996年9月,爹娘坐自家车回山东老家,爹在车祸中丧生,娘在秦皇岛待了两个多月,还没有等到车祸处理结果。

她撇开众人,去交警队找大队长。

大队长正在看报,头都没抬,问:啥事?

娘:俺有些事不明白,想问问大队长。

大队长:您说吧。

娘:杀人的车,你放走了。被杀的车,你还扣着。大车是通过什么渠道开走的?车主给了你多少钱?俺的人死了,俺的车碎了,出事七十多天了,哪个星期都来,你们咋还不给处理呢?俺是山东人也好,是黑龙江人也好,俺不是你的仇人,也不是你的敌人。俺看了,着装的,戴大盖帽的,到你们这儿办事都痛快。人人都知道,法律面前,人人平等,到你这儿咋不是那样呢?难道你这儿还没解放吗?俺看人家出车祸的,三家的事三家到一块和解,两家的事两家到一块和解，俺是三家在一起出的车祸，咋不叫俺到一块和解呢？这些都是为啥？你给俺回答。

大队长：大姨，您老坐下说。有些法律程序，您老不懂。

娘：俺不懂，俺才叫你给俺解释。俺不恨那个大车和四轮车，俺最恨的是你大队长。你不给俺说清楚，俺今天就去告你。

大队长：您告我啥？

娘：俺告你官僚。俺黑龙江的车，在你的地盘出了车祸，人没了，车碎了，七十多天你不管不问。俺昨天晚上没睡，都想好了，我先去市政府告你，要是没用，俺再去省里、去北京，准有人给俺公道。

大队长：我马上给您处理，您老别生气，我保证叫您老满意。大姨，我这里哪天都有几起车祸，您的情况我真不知道，对不起。

娘：俺住了七十多天旅店，特别难受。俺咋想的，俺就咋说。俺说的话，也都是俺能做到的。俺说的话太难听，应该俺说对不起，俺现在精神有些不正常。

大队长叫娘第二天去听处理情况。

大车车主也去了，车主说：我的车正常行驶，没我的事。

娘说：俺的车是你撞碎的，俺的人死在你车下，没你的车，出不了事。

交警队的处理结果是：大车车主承担25%的责任，四轮车车主承担40%，我家承担35%。四轮车停车费不收了，现场处理费一千多元不要了，三哥的驾驶证不吊销了。

爹在世的时候，背着娘借出去一些钱，还欠别人一些。借出去的钱没有人提，欠别人的人家都找上门来。

有家砖厂附近的饭店老板拿来一堆白条，七八百块钱。

有人提醒：张婶，这些白条不一定是真的，张叔咋能欠他这么多钱呢？欠条上的字体都不一样。

娘说：俺男人好交好为，还爱吹牛，吃吃喝喝这事肯定有。

还有个人说，爹借过他的钱，这笔钱娘毫不知情，没有借条，娘也给了。她先后给爹还了一千多元欠账。

爹在的时候，给两个砖厂做坯板子赚钱。爹走了以后，娘找到两个砖厂的厂长说：要是信得着俺，俺接着做。你帮俺，俺得对得起你，质量肯定差不了。

娘四处看木材，买回来雇人接着做。后来砖厂情况都不好，我们劝着才不做了。

只有一行字的履历

我偶尔替娘填写各种表格，文化程度、工作单位和职务我都画斜杠，有的人就打电话说：张老师，请您认真填写，姜奶奶这张表内容太少了。

我问：我娘没上过学，在砖厂做过二十年临时工，这些还需要填写吗？

对方就说：不用了。

履历栏填写也简单，就临时工的经历。

实际上，我娘的履历并非一片空白。

1960 年 2 月，爹娘侥幸从老家逃出来以后，辗转多处，最后在黑龙江省安达市砖瓦厂落脚，做了二十年临时工。一块红砖烧制出来，需要经过什么样的流程，娘很清楚，除了烧窑，余下的活她都干过。

二十世纪九十年代，娘考三个儿子：人啥时候最有劲？

三个儿子答案不一，一个说胖的时候最有劲，一个说三十岁的时候最有劲，一个说吃饱的时候最有劲。

她给出的答案是：人穷的时候最有劲。

娘的履历里，还应该有熬碱和卖碱。

在外人眼里，安达白色的盐碱地块，像绿色大草原上的秃疮。在我娘眼里，那是可以变成碱坨、变成钱的东西。

生下二哥第二天，娘下地做饭，第四天开始熬碱。

爹上班前往家背百八十斤碱土，娘在家熬。爹那时一个月工资四十多元钱，娘月子里熬碱卖了二百多元。

娘说：那时候就想着，宁可累死在东北，不能穷死在东北。穷，叫人家看不起。

听说要在砖厂家属里选居民委委长。

好几个家属说：张嫂你行。

娘有些动心。

后来想了想，娘跟那些家属说：俺不识字，连介绍信都不会开，你们选别人吧。

到了二十世纪八十年代，娘当过多年居民组组长，负责给二十几户人家发耗子药，收卫生费，哪家落户、当兵、登记结婚，都得她先签字。

娘忙活半天，写出来的名字七扭八歪，便花钱刻了枚手章。

那时候，居民组组长一年的报酬是一对枕巾或者一双袜子。

爹说：中国最大的官是国家主席，最小的官就是你了。

娘回：你要是想当，俺让给你。

当娘的心思，你慢慢猜

我小时候，比其他兄妹体弱，经常生病。

五岁那年我得了急性黄疸型肝炎，医生给出的治疗方案是：打针、吃药、吃白糖。

每天打针，娘都心疼，病情稍稍好转，她不再带我去砖厂卫生所打针。每天半夜，她都叫醒我，把药片和热水递给我，我迷迷糊糊中吞下药继续睡。娘相信，半夜吃的这遍药，可以发挥和针剂一样的效果。

效果就是，我很快好了，肝病再没复发。

二十世纪七八十年代，治感冒什么药最有效？娘有自己的答案。

有一次我感冒了，娘带我去医院看病，排队排了半天，还没有排到我们。

她突然小声问：你想吃点东西吗？

早晨我没吃进去东西，未置可否。

娘说：咱不排队了，先吃点东西去。

她带我去了安达市第一副食品商店，那是我们当地最大的副食品商店，一进门鼻孔里就灌满香甜之气。

娘问我想吃什么，我说梨。那时候，我们春节能吃到的水果，仅有半只苹果和几只冻梨，黄澄澄的鲜梨去别人家拜年尝过，只有一次。

娘买了两只小梨，她管营业员要了张包装纸，用纸擦了擦递到我手里。我一口下去，汁水满口，真甜，两只梨我一口接一口地吃。娘还买了三块小蛋糕，黄色包装纸上有不均匀的一块块油星，那可是只有过年才能吃到的美味，我一口接一口，吃掉其中两块。

娘问：咱还去不去医院了？

我突然想起来自己有病，从昨晚开始就昏昏沉沉。我再次未置可否，还有些不好意思，因为我越来越不像病人，反倒像骗吃骗喝的小骗子。

娘说：咱回家吧，剩下的蛋糕也是你的，回家以后再吃。

后来我再感冒，娘经常带我这样走流程，先去医院，要是有人排队就去副食店，打针吃药都省了。有时候手里宽绰，她还带我去商店，扯一块花布，回家给我做件衣服，那样我的小毛病好得更快了。好奇怪呀，但这是真的。

我跟娘一起生活后，她偶尔生病，我如法炮制。

她喜欢吃的东西，家里极少断货，只能选穿的。

我在网上翻半天看中的衣物，她一概否决：我都多少衣服了，你还给俺买？再买俺生气，真生气。

有时候我强行买回来，娘一边试衣服一边数落我，多半不合适还要退货，治愈的功效就消失了。

好在发现，娘很享受敷面膜，虽没有如我当年的功效，但娘确实很开心。

跟娘说起这件事，娘呵呵笑说：差不多。

娘考过哥哥嫂子：俺爱吃啥？不爱吃啥？

哥哥：你爱喝粥，吃地瓜。

嫂子：妈好像没有不爱吃的东西。

娘：俺吃啥都行，吃啥都香，就是不爱吃气。

1998年，小妹爱玉怀孕，娘去照顾。

爱玉孕期反应厉害，有一天啥都不想吃，心心念念想吃雪糕。

娘说：老闺女，买点行，你得热乎热乎再吃。

我后来问：买了吗？

娘说：那还买啥？

二哥家紧邻公路，四下有很多荒地。闲余时间，娘拿个铁叉子四处挖。

二哥：您想干啥？

娘：这些地方闲着浪费，俺想种点菜。

二哥：我帮您挖。

娘在附近种下生菜、香菜和土豆，看着这些小菜一点点长大。

我回去看她，她经常带着我四处巡视。

我：等这些菜长好，肯定有人惦记，您吃不到多少。

娘：谁吃俺都高兴，人家拔菜的时候肯定不能骂俺。

爹去世后，娘的收入是每月五十元的遗属补助。

我每次给娘零花钱，她都坚决不要。我只好把钱放在她的枕头下或者哪个抽屉里，离开后再打电话告诉她。

多年以后提起，我说：没钱花多难受啊，子女给您钱孝敬您理所当然，为什么不要呢？

娘回：没钱花是难受，收你们的钱俺舍不得，两样都难受，还是别要钱吧。

2008年夏天，我回安达看娘。

娘：俺想蒸馒头，到绿色家园小区门口卖。

我：不行，太辛苦了，那是年轻人的事。

娘：俺不蒸馒头，批发点馒头卖，这总行了吧？

我：也不行，我看小区门口有卖馒头的。您卖出去了还好，卖不出去您不着急上火吗？犯不上。您都七十多岁了，这个年纪早就该退休了。

娘：人家退休的，都有退休金。

我：没事，零花钱我给您。

娘叹口气：知道了，俺这个岁数，就剩混吃等死了。

后来我常想起这声叹息。我不想让她太辛苦，但绝不想让她这样过余生。

2009年，黑龙江省把"五七工""家属工"等人员纳入基本养老保险统筹范围，一次性缴纳一万多元钱后，每个月可以领取四百多元的养老金。娘长长地舒口气：这些钱够花了，你不用惦记了。

这笔钱后来一路上涨，超过了一千，超过了一千五，超过两千。

等娘有了稿费收入，我再跟她商量工资卡的用项，娘说：卡放你那儿俺不管，不用跟俺商量，你爱给谁用给谁。

2009年农历正月初三，我照常出去跑步，那天温度上升，我可能大意了，患上面瘫。十几天后，爱人从绥化去安达看娘，娘知道了，打电话问：现在咋样？

我：没啥事，用不上几天就好了。

娘：不对劲，你病得挺重，嘴里好像含着东西。

我：没有啊，是您的耳朵不好使了。

过了十天，娘来电话：现在咋样了？

我：好得差不多了。

这回我留神一些，把说话漏风的字词全部替换掉，比如说到"婆婆"，我就说"李一他奶"。

娘：听着是好点了，可腮帮子上还像多块肉。

我：您不是耳朵背吗？现在咋好了？

娘：你小妹妹买的维生素 B 族，俺天天吃，耳朵一点都不背了。

面瘫两个月后，我搭车回去看娘。

娘：这么长时间了，你咋还没好利索啊？

我：病毒引起的面瘫好得都慢，我已经好很多了。

我以前邀娘到我家住，她一直不肯，说二哥和小妹妹那里更需要她。这次我没邀请，她却收拾好东西说：俺跟你走，到你家住一阵去。

到我家后，娘逐渐从我手里接管了所有家务。她不懂穴位，却每天晚上给我按摩面部和头部。

娘说：看惯你了，不觉得嘴咋歪。刚见你的时候，俺心里咯噔一下子。跟你来吧，可能也帮不上啥忙。不跟你来，俺肯定天天睡不好觉。

她鼓励我：坚持治吧。你本来就长得丑，现在更丑了。你那么爱美，一定要治彻底。

我发现娘耳朵依旧背，维生素B族没帮她多大忙，每句话都要重复一遍，她才听得清。

我问：您耳朵不好使，我咋还没能蒙住您？

娘笑：你的电话，俺细细听啊。

娘爱吃地瓜，我也爱吃。我跟她说地瓜是好东西，可以排毒，我每天都吃一个。

地瓜买回来做好了，她不吃，说去年秋天买得多，吃了一冬天，都吃够了。

她说的是假话。当年灾荒，老家人吃了一年地瓜窝窝地瓜粥，家里人看见地瓜就反胃，只有她和姥娘没吃够，她说过。

我继续劝，娘说：这东西挺贵的，俺吃了没啥用，你吃了病能早点好。

在我软磨硬泡后，她只肯吃一点点，还给出差评：现在的地瓜已经不好吃了。

我开始第四个疗程的针灸，每天进门都迎见娘的目光。她似乎想问什么没有问，想说什么也忍住了。她晕针，每次生病只吃药不打针，偶尔看见电视里护士的操作，她都吓得恶心。

过了几天她终于问：针灸疼不？

我说：不疼。针灸是扎穴位，穴位找准了，扎得很浅。

她不信：不疼？不疼那是木头疙瘩！

全家人口最多的时候十二口，我们家兄妹六人，加上爷爷奶奶就是十口。后来大哥娶了大嫂，大嫂生了大侄，四世同堂，挤在一起生活多年。

娘说：俺那时候就是个"屙水缸"（方言，泔水缸），啥都得装。

处理家事，娘有一个原则：不利于团结的事一件不做，不利于团结的话一句不说。

这话说起来简单，真能做到的没几个人。

爹去世以后，娘在哪里，哪里就是娘家，我时常回去。有次进门，觉得屋里气氛不对，但娘照旧笑脸相迎，好像天下无事。

过了些日子，我再去看娘，娘才跟我说：上次你回来的时候，俺正生气呢。

我问：为啥不跟我说？

娘笑：俺的事俺能解决，不用你掺和。

娘总是在消化了那些不快后再云淡风轻地跟我说，她是如何解决的。

我习惯晚睡，娘习惯早起。

娘独自生活后，我偶尔住在她那边，早起后她总小心翼翼，不敢用抽水马桶，不敢提前烧水。她出去晨练，我听不到关门声，回来开锁声音很轻。

有一天起来，我看见娘穿着袜子在地上走。

我：您怎么不穿鞋？

娘：拖鞋有动静。

我：地上多凉啊。

娘：咱家是地热。

我随后买了软底拖鞋，娘说：这鞋好，不怕耽误你睡觉了。

以前我从超市买回东西，娘一样一样问价钱。她经常大呼小叫：啊？这么贵？以后别买了。

我只好谎报价钱或者不报价钱。

有了自己的稿费收入，娘就不一样了：闺女，这地瓜好吃，吃完再买。

我从她那里离开，娘经常在身后嘱咐：出门就打车，咱别做守财奴。

每到腊月，娘都张罗回安达。我一般腊月二十几送她回去，娘正月十七过完生日我再接她回来。

我问过娘：为啥非要回安达过年？在绥化过年不是挺好吗？

娘说：俺怕人家笑话儿子。俺有三个儿子，在闺女家过年，不知道的以为儿子不孝。

2016 年春节前，CCTV 推出新闻新栏目，主题词是"孝"，报道各行各业对孝道的理解，记者张艺馨来绥化采访娘。

娘说：啥是孝？以顺为孝。

娘还说：老话讲，"上梁不正下梁歪"，反过来也一样，俺从前孝顺老人，俺的孩子现在都孝顺俺。

某次，娘跟二嫂视频，问二哥最近咋样，二嫂说：他心脏不咋好。

娘：住院了？

二嫂：您咋知道他住院了？

娘：俺就是知道。他现在咋样？

二嫂：没啥大事，不用惦记。

娘：俺不惦记他。他抽烟喝酒太甚，跟他说了多少遍都不听，这回是自作自受，俺惦记他干啥？

我：二嫂，其实娘啥都不知道，你让她给诈出来了。赶紧让二哥跟娘视频吧，看到二哥啥样，娘才能放心。

娘跟二哥视频后，跟我说：当啥别当娘！说不惦记，我能不惦记吗？

有一天闲聊，娘感慨：俺能有今天，说来说去就一个字。

我洗耳恭听。

娘说：俺有一个好闺女。

我哈哈大笑：这是一个字吗？这是七个字。

娘辩解：俺一个文盲哪管这些？一个字和七个字也没差几个数。

刘宝红是黑龙江卫视《幸福驿站》栏目的编导，2019年冬天，她约我们到哈尔滨录制访谈节目。宝红提前做了很多功课，娘生活里的小段子也被她写到文案里。

宝红：张老师，我想让姜奶奶写幅字，就写"我有一个好闺女"，我觉得那个段子挺好的。

我：这恐怕不行，这么写，我心里都不舒服。我娘不是有一个好闺女，她有三个好闺女，三个好儿子，还有三个好媳妇，三个好女婿呢。

宝红：理解，非常理解。咱们这次节目的主题是亲情，你跟姜奶奶商量，看看写什么合适。

我跟娘汇报，娘说：那几个字我绝对不能写，说说笑笑行，写到纸上不行，俺不能伤害自己的孩子。

我们跟宝红商量后，写的是"谢谢孩子们"。

节目录制现场，娘说：我这辈子想当四个家，作家、画家、书法家、老人家。

主持人：我再加一个，您还是梦想家。

娘：俺再加一个，明天俺回家。

录完节目，订好返程车票，我拉着行李箱带娘去相距十米的万达广场找吃的。

一楼有麦当劳，娘说：在这儿简单吃点吧。

我去服务台看了半天，找不到适合娘吃的东西。

我们在三楼转了一圈，选了家饼店坐下。

点完餐，娘问：咱的行李箱呢？

是啊，行李箱呢？我早已经把行李箱忘得一干二净。我说：您就在这儿等我，我下去找。

娘说：俺不动，你快去吧。

我快速梳理事情经过，想起在麦当劳的时候，我曾经把行李箱推到娘的座位旁，走的时候忘了拿。果然在麦当劳。

我回来的时候，娘正跟服务员解释：饭菜晚点上，俺等闺女一起吃。

看见我和行李箱，娘长长地松口气：咱这趟出门，有惊无失。

朋友送来一小箱速冻玉米棒，煮了试吃，格外香甜。

玉米棒每次都是切开，娘跟我分享。

晚餐，我抓起半穗要吃，娘说：那是俺的。

我还给她，拎起另外半穗：不都一样吗？

娘看我咬下一口才说：底下比上边甜，你那半穗是底下。

某次闲聊，我抛给娘一个大难题：六个孩子里，您最偏爱谁？

娘：俺有偏爱吗？

我：十个手指头伸出来还不一般长呢，对待六个孩子您哪能都一样？

娘：那你看我偏爱谁呀？

我：偏爱我呗，我觉得您对我最好。

娘：臭美！说实话，哪个日子不好过，俺更惦记哪个。

细想想，娘真就是这样的人。哪个子女需要，她都挺身而出过去打补丁。哪个子女遇到事，她都最先到场。

2022年的母亲节，计划请娘出去吃午饭。

我早上进门，娘指着菜板说：中饭吃饺子，韭菜馅我都弄好了。

平常包饺子我不伸手，过节了想好好表现，帮忙包饺子，负责煮饺子。有几个饺子开口了，汤里有馅，娘连连叹气：唉，还不如俺自己弄，这几个饺子都是你包的。

我低头认罪：是，都是我包的，我想多打馅。

娘教育我：俺打的馅也不少，是你捏得不紧。你说你，给俺捏手的时候手劲那么大，捏饺子咋不捏紧点？

我说：因为饺子皮上没有穴位。

娘开怀大笑。

因为疫情，娘已经几个月没出过小区了。

母亲节下午，爱人开车，我硬拉着娘去了郊外的绥化市植物园。

进园的路很长，娘问：你没来过吧？

我说：来过几次，这里的花肯定比小区多。

走到湖边，娘说：这是活水吗？

我说：不是。

娘说：没啥意思，别往里走了，再往里走也就这样，除了树林子就是臭水坑。

我们回家以后，娘跟我说：你的心意俺知道。好不容易放假，应该让永久多歇歇。

婆媳关系的理论与实践

奶奶虐待过娘，娘也反抗过。在老家时，娘走投无路险些投河。

听说奶奶要来东北投奔爹娘，邻居嫂子都跟娘说：这回你可以报仇了。

娘说：别的事俺听你们的，这事不能听。她是老人，活不了了来投奔俺，俺咋能错待她？

那时候爹娘吃供应粮，每个月拿着粮本买粮，娘舍不得做一顿净面大饼子，都是做野菜干粮。等爷爷奶奶带着二叔三叔来到东北，家里已经攒下一百五十斤余粮。

奶奶病逝的时间好像是1980年秋天。旧事重提，娘告诉我：你奶奶知道俺胆小，知道自己快不行了，她特意把俺叫到跟前说，"小孩他娘，俺死后你别害怕，俺不吓唬你，还得保佑你呢。"俺是个不爱哭的人，听了你奶奶这话，俺都忍不住了。

我说：您现在这么好，说不上就有奶奶保佑您呢。

娘说：可能吧，愿意保佑俺的人肯定多。

以前，我家门口有块空地，几位女邻居常坐那里聊天，一会儿说东家长，一会儿说西家短。娘总有干不完的活，很少参与。

邻居：人家他张婶聪明，从不出来说儿媳妇的不是。

娘：她们没有不是，你让俺说啥呀？

邻居：不能一点不是都没有吧？

娘：你说得对，俺也有不是。

二嫂得病，半身不遂，卧病八年后病逝。二哥雇的保姆来来往往，出现空当，娘便顶上去，成了主力。

邻居私下说：哪有老的伺候小的？你也是七十多岁的人了。

娘跟我说：俺愿意伺候人，能伺候别人，说明俺身体好。

很多人说，婆媳关系是天下第一难题。娘先做媳妇后做婆婆，有很多心得。

作为婆婆，娘的观点是：儿媳妇不是咱生养的，你不能要求人家对咱好，关键在处。要是对咱好，那是两个人处好了；要是对咱不好，那是咱没处好。

有一次，娘回安达过春节，她住在二妹爱芝家那天，有家亲戚拎着大包小包过去看娘。

二哥打来电话，请大家都去他家吃饭，娘吩咐：这些东西都拿到俺儿子家去，俺闺女明天出门。

娘后来跟我说：那么大一帮人去你二哥家，空着手不好看。就算你二妹不出门，俺也得说出门。我不怕得罪闺女，我不能得罪儿媳妇。

少女时代，我经常听娘劝解一些人，有句话使用概率比较高："鱼帮水，水帮鱼。"这些人来的时候满腹牢骚，走的时候面露笑容。

有对婆媳先后到娘这里告状。婆婆说儿媳妇不好，帮儿媳妇带孩子，儿媳妇一点不领情，说话做事蛮不讲理。儿媳妇说婆婆不好，太偏心，待儿媳妇不如待闺女。

娘说婆婆：你是不是长辈？人家嫁到你家，就是你家的孩子，做长辈的是不是得担待自己的孩子？你帮她带孩子，她也没闲着，我看你儿媳妇是个能干的孩子，小夫妻处得也挺好，哪有十全十美的人？你应该偷着高兴才对呀。

娘说儿媳妇：你嫁过来就是这家的人了，你把婆婆当成亲娘了没有？要是当成亲娘，你就不挑她的不是了。婆婆就是婆婆，亲娘就是亲娘，肯定不一样。俺是当娘的人，你也当娘了，当娘的对待自己的孩子是不是都有点偏心？

娘跟两个人说了同样一段话：你们呀，现在是鱼帮水、水帮鱼，谁都离不开谁。离不开，就往好了处吧。

后来我跟公公婆婆一起生活，娘也跟我说了这段话，姑且概括为姜淑梅的"鱼水理论"吧。

1993年春天，我爱人把公公、婆婆、三小姑子从乡下接来，娘嘱咐我：闺女你记住，你婆婆说啥都对。她要是说，鸡蛋是树上结的，你也说对，鸡蛋就是树上结的。家务事哪有大事，都是鸡毛蒜皮的小事，谁对谁错争来争去有啥用？多说句话少说句话能咋的？别较真。一家人过日子，谁还能天天照着书本说话？就算是照着书本说话，也不一定说对了。

我婆婆是厚道人，话不多，善解人意，娘的"树蛋理论"根本用不上。但在处理家务时，娘的"树蛋理论"具有普适价值。

"树蛋理论"的核心是：在说话上别较真，一般情况都可以忽略不计，即便对方说得不对，也不必马上争辩。无关紧要的话题，可以直接放过；需要讨论的话题可以暂时搁置，合适的时机再商量，效果更好；需要当机立断的事当然要有态度，表达的时候也要顾及对方感受。实际上，需要我们当机立断的事极少。

很多人在鸡毛蒜皮的事情上，投入太多的热情和注意力。吵架声音大的，觉得自己很牛，在气势上赢了对方；把对方吵到哑口无言的，觉得自己厉害，似乎全天下的道理都让自己占了。

在娘看来，在家里争个是是非非，没啥意思。为鸡毛蒜皮的小事争吵，更不值得。必须商量的事，都可以坐下来好好说话。

娘劝慰别人还说过一句话：肉烂在锅里。这也是我娘的"锅肉理论"。

以前，有个叔叔生活困难，娘跟奶奶说：俺不常在家，他家缺啥少啥也不知道，等他来了您问问，只要咱家有的，您就给他。

奶奶说：那不行，他家是他家，咱家是咱家，俺不能吃着你们的喝着你们的，再往外倒腾东西。

过了几天，娘下班回家，遇见这个叔叔背着半袋子粮食往外走，三个人都很尴尬。

娘没说什么，但有些生气：这件事为什么要背着她？明明可以光明正大，他们为啥还要偷偷摸摸？但她马上想开了：还是俺过得好，俺比他有，要不他们想拿也没啥拿的。再说他又不是外人，东西没落到外人手里。

四十岁以前，我会觉得娘活得太憋屈，这样想是自寻安慰。四十岁以后，我逐渐理解了"锅肉理论"的高深。

有的家庭烦恼无限，大家的眼里只有肉，都觉得那块肉是自己的，自己的亲人才可以分享。如果别人分去一点，这事就不对了。

在娘的眼里，不光有肉，还有锅，不是光容得下娘家人的小锅，而是容得下双方亲人的一口大锅，所以，她看到的是"肉烂在锅里"。娘不懂格局为何物，但"锅肉理论"的本质是打开自己的心胸，放大自己的格局。

2013 年 5 月，我公公突发心梗。

手术第二天，我回娘那里拿东西。

娘说：人家大夫看病不分男女，家里人病了还分啥男女？儿媳妇伺候公公那是应该的，接屎接尿，该接就接。

过了几天，大姑姐、小姑子都来了。

娘嘱咐我：闺女，心胸有多大，家业有多大。咱不提钱的事，谁也不攀。谁愿意拿钱，那是人家的心意，得接着。不拿钱，你也别说啥，给老人花钱，花不穷。你不都看见了？你爷爷奶奶都是我们活养死葬，俺也没穷到哪儿去。

朋友来看娘，带来燕窝。

我跟娘商量：把燕窝给我婆婆拿去吃吧。

娘：好，给她拿去吧。她身体不好，应该补补。我身体好，吃啥都行。

闲聊的时候，娘问：知道你为啥运气好吗？

我：不知道。

娘：因为你对公公婆婆好。

娘经常跟已婚女士说：对公公婆婆好，会走好运的。这不是历史的经验，这是我的经验。

2016年，姜淑梅家庭获评全国"最美家庭"，等证书和牌子寄到，我给娘看，娘毫不谦虚：咱就是最美家庭。

2017年春节过后，娘让我提前接她回家，说她在安达那边画不了画，我立马照办。

二哥开车送我们去火车站，娘嘱咐：儿子，你心脏不好，以后你别喝酒，别打麻将了。

二哥答应：行。

娘接着嘱咐：没事帮淑清干点家务活，她挺累的。

我说：二嫂，听出来没？这是你亲婆婆。

二嫂纠正：是亲妈。

下午的休息时间，我跟娘坐在沙发上边吃零食边聊。

我：我的闺密跟婆婆的关系都特别好。淑红您知道吧？她跟婆婆在一起生活了十多年，婆婆去世后，她一年多没参加我们的聚会，提起婆婆就哭，怕影响大家情绪。潆文谈恋爱的时候，她婆婆就坐轮椅，那样的家庭她也敢嫁。这么多年，婆婆一直都是他们夫妻照顾。清冰和雅心不光对婆婆好，对婆婆家的七大姑八大姨都好。

娘：嘎牙一伙，鲶鱼一伙。

我：嘎牙是啥？

娘：这是老家的俗话，东北人管嘎牙叫嘎牙子鱼。啥鱼找啥鱼，人也一样。

我婆婆去世后，大姑姐留下来继续照顾我公公。

2022年清明节，大姑姐有事回家，被子女留下，公公吃饭成了问题。二小姑子的儿子小鹏住在我家，他和我爱人谁有空谁回家，给公公做午饭和晚饭。

小鹏婚期在7月下旬，我在考虑两个家是不是合并。要是公公搬过来，娘住的高层两室一厅，二小姑子周末回来想照顾公公也不方便；要是娘搬过去，三室一厅足够住，就是公公看电视声音太大，会影响我们。

爱人说，他从来没想过让娘搬过去，那会耽误娘画画，以后他给公公做饭就行了。

某天，娘郑重跟我说：俺想好了，小鹏结婚以后，我搬过去。

我：我公公天天守着电视，会耽误咱俩干活。

娘：你公公一个人在家，要是真出点事，你们后悔都来不及，人家会说你光管老妈不管公公。

我：谁爱说谁说，我不怕。

娘：我怕！我不能让俺闺女落下不是。咱有吃有喝，我少画点画能咋的？搬回去以后，我也不怕人家笑话，天天领你公公下楼溜达，要不他多憋闷呀。

小鹏结婚后，公公的身体突然弱下去，拄着拐杖走路还打晃。

我：娘，您想好了吗？搬过去？

娘：其实，俺真不愿意搬回去。你在那边照顾你公公吧，一个星期回来一次就行，我能照顾好自己。

我：您说您想好了……

娘呵呵笑：俺怕你不回去。

2022 年 8 月 1 日，我开始在家值班，晚饭后回娘那里，跑步，给娘按摩，爱人打完球接我回家。

有段时间我忙着校对书稿，晚上住在娘那里，早饭后再骑车回去值班。周末小姑子井华和妹夫接手，我有两天假。

我去值班，娘经常嘱咐：好好对待你公公，人都有老的时候。别惦记我，俺身体比他好。

大概因为换季，公公喉咙里好像有无数的痰。爱人买回各种化痰药，咳痰的毛病见轻，饭量却降下来，不再吃肉和米饭，愿意喝粥、喝豆粉和酸奶，试了几种增加胃动力的药物，没有效果。

星期天，我们给医生朋友打电话，咨询这种情况要不要住院。他建议，在家输液提供营养，如果没有效果，再下管给营养。他让我们做好准备，公公下一步可能要卧床。

那天三组药物输完，公公情况不大好，另请医生过来看，医生让准备后事。

九小时后，8 月 22 日凌晨两点四十，公公无疾而终。

早晨六点多，我打电话告诉娘，娘说：你公公真有福气。顿了顿又说，下一个就轮到我了。

你可以说这是"抠门"，
我必须说这是"节俭"

2019年正月初六，娘最后一颗牙断了，下半口假牙不能用，新换的假牙还需要时日。

那段时间娘经常吃饼干，轻轻地泡下水，软软地吃下去，有块饼干渣不慎落地。

吃完饭，娘突然蹲到地上，以迅雷不及掩耳之势拾起那块饼干渣送进嘴里。

我大惊：娘！您这是干吗？

娘说：抛粮撒面，有罪。地板又不脏，顶多有点土。

我跟娘都爱吃韭菜鸡蛋馅饺子，馅里再放点虾皮，味道鲜香。

韭菜买回来，娘总打开捆，先把老弱病残挑出来，吃第一顿。几天后切掉叶子，吃第二顿。剩下的茎一周后做馅，韭菜味最足。

娘说：这是吃出来的经验。

娘有件内衣穿了多年，袖子越洗越长。

我跟娘商量：这件咱不要了，又不是没有别的。

娘说：不行。

过了几天，这件内衣又穿在娘身上。她两剪子下去，长袖变成短袖。

娘解释：纯棉线的，穿着得劲，反正谁也看不见。

娘写作、画画、写毛笔字用的各种材料，只有你想不到，没有她做不到，连广告单、包装纸、废旧纸壳、药品说明书她都不放过，先放到床垫下面，压平了再用。

有天中午，她桌上又摊着几片纸壳。

我问：废纸有的是，您怎么又用纸壳练字？

娘说：囤尖上省，别囤底上省。

囤是以前老家盛放粮食的柳编用具，里面用麦糠和黄泥糊上，粮食多了囤冒尖，粮食少了囤见底，这句俗话是穷人过日子的经验。

娘解释：现在咱家有废纸，以后没废纸了咋办？

过了十一长假，天亮得晚了，早饭前还是早饭后出去溜达，变成一个问题。

最终娘决定先出去溜达：俺出去的时候天还黑，溜达完亮透了，正好回来做饭、画画。

我：您这是啥意思？

娘：省电。

娘天天都练毛笔字，写那些鲁西南民谣。

娘：张老师检查下，看看有没有写错的字。

我：有。

娘：写错的字，你先给俺勾出来，在这上面另写一遍。

娘顺手递给我半张纸，两面几乎写满毛笔字。

我：这点空白不够用，再来张纸。

娘巡视四周：给你哪张纸，俺都舍不得。

我：太抠门了吧？这些废纸还是我给您的呢。

娘：给了俺，就是俺的了，俺说了算。

娘在一沓练习纸里挑选半天，递给我空白略大的一张：往这上面写吧。

入冬了，外面开始飘雪。我找出自己的棉鞋，有双绒面棉鞋鞋面摸着有些硬，我跟娘说：再穿几天就扔，我都已经穿三个冬天了。

娘：坏了吗？

我：没有。

娘：没坏咋能扔？我有双棉皮鞋都穿三十多年了，今年接着穿。

对，娘有双棉皮鞋底子很厚，防滑，俗称"不倒翁"，每年雪后娘都拿出来穿。跟娘学吧，我默默收回自己的小心思。

爱人打算给娘网购棉鞋，他把筛选出来的几个图片发给我。

娘：不要，俺有好几双棉鞋呢。

我：您不要拒绝人家的好意，再说您那双"不倒翁"年头太多了。

娘：要是俺姑爷的心意，那我收下。你跟他说，俺要防滑的，好看的，质量好的，还得便宜的。

新棉鞋到货，娘跟我说：跟你商量个事。

我：您说。

娘：这双棉鞋穿着可得劲了，人家都说好看。你整天东走西走，外面那么滑，你先穿吧。

清晨，扫地扫出一粒米，我拿到手里放在阳光下看，是典型的东北大米，莹白、润泽。

娘：啥？

我：一粒大米。

娘：一定是俺不小心掉的。平常捡到一粒米，我都是放回米袋子。

我二话不说，把那粒米乖乖放回米袋子。

我读小学的时候，课本里曾经有句话：颗粒归仓。

娘没上过学，不知道这句话，但她在老家挨过饿，连续四十几天没碰过一粒粮食。饥荒过后，不管家里有多少米面，她始终敬重每一粒米。

我的大拇指比其他脚趾长，加上长年跑步，袜子经常顶出洞。要是袜子还挺新，扔了舍不得，我就缝补下。我一般缝补两次，等到第三次顶出洞，袜子也穿得差不多了，直接丢进垃圾桶。

这次，丢进垃圾桶的灰色棉袜居然出现在娘的脚上。

我惊叫：娘！

她非常得意，伸出脚让我看：是不是还怪好的？

我说：不好，一点都不好！对咱俩来说，时间就是金钱，咱的时间已经变成金钱了。一双新袜子才几块钱，咱没必要把时间浪费在缝补袜子上。

娘笑眯眯地回：咱俩穿袜子使的劲不一样，你费袜尖，俺费袜跟。我没缝几针，最少还能穿半年。

娘还说：在家用不着穿好袜子，好袜子留着出门穿。

我开玩笑：您以后不用买袜子了，也不用看垃圾桶，我穿坏的袜子直接送您。

娘说：中。

在娘的家里，开灯的是我，关灯的是娘。光线暗下来，娘经常还在画呀画。

我问：您为什么不开灯？

娘说：等你啊，知道你该来给俺开灯了。

我想说：娘呀，您太抠门了。说出来的却是：娘呀，您真是节能大王。

娘说：一样的话，从俺闺女嘴里说出来，好听，俺爱听。

两个家要合成一个家，我们攒了三十四年的家底都要装进建筑面积九十一平方米的房子，包括家具、电器、衣物、杂物等，二室一厅突然变得狭小。

我跟娘商量：有些东西可能要扔掉。

娘：中。

我：花要淘汰两盆。

娘：中。养花俺都养够了，以后我光画花不养花了，画出来的花不用喂水，也不用喂料。

我：有一箱水粉颜料早就过期了，也该扔。

娘：不中。

我：您以后办画展，必须用最好的颜料，用过期颜料画画，浪费时间，还影响效果，您现在的时间多珍贵啊。这箱颜料是八年前人家送您的，在这之前，这箱颜料积压多年一直没卖出去。

娘：俺知道。

清理出来的杂物，我堆在走廊。娘一夜没睡好，总惦记着偷拿回来放到她床底下，偷偷留着。

第二天早上出去，杂物已经被保洁清走。

娘走圈回来说：我看见捡破烂的把颜料都倒出去，留下塑料盒，他也说颜料都过期了。唉，知道用不上，就是舍不得。

陪在娘身边，终身受教育

小时候，娘常告诉我，不要贪图小便宜，贪小便宜容易吃大亏。

二十世纪八十年代后，坑蒙拐骗的剧目在安达街头不时上演。

有个年轻人把金镏子（方言，金戒指）丢在地上又就势捡起来，他的腿还搭在自行车上，娘正好从那里路过。

年轻人问：大娘，这金镏子是你丢的吗？

娘说：想骗人先睁开眼睛，滚！

年轻人很听话，骑车滚了。

过了两年，有个外地口音的女人拦住娘：大娘呀，我哥有精神病，听说跑到黑龙江来了，哥哥没找到，钱都花没了。我身上还有几个袁大头，跟你换点钱行不？

娘说：前面就是银行，你去那儿换吧。

家里来了朋友，聊嗨了我会忘记给人家倒水，娘看到以后先替我招待客人，送走客人再批评我。

我说：好朋友都不会挑剔我。

娘问：人家不挑你，你是不是也得寻思寻思这么做好不好？

我默默低下头做寻思状，答案是明摆着的。

有一次，陈波、李晓华夫妇做东，请安达老乡吃饭。他们特意买了瓜子盛在碟里，上菜前大家边吃边聊。

娘当即指点我：爱玲，你得多向晓华学习，看人家服务多周到。

回家以后，娘说：这些人都会照顾人，俺就不会。

我赶紧说：我随您。

娘截住我：俺现在想学，年纪大了，人家受不了，你还赶趟。

请客埋单，有时候需要一个特别的理由。

老朋友姜洪生在安达开照相馆，我们回安达，他给娘拍了很多照片，还要请娘吃午饭。

娘说：不中，俺用稿费请你吃饭。一样的饭菜，俺请你吃饭，味道不一样，你说是不是？

洪生说：是。

洪生选了几张照片，打算放大后放在他店里，他微信咨询：你问老娘，要不要交版权费用。

娘回：你跟他说，要。老话说，"出家人不爱财——越多越好"。

她接着跟我说：要是说不要，没啥意思了，说个笑话吧。这几张照片照得挺好，还能拿出门去。

北林区妇联的工作人员在微信里问我，姜奶奶的家训是什么。我回头问娘。

娘：啥叫家训？

我：就是您经常教育我们的话。

娘：你们小时候俺多忙啊，哪有时间教育你们？

我：我们长大以后，您可是经常教育我们，怎么做人，怎么做事。

娘：我嘱咐你们最多的是这句话：学会忍，学会让，学会宽容，学会理解，我就是这样走过来的。这样，你们的路越走越宽。

对，我也是这样走过来的，果然，路越走越宽。

娘不懂得什么"齐物论"，但在娘的世界里，物与人没有差别。

家里的花一直都是娘打理，佛手长得最快，已经两米多高，娘经常给她修枝剪杈，还在花盆里移栽了两株虎皮剑幼芽。

娘指着佛手问：她现在好看了吧?

我：嗯。

娘：我那天理发回来，也给她理发了。

有人来家看望，给娘带来鲜花和果篮。

晚上，那束鲜花已经被几块布遮盖。

我问：您怎么把花苫起来了?

娘说：黑天没谁看了，也让她们歇歇，明天白天俺再打开。这些花俺都喜欢，愿意伺候她们。

黑龙江的冬天昼短夜长，早上七点天才亮透，下午四点就又黑透了。

入冬以后有些人家早睡晚起，一天吃两顿饭。

娘说：短天不短时，时辰还是那些时辰，还是一天三顿吃着舒服。

早饭后，我爱人在排烟罩下吸烟。

娘说：过去讲，饭后一根烟，赛过活神仙。依我看，饭后一根烟，伤肺又伤肝。

婆婆在世的时候，常夸我干啥像啥，但在娘眼里，我干家务活差远了。

退休以后，我渐渐从娘那里接手家务，娘也听从了邻居阿姨的建议——不再做饭，不管吃啥就说好吃。

两个月以后，娘评价：你干活挺快，还挺干净。

我有几分得意：那当然，俺娘的闺女嘛。

娘说：有人问我，你还吃花样饭不？我说，不咋花了。

我哈哈大笑：花花花，从今以后继续花。

娘说：咱俩吃粥的时候，粥里有花生米，永久血糖高，不能喝粥，他吃不到。你炒盘花生，放在桌上打零，他就能吃到了。木耳最好天天吃点，焯好了蘸点酱，每顿都吃点才好哩。

我说：好好好，听您的，都听您的。

虽然在厨房混了三十多年，但是跟娘比，我还是个厨房实习生。

比如早晨煮鸡蛋，我估计着煮熟就是了，从不看时间。

娘评判说：熟是熟了，不好吃，蛋清和蛋黄太硬，一咬嘎噔嘎噔的，这是煮过了。

家里用的是电磁炉灶，娘从打开炉灶开始计时，七分钟后停火。敲破鸡蛋，蛋清在蛋壳里有点晃，蛋黄刚好熟，每一口下去口感都是软的。

我问：您是怎么做到的？

娘说：多试几次呗。

做好早饭，我喊娘和爱人吃饭。

娘正坐在书桌旁画画，抬头问我：做的什么饭呀？

我说：蒸黏豆包，我还蒸了几块山药和倭瓜，还有一小盆鸡蛋焖子，怎么样？

娘说：狗撵鸭子——呱呱叫！

我问过娘，她的生活智慧从哪来。娘说：啥智慧不智慧的，就是想得开。你姥爷就是一个想得开的人。要是没有战乱，你姥爷可能是个诗人。

姥爷读过私塾，写一手好字，从私塾回来，他在百时屯的庙里办过学校，免费教百时屯的孩子读书。解放前，姥爷做过巨野县下属区长、巨野县府文书等职。

二十世纪八十年代，姥爷年近八旬，开始写旧体诗。姥爷用毛笔书写，全是工工整整的小楷，写完小心翼翼地收起来。娘去三舅那里看姥爷，收拾东西的时候见了，知道那是诗，可一个字不认识。三舅和妗子那时候忙着一家人的吃穿用度，忽略了那沓诗稿，姥爷过世后，没有一个字留存。

解放后，姥爷家人多地少，家里最难的时候，姥爷告诉全家人：人在困难的时候，不要向困难低头。要多动脑子想办法，去解决困难。

娘当时问：要是想不出好办法呢？

姥爷说：那就得把心放宽。

姥爷还说：不可挽回的事，不要去多想。

娘问：啥是不可挽回的事？

当时在饭桌上，姥爷举着碗说：就好比这个好看的碗打了，你再心疼，它也长不上去了。

刚到东北的时候，娘总想起姥爷前面那几句话，遇到困难动脑筋想办法，熬碱，卖碱，出苦力，活下去。

等家里的日子终于抬头，爹在车祸中丧生，娘常想起姥爷后面那几句话，心里有了些许宽慰。

姜淑梅：
我的故事我来画

我经历的乱时候

胡子来了以后

胡子攻打百时屯

淑梅画

我的老家在山东省巨野县百时屯。

百时屯在县城西南，离县城四十五里，是个大庄，庄里有三个大姓：庞家、时家和姜家。这三家都有家族长，家族长辈分大，说话管用，平时管家族的事。要是百时屯遇到大事，三个家族长一起商量咋办。

百时屯的围墙叫海子墙，主要是防备胡子和杂牌军来，他们来了，不干好事。海子墙底座三米多宽，两米半高，上接半米宽一米半高的围墙，从外面看，海子墙四米高，墙里边有四个炮楼。

俺记事的时候，海子墙已经倒了，剩下两米半高的底座。墙下的壕沟叫海子壕，雨水多的年份里面有鱼。到了晚上，男人在庄里轮流打更。

1919 年，百时屯的铁匠庞三得罪了胡子，四五百个胡子联合起来打百时屯。胡子有很多土枪、土炮，老百姓也拿着土枪、抬着土炮上了海子墙。胡子从下往上打，老百姓从上往下打，他们看得见胡子，胡子看不清他们。仗打了七天七夜，大雨下了七天七夜，姜家的家族长舍命出去请来正牌军，把胡子打跑了。

俺记事以后，胡子来百时屯都偷偷摸摸，绑走过孩子。胡子捞不到好处，把孩子弄死了。

有年夏天，俺大哥常去场院睡，胡子来绑他，绑走的却是跟他一起睡的穷人家孩子。那孩子机灵，赶紧喊"错了"，捡了一条小命。那天晚上，大哥没去场院睡。打那以后，他再也不敢去场院睡。

胡子，是东北的叫法，就是土匪。在我老家，都管胡子叫"老缺"。

有一年，巨野的大胡子刘黑七领人进了马海，马海是俺二嫂的娘家。这些胡子见人就杀，庄里的年轻人拿出枪跟胡子打，别的人都吓跑了。

二嫂的爹那辈一共哥三个，那次死了俩，二嫂七岁就没爹了。

二嫂的二奶奶领着闺女媳妇往外逃，她五岁的小闺女跑出去玩，找不着，没领着。

下面这张画里，穿粉色衣裳的小闺女就是她，她回家一看，一个人没有，便大声哭。

后来，一群拿枪的胡子进了院，吓得她不敢哭了，待在场院里。

那时候高粱都收回家了，从根上割下来的高粱秆立在场院里晾晒，高粱秆上还有一点儿高粱叶。胡子把高粱秆放倒，叫马吃高粱叶子。放着放着，从高粱秆里走出来一个人，这个人就是二奶奶的儿子，小闺女的亲哥。

小闺女看见哥哥，大声喊：哥哥！哥哥！

哥哥看了一眼妹妹，他把自己的枪往地下一放，把两只手举起来，胡子给他一枪，把他打死在场院里。

小闺女看见哥哥倒下，她又哭又喊：哥哥！哥哥！

这个五岁的孩子一天没吃没喝，她就想把哥哥喊醒，怎么也没喊醒哥哥。

夜里，她就躺在哥哥身边守着。

第二天中午，二奶奶回来的时候，小闺女还在哥哥身边坐着呢。

另一户人家，丈夫和胡子打仗死了。那帮胡子进屋先开枪，把三个孩子全打死了，孩子的娘一点儿没伤着，吓疯了。

二嫂看见她的时候，她正抱着死了的小三，小三的肠子在后面拖着。她边走边喊：砖头呀，石头呀，石头他爹呀，你们都回来吧，俺害怕。你们在哪儿？俺去找你们！

邻居给娘家送信儿，她娘和俩哥都来了，她抱着死孩子不松手，谁也抢不走。

后来她娘想了个办法，找个小被卷好，把那个死孩子抢过来藏好，把小被给她抱，这才把她哄上车。

好好的一家五口人，就剩她一个人了。

日本鬼子来到百时屯

俺十个月大的时候，日本鬼子第一次来百时屯。他们在龙堌集有驻兵，龙堌集离百时屯十五里地。每隔一个多月，他们扫荡一次百时屯，来的时候头上戴铁帽子，脚上穿皮靴。

小鬼子每次扫荡都在早晨，有时天没亮就来了，来了就抢东西，抢女人。那时候，最怕听见打更的人敲锣喊：日本鬼子来了！

到后来，只要听见狗咬，家家都打听：是不是小鬼子又来了？

得着准信儿赶快藏东西，藏完东西赶快跑。

1943年正月十五，按风俗该吃花糕。花糕是用白面做的，用枣做出各种花样来。刚想吃早饭，小鬼子来了。

俺那年六岁，娘让俺包上花糕背着，跟两个嫂子一起跑。两个嫂子都是小脚，啥都不拿还走不动道呢。

往外跑不敢走好道，大嫂说，小鬼子有马，走好道就追上了。走在刚犁起来的地里，她俩磕磕绊绊，让俺落得老远。离百时屯远了，俺们才敢坐在地里歇着。

下午，来了个庄稼人，说小鬼子走了。两个嫂子脚疼，走一气歇一气，回到家天都黑了。

1945年日本人投降之后，他们发的联合票子都成了废纸。

八路军和中央军在百时屯拉锯

1946年夏天，八路军和中央军在百时屯开始拉锯。

那年春天，先来的是八路军，他们在屯里住了很长时间，吃的是自己带的，也守规矩。俺家的堂屋亮堂，变成了八路军的小医院，住着四个八路军，三男一女。老百姓都到这儿看病，花钱少，好得快，他们会打针，俺还是第一次看见打针。

后来有一天枪声响了，狗咬人乱，都说是中央军在打百时屯。中央军的飞机往下丢炸弹，墙里墙外的机枪一起响。

打起仗来，百时屯光剩下老年人，年轻人都躲到别的屯子。俺家剩下俺娘，里院剩下叔伯大娘，她有病，闺女和儿子都逃走了。

炸弹和机枪响了两天两夜，谁都不敢出门。大娘两天两夜一口水都喝不到，她啥时死的也没人知道，还是一个八路军跟娘说：里院有个老太太死了。

俺娘这才知道。

中央军打进来以后，俺娘找了四个身体好的老太太，把大娘用高粱席子卷上，抬到东边俺家果园里。果园里有个战壕，她们把大娘放到战壕里。俺大娘长得瘦小，再加上有病，不到六十斤，还是把四个老太太累坏了，埋她的劲都没有了。

第二天，狗把大娘的头从战壕里衔出来，跟前的人看见的时候就剩下头骨了。娘让人把头骨放回战壕里，再多埋点儿土。

中央军来了好几回，强奸了很多没处躲藏的年轻女人。到后来，家里的米面油盐谁见了谁拿，鸡鸭猪羊谁见了谁杀，锅碗瓢盆全给拿走，再也没啥拿的了。

有一回中央军的飞机往下扔炸弹。百时屯有几个年纪大的留在庄里，他们很害怕，有的躲到桌子底下，有的顶着草筐跑。这都是实事。

战乱中逃难

1947年8月，俺爹雇了一辆马车，带着娘、大嫂、俺和妹妹去潍坊找大哥。大哥总在外面上学，听说上过黄埔军校，后来在国民党的队伍里当军官，十年没回家。

路上，俺和嫂子都病了，俺得了伤寒病，大嫂发疟子。俺们在济南治好病，搭一辆敞篷汽车去了潍坊，一家人总算在潍坊团圆了。到潍坊后，爹在国民党的队伍里找了份差事，帮着人家写写算算，混口饭吃。

1948年3月，解放军打淄川，俺们都在淄川城里。打了两天两夜后，大哥说城里太危险，叫勤务兵徐杰三领着俺们女人出城，到农村找个房子住几天，不打仗了再回来。当时，淄川城只许出不许进，出城得带眷属证，不带眷属证，看城门的不给开城门。

那天晚上有月亮，也有云，一会儿亮一会儿暗。徐杰三换上便衣头前走，俺们跟着。俺走的地方好像是正面战场，机枪声突突突，突突突，指挥枪"斗斗斗"，"斗斗斗"，大炮弹咣咣的，手榴弹的爆炸声一声连着一声。指挥枪在哪个方向响，大炮弹就往哪个方向去。

俺平时最怕死人了，战场上的死人横一个竖一个，俺跨过死人的时候不怕死人，光怕枪炮，说不上啥时候命就没了。

娘问杰三：到城门还有多远？

杰三说：还有一里多地。

娘说：咱快回去。

回到家，徐杰三在院里挖了一个洞，像地瓜窖一样，上面蓬上板子席片。怕解放军看见烟往这发炮弹，俺娘儿四个天不亮就吃饭，吃完饭就躲到洞里，坐一会儿，站一会儿。没过几天，一个大炮弹落到院里，炸出一个大坑，俺待的这个洞进了很多土，门也让土埋上了。俺娘儿四个费了很大劲，才从洞里爬出来。

淄川的仗打完了，俺大哥成了俘虏，俺爹活不见人死不见尸，国民党发的中央票子成了废纸。

留在淄川难活，娘领着大嫂、我和妹妹跟人结伴走。娘跟大嫂都是小脚，走不了远路，一天走三十多里地，从淄川到济南三百多里路，俺们走了十一天。

到济南以后，俺娘在难民所里找到俺爹，谢天谢地。

1947年，济南教育电影院，跟俺家隔一道高墙。

从淄川回到济南后，俺家住的难民所在二大马路纬三路上。从难民所出去，左边是教育电影院，右边是银号，也就是现在的银行。听说，这条街上的大买卖都是瑞蚨祥一家的。

跟俺一起玩的小闺女姓朱，她爹是放电影的。她家的窗户在俺的院里，窗户矮，打开窗户抬腿就过去了。进了她家院就能偷着看电影，不用买票。

上面这张画画的是 1947 年的教育电影院门前。二大马路纬三路上有人行道，在马路牙子上，用砖铺地。马路牙子下是水泥路，走车。那时候，这条水泥路上没啥线，小轿车、自行车和东洋车子想咋走咋走，南来的、北往的想咋走咋走。路上最多的是东洋车子，人拉着跑得快。东洋车子也叫黄包车。

俺轻易不敢过马路。难民所有个女人过路去买萝卜，让一辆小轿车撞飞，差点没命。

1948 年中秋节前夜，解放军打济南。

从那天起，俺就两手抱住膝盖，天天蹲在屋里的西南墙角，啥都不敢干，腿也不敢伸，吃饭也蹲在墙角。枪炮声时远时近，时大时小，指挥枪的枪声特别响，"斗斗斗"，"斗斗斗"。这种声音一响，俺就吓得捂耳朵。

晚上睡觉，俺不能蹲墙角睡，只好爬到地铺上，用被子把头蒙得严严实实。等俺睡着了，娘再把被子掀开，说俺身上的汗滔滔的。

打仗打到第三天，一颗子弹从玻璃窗穿过，直接扎进地里。玻璃窗上留下一个小洞，地上也留下一个小洞。当时俺娘正躺在地铺上，地上的那个小洞离她的头只有半尺。

打仗打到第八天，枪不响了，解放军进城了，俺们几个小孩挎上篮子想去捡弹皮。出了门往东走有个车库，车库里有一辆军车，军车前面侧躺着一个穿军装的死人，脸色漆黑，胖头肿脸，十指长伸，已经"发"了。

俺害怕了，接着往东走，看见一个小树林。小树林边上有一片平地，平地上有一层新土，俺一踩可暄了，底下好像有弹簧，蹦一下就弹起来，可好玩了。

俺喊：都过来，这好玩。

她们三个都过来，俺们一起在上面蹦，都说好玩。

有个男人离着挺老远就喊：小孩，快下去！别漏下去，那底下都是死人！

吓得俺嗷嗷大叫，赶紧往家跑，啥也没捡着。

上面这张画画的就是那时候的事，俺四个人在死人坑上蹦跳。

我经历的穷时候

上黄水子

以前，黄河经常开口子，老家管这叫"上黄水"。

我画的这张画，是很多年前老家上黄水的事。

那天，有个小脚女人听说上黄水了，人家都往外逃，她跟儿子说：儿呀，你快领妹妹走，用石头把俺的衣裳压住，以后回来还能找着娘。

儿子搬来石头，把娘身上穿的衣服压住。他抱着一个妹妹，领着一个妹妹，跟着这庄的人往外逃。

黄水子过来了，越走水越深，哥哥抱着小妹，拉着大妹。眼看救不了两个，只能救一个，他撒开小妹，背上大妹，浮着水跟着人家来到没水的地方。

走到巨野大李庄，哥哥到一户人家要饭。知道这家无儿无女，两口子不生小孩，他把妹妹送给这家，走了。

这户人家把要来的闺女当宝贝，孩子在这家没受过一点委屈，可她越长大越想家。想回家找娘，找哥哥，上黄水那年她才四岁，不记得家在哪里，想找也没处找。

这个人是俺婆婆的娘家奶奶。到了八十岁，她就潮了，用现在的话说就是老年痴呆。看见儿子、孙子，她叫哥哥；看见儿媳妇、孙媳妇，她喊娘，还说：俺也有娘，娘，娘，娘。

1936年7月，百时屯人都听见怪怪的声音。水到跟前才知道，黄水来了，把老百姓吓得不知咋好。

听娘说，那回上黄水，平地里四五尺，洼地七八尺，家家都进水。好在俺家连牛屋底下都是九层砖的，房子没咋的。穷人家的房子多数是土房，也有五层砖、七层砖的，泡倒很多。

那年秋天，百时屯啥都没收，很多人出去逃荒要饭。有的黄水一下去就走了，有的种完麦子走，也有过了年走的，都一家一家的。有的孩子小，用挑子挑着；有的老人年纪大走不动道，得坐木头轱辘车上。

地多的没走，收一年粮食，两年吃不完。孩子太小、老人岁数太大的人家，逃荒逃不了，"结粮食"吃。结粮食就是，借人家一斗粮，以后要还给人家一斗半、两斗，还有给人家两斗半的。实在没办法的，卖地换粮食吃。

坐在地上生孩子

1937年正月十七，娘生下我。

那时候的风俗是，女人坐在地上生孩子。生孩子的时候，产妇半躺在地上，身后有人扶，屁股底下坐一块坏坷垃头，其实就是半块土坯。

冬天的时候，小孩子从娘热乎乎的肚子里出来，生在冰冰凉的地上，活下来的不多。小孩子要是受凉死了，大家就说：这孩子脐风了，没成人。

我生在正月，能活下来，算命大的。

俺家那时候有一百亩地，爹还是巨野县五区的区长，家里条件好些，娘也是在地上生下我，屋里有个火盆。

这张画是我想象的，娘生下我以后，让人扶着躺到床上，俺闭着眼躺在娘身边，屋里有两个女人帮着收拾东西。

穿粉衣裳的女人，手里拿的东西是粪箕子。粪箕子在老家用处可大了，拾粪、拾柴火、割草都用它。

郭寺后面的乱葬岗子

百时屯东北有个小庙，叫郭寺，离百时屯一里多地。郭寺后面是乱葬岗子，百时屯和贾楼的小孩死了，都用谷秸包上，再用绳子一绑，扔到郭寺后面。

百时屯有户人家一胎生了八个孩子，早产，一个没活。男人用粪箕子扛出去，都没用谷秸包，也送到郭寺后面。

经常听说，狗在郭寺后面抢吃死孩子，打架。俺家的狗也去过一回，回来就吐。

俺六岁那年秋天，三哥和邻居孩子去郭寺后面的林柳趟子里抓蝈蝈，俺也跟去了，一眼就看见寺庙后面乱七八糟的谷秸，很多谷秸里的死孩子没了。还有两个死孩子包在谷秸里，狗还没来吃哩，把俺吓坏了。

现在做梦，有时候还去郭寺后面呢。

种牛痘

来百时屯姜淑梅画
一九四一年种牛痘的第一次

1941 年春天，俺五虚岁，百时屯刚兴种牛痘，老百姓叫"栽花"。

有一天，俺看见俺家的牛屋里挤满人，都是大人领着孩子，不知道他们要干啥。俺挤进牛屋，看见大人给孩子脱袖子，有个人往孩子胳膊上滴三滴药水，再用小刀在有药水的地方划十字。

俺看着划了好几个，孩子都吓哭了。划十字的这个人就说：别哭了，种完牛痘，不长大麻子。

俺怕脸上有麻子，俺也脱下一只袖子，把小胳膊伸过去，说俺也种，就把脸转过去，不敢看了。

种牛痘以后，百时屯的麻子脸少多了。

遇到"欻子"和玩把戏的孩子

玩把戏的孩子吊在空中来回悠
姜淑梅画

六岁那年，爹带着俺去仓集赶会。到了会上，爹给俺买了个吊炉烧饼，又买了个肉合子夹在烧饼里边。

爹到一个屋里买东西，让俺在外面等他。俺在那里吃烧饼夹肉合，刚咬了两口，过来一个人抢过去就吃，吓坏俺了。那个男人二十多岁，抢走烧饼大口咬着吃。

爹回来问：你咋吃这么快啊？都吃完了？

俺说：俺就咬了两口，叫一个男人抢走了。

那时候，这种人叫"欻子"，哪个会上都有三两个欻子欻饭吃，他们专门欻老人和小孩。要是人家儿子看见了，追上他，他就往欻来的干粮上吐吐沫。人家看见干粮脏了，不追了，他接着吃。

除了欻子，"花子"也跟着会走。花子很少要饭，看谁家的买卖好，到谁家要钱。要钱的时候临时编一套吉利话，这发财，那发财。要是不给钱，他们再编一套丧气话。卖东西的知道他们都这样，就快点给钱打发他们。

很多花子都是三把手，有时候偷东西。中午十二点下了集，那些花子都把到手的钱交给花子头。

会上还有一种花子，要钱的法子不一样，老家也管这些人叫"犁头的"。这些人专门欺负外地人。

从前到会上卖姜的，有泗水的，也有滕县的。犁头的嘴笨，编不好吉利话。他先跟人家要银元，人家给他几个铜钱，他嫌少，不走。不少人认识犁头的，一看他不走，围上一圈看热闹，外地人啥东西也卖不了。

再不给钱，犁头的就拿刀往自己头上一划，划出来一个大血口子，滴滴答答往外淌，生姜摊子上都是血。

卖姜的狠狠心，再给他一些钱。犁头的把钱收下，不知用的啥药，往头上一抹，血就不流了。

外地人遇到犁头的，最好快点给钱，开始就大方点。

会上还有跑马卖艺的。在一处宽敞地方，两个马跑得飞快，两个十四五岁的男孩在马背上表演，倒立，翻跟头，在马肚皮下来回钻。

最后出来的，是一个五六岁的女孩，她的头发辫子往上扎。有人用绳子绑上她的小辫，把她吊在空中来回悠。俺们都看见她脸上有泪，没听见她哭出声。

看热闹的人乱猜，有的说：这孩子是不是没舌头了？咋光哭不出声呢？

有的说：肯定不是自己家的孩子，这孩子不是偷的，就是买的。

百时屯有去龙堌赶会的，说在龙堌又看见那个五六岁的小女孩，用绳子绑上头发，在空中来回悠。谁看见谁可怜，可没人救她。

有个收钱的说：俺这孩子也是娘生父母养的，为了挣钱，叫俺的孩子受罪，你们多给俺点钱吧。

女人上吊以后

以前，百时屯哪年都有两三个上吊的小脚女人。那时候的俗话是：嫁给鸡跟着飞，嫁给狗跟着走。

脚大了，受气；娘家穷，受气；独生女，受气；针线活不好，受气。受婆婆的气，受丈夫的气，有的还受小姑子的气。小脚女人受气受得没法活了，有的上吊，有的跳井。

要是发现女人上吊，得先把她的鼻子眼、耳朵眼、屁股眼堵上，把嘴捂上，捂好了再往下卸人。要是捂一会儿，这女人长出一口气，就活过来了。这边捂着女人，那边找人去房顶上叫魂。

叫魂的时候，得敲着簸箕大声喊，要是小文娘上吊了，就喊：小文娘，家来哩！小文娘，家来哩！

两三个人换班喊。

十个八个上吊的，叫魂能叫回来一个。要是捂不过来，房顶上的人就下来，不叫了。

女人要是上吊死了，或者跳井死了，女婿得去娘家跪门，就是跪在娘家门前等着挨打，让娘家人出出气。

这些跪门的女婿，经常让娘家人打得血头血脸。

有的女婿去跪门，带上两个身强力壮的人陪着，再带上两个年纪大的人说和，怕娘家把人打坏了。

差点裹脚

此画淑梅画

悟俺大脚板哑巴伸开五指

从济南回到百时屯老家人都笑

我小时候，小闺女六岁就裹脚了。再讲究点的人家，小闺女两三岁就把脚裹上，不让脚再长了。

在巨野老家，裹脚布短的八尺，长的一丈二。裹脚，就是用裹脚布把大脚趾以外的其余脚趾硬生生裹到脚底下，让它们一点一点骨折，一辈子踩着脚指头，用脚后跟走路。

就是三伏天，裹脚布也得里三层外三层裹好，裤腿用带子扎上。裹脚以后，脚就不长了，人家说的"三寸金莲"，都是从小给裹出来的，小脚指头挨着脚后跟。

那时候，女人脚小了吃香，有句老话口口相传：裹大脚找瞎子，想吃馍馍背搭子；裹小脚找秀才，想吃馍馍拿肉来。意思是，女人脚大，嫁人只能嫁给瞎子，想吃馍馍得背搭子要饭去。女人脚小，嫁人能嫁给秀才，不光能吃上馍馍，还能吃上肉。

俺大哥在外面上学，来信不让娘给我裹脚，娘听大哥的。

1948年济南解放后，俺家从济南回到百时屯，那年俺虚岁十二。到家一看，跟俺般大般儿的闺女都是小脚，都用脚后跟走路，扭扭的，真难看。

她们都笑话俺，说俺大脚板子，找不到婆家。说俺短头发没辫子，还穿对襟洋服棉袄，男不男女不女。上面这张画里，梳短头发，穿对襟蓝衣裳的人就是俺。

一个哑巴姑姥娘也笑话俺，她说不出来，用手比画。她先指指俺的脚，然后皱着眉伸开五指，意思是：你的脚就这样伸着，难看。她还指指俺的脸，意思是：你的脚白瞎了你的脸。

在百时屯待了两年，看惯了小脚，越看小脚越好看。俺叫娘撕裹脚布，把脚洗洗裹上了。睡到半夜，俺疼醒了，点灯一看，大脚指头都黑了。从那以后，俺再也不提裹脚的事了。

没过多长时间，老家又开始放脚了。

一听说"放脚的来了"，那些大闺女小媳妇吓得到处藏。放脚队就四五个人，都是女人，她们也是小脚，都把脚放了。

刚开始，她们抓住一个裹脚的先摁住，不管同意不同意，把人家的裹脚布打开、拿走。

后来，放脚队的给女人开妇女会，讲以后不时兴裹脚了，裹了脚就是残废，放脚是为了大家好。开了几次会，百时屯的大闺女小媳妇都不藏了。

放脚得一点一点放，要是把裹脚布一下拿掉，脚难受得受不了。裹脚布得一天一天慢慢松，松上十多天，裹脚布才能拿掉。

裹脚时间长的，脚趾都裹折了，再放也放不开。

裹脚裹得轻的能放开，放脚以后，脚趾伸出来，都趴趴着。

刚裹脚的小闺女最高兴，大多数脚都放开了。

结婚登记，不知道谁是俺丈夫

1954年，俺虚岁十八，媒人做媒，给俺找了婆家。

那时候刚实行结婚登记，登记前两个人都不见面。

登记那天，爹想让他先来俺家，两个人见见面，俺害羞，哭了好几场。爹让人去请他，他害怕，没敢来。

章缝区政府登记的屋子里，东边坐一排男的，西边坐一排女的，一共十八对，俺最后一个到。

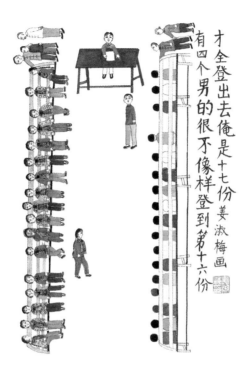

才全登出去俺是十七份 姜淑梅画
有四个男的很不像样登到第十六份

那十七个女的，都用黑纱手帕把头包上，用一只手在鼻子前面捏着，光露两只眼睛。俺把黑纱手帕围到脖子上，大方地走到座位上。俺那时有个想法，俺不包脸，别叫他过后说没看见俺啥样。

往对面看十八个男的，俺不知道哪个是俺的。

有一个男的大高个，模样也好，第一份登记就登出去。有四个男的太不像样，两个年纪大，一个又矮又丑，还有一个一看就是个傻子。俺都想好了，这四个人里要是有俺的人，俺回家就死。

那时候，登记的两个人要是有一个说"不同意"，登记登不成，俺那里就说"登叉了"。谁家闺女登记"登叉了"，丢娘家人，再找婆家都不容易。

俺去登记有心理准备：第一，登记不能"登叉了"。跟谁登记，俺都得说"同意"；第二，摊上俺看不上的男的，不能表现出来。心里难受自己知道就行，不能让家里人跟着难受。

　　登记登到第十六份，那四个很不像样的男的才全登出去。剩下这两个，都是一般人，跟俺三个哥哥比差远了。

　　"张富春！"叫他的时候，俺还不知道他是谁。

　　"姜淑梅！"叫俺的时候，俺就知道他是俺的了。个子不高，有点驼背，金鱼眼，大嘴叉，就是这个人了。

　　登完记，俺脸上笑呵的，这就是俺的命，不孬也不好。

1954 年农历五月十六，婆家娶俺，来了一乘小轿，俺的陪嫁有一个桌子、一个柜、一个板箱。抬嫁妆的人回去，有的说一朵鲜花插到牛粪上，有的说他家人缘不好。说啥的都有，就是没一个看上这个人、看上这个家的。

这两张画画的是老家的结婚风俗。以前，不管多热的天，新媳妇都得穿红棉袄红棉裤，戴着蒙头红上轿。棉裤是自己家做的，能做得薄点。这棉袄叫"催床衣"，又肥又大又厚，专门租给新媳妇的，穿上热死个人。

俺结婚的时候天热，上轿以后俺就脱了"催床衣"，到了婆家庄头，再穿上。新媳妇从娘家走，脚不能沾地，得让人用椅子抬出来。

新娘下了轿，男方家要用椅子把新娘抬到香台子前拜天地，拜完天地进新房。

进了新房，在床上坐下，一个儿女双全、父母健在的"全命人"嫂子过来，把新娘的蒙头红用秤杆挑下来。这个嫂子要说：蒙头红高高起，三年里边有大喜。

挑下蒙头红，也得是"全命人"嫂子给脱棉袄，脱下来以后，在新人的床上来回拉几趟。嫂子要说：催床衣满床拉，这头俩，那头仨，这头吃妈妈，那头叫达达。

老家从前管爹叫"达达"，现在也有叫的。"吃妈妈"，就是吃奶。过去都讲，多子多福，这套话就是这个意思。

俺婆家在巨野县龙堌集南边的冯徐庄，我结婚的时候，还是这些老规矩。

挨 饿

1958年10月，大锅饭散伙后，家家没吃的。

第二年春天，俺抱孩子去地里挖野菜，大家都去挖野菜，地里的野菜很少。刚挖一会儿就起大风了，孩子站在地头捂着脸大哭。俺急忙跑过去，孩子一边哭一边说他眯眼了，俺翻开他的眼皮，用舌头把土舔出来。后来风越刮越大，俺跟孩子一起回家了。

上面这张画画的就是那个时候，庄上的榆树皮都让人扒光了，那些榆树全死了。别的树皮不好吃，没人动。

后来，国家开始给点供应粮，一个人一天的供应粮不到一斤，有谷子、稻子、玉米和地瓜干，有时候按月给，有时候几个月给一次。把粮食领回来，俺和两个小叔子抱着磨棍推。推完了，留下的玉米面和地瓜干够喝一顿清水粥。喝完粥，婆家人就把粮食全都装到大轱辘地排车上。

婆婆跟俺说："俺到菏泽要饭去了。"

他们四口人走了，一粒粮食都没给俺娘儿俩留下，连着两个月。冯徐庄到菏泽九十里路，到了菏泽，他们有钱就能买到吃的，丈夫邮来的钱，他们一分钱也不给俺。

挨饿的滋味太难受了。俺看不见自己，看得见儿子，他小脸焦黄。连着两顿啥也没吃，儿子耷拉着头，嘴唇又干又白，他已经连着十多天不抬头，两天不睁眼。

快饿死的时候，俺抱孩子回娘家，腿发软，眼前发黑。看不见道，俺就和儿子在地上躺一会儿，看清道了再站起来冒蒙往前走。

路过任桥的时候，下面的河水一个波一个浪的。俺想：饿得这么难受，不如跳河死了。又一想，俺这样死，活不见人死不见尸，婆婆就得跟人说，俺跟野汉子跑了。

从娘家回来以后，俺跟婆婆分了家，这样能吃着分给俺的粮食，娘儿俩挨饿也饿不死了。

到了1959年冬天，家里啥吃的没有，有一次俺两天半啥都没吃。人饿得狠了，一天天躺在床上，还没那么难受。就是下地不行，走路腿软，直打摽。饿得最狠的时候，站着眼发黑，啥都看不见。要是坐着坐着猛一站，眼前就像下雪似的，看哪里都是白的，模模糊糊能看见道，感觉头悬起来老高，好像不是长在自己身上。在茅厕蹲的时间长了，起来的时候眼前全是一朵一朵金花，一亮一亮的，站一会儿别动，金花才慢慢没了。

1960年2月，丈夫从黑龙江回来。上面这张画就是当时的样子。

俺说：你回来干啥呀？人家想逃还逃不出去哩，你回来咱都得饿死。

他说：家里人真都饿死了，俺活着也没意思。就是饿死，咱也死在一块。

他从黑龙江带回来三十斤小米。好不容易见着粮食了，俺顿顿都做小米粥。

俺和孩子吃惯了野菜，一时半会儿吸收不了粮食，拉稀拉了四五天。

到东北成了"盲流子"

挨饿那两年，在老家想出门可难了，得有购票证。

比方说想上东北，先得有两边公安局的证明，一边准你迁入，一边准你迁出。有了两边公安局的证明，车站才给你发购票证。有了购票证，你才能买到去东北的火车票。

丈夫回老家以后，跟俺说：咱不能等着饿死，还得去东北。

1960年3月，俺三口人从龙堌集坐车去巨野，再从巨野坐车去兖州火车站，身上啥证明都没有。天黑以后，火车站来人查问，凡是要去关外又没有两边公安局证明的，都给关到一个大屋子里。俺丈夫跟人家说要去十里铺，天亮再走，人家信了。查问后，一百多人的候车室就剩下十来个人。

第二天下午，有个农民拿着两边公安局的证明来到候车室，人家光给他盖了个章，没给他购票证。那个农民大哥不识字，不懂咋回事。丈夫看见那张证明上是三口人，那个章是"此证作废"，他跟那个大哥商量他去要购票证，要出来一个归那个大哥，要出来两个一人一个，要出来三个他要两个。那个大哥同意了。丈夫还给那个大哥一斤粮票两块钱，让他先去吃饭。

丈夫装作很生气的样子"吭吭吭"敲门，大声问：俺的证明差在哪儿了？你给俺说说！

人家啥都没说，给了三个购票证。有了购票证，丈夫买了两张去哈尔滨的火车票。

上面这张画画的是俺们在兖州火车站等着上火车。那时候控制人口外流，坐火车、等火车的人都不多，去关外的人都拿着行李卷。俺一家三口吃着从家里带的黑锅饼，坐了两天三夜火车到了黑龙江。

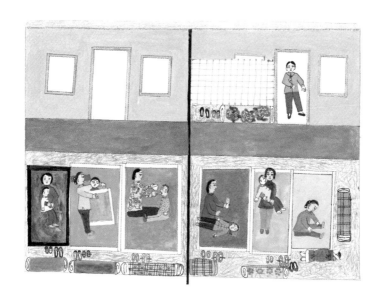

1960 年 4 月，俺三口人来到黑龙江省安达市房产处砖厂。

这张画就是俺那时候住的家属宿舍。宿舍是五间新盖的土平房，门窗都没有，屋两边地上铺了些草，行李铺上就是地铺，中间的灰色是俺画的过道，那时候宿舍里已经住了十几家人。

一个月后，家属宿舍的孩子们出疹子。

娘嘱咐过俺，出疹子怕凉风，不能吃凉东西，凉开水也不能喝。要是屋里热乎，让孩子多喝热乎水，身上总有点汗就更好了。

娘嘱咐俺的话，俺一字不落都告诉那些妈妈了。她们都比俺大，假装没听见，谁也不信俺的。

儿子一高烧，俺就请假不上班，缝了个布帐子吊起来挡风，把孩子放在里面。上面这张画里，靠门有个床单围起来的地方，就是俺住的地方，俺和丈夫天天钻到里面睡觉。不管白天黑夜，儿子想喝水，俺就点着三根苇子，把茶缸里的凉开水烧热再给孩子喝。

小老于家五天死了姐俩，姐姐四岁，妹妹两岁。孩子没了，两口子整天哭，不吃不喝，也不上班，挨到开工资的时候，领完工资就走了。

大老于家女儿四岁，从高烧到死就八天，于大嫂哭得死去活来。他们在山东老家的时候，大女儿病了，送到医院没查出啥病来就死了，于大嫂在家天天哭。他们逃到东北，想换换环境，赶上出疹子，二女儿也没了。

家属宿舍一共十三个孩子出疹子，就俺儿子活下来。跟那些孩子比，他又瘦又小。

这茬疹子毒气大，十多天以后疹子下去，他全身都像紫茄子皮，跟小黑鬼似的。后来脱去一层皮，才有孩子样了。

可怜那十二个孩子死得苦，要是当时有个家，条件再好些，他们都能活到今天。

1962年6月，俺家搬到大宿舍。大宿舍是新盖的土房，十间房，东头一个门，西头一个门，两边是对面炕，中间有个两米宽的过道。

俺家住的是南炕，靠着东门第一家，三口人有一米五左右宽的地方。晚上平躺着睡下，要是侧身睡会儿，再想平躺就难了，旁边的人早把这点儿地方占了。

南炕和北炕都住了二十多家，少的三口人，多的六口人，一家挨着一家。外人管俺们叫"盲流子"，都是冒蒙往外逃的关里人。

砖厂新来了关里人，还都往这儿安排，安排住处的人常说：将就将就，挤一挤就有地方了。

宿舍里没有电，没有灯。睡觉的时候，男人挨着男人，女人挨着女人，中间是孩子。

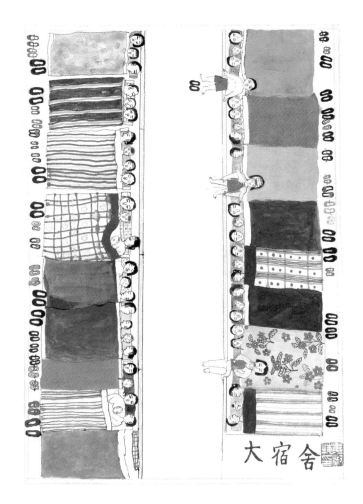

大宿舍

刚住下那些天，天天都有起夜回来找不到地方的。这些人大多数住在中间，男人多，女人少。

有的男人习惯往回摸，摸到别的女人头，脾气好的女人小声说：错了。

脾气不好的女人被摸醒了，嗷的一声喊：流氓！

这样的事，第二天都被厂子里的人当成笑话讲。好在，挨骂的是谁，骂人的是谁，谁都不知道，只有他们自己心知肚明。

十多天以后，宿舍还是没灯，可再没人走错地方了。

有一家孩子得了百日咳，咳起来没完，全宿舍的人都睡不好。还有六七个人呼噜声特别大，这屋里好像有六七台大风箱一夜一夜地响，俺开始睡不着，困得很了就能睡着了。

做了半辈子家属工

在砖厂落脚后，丈夫成了国营单位的正式职工，俺成了家属工。

家属工就是临时工。那些年临时工的指标少，都攥在劳动局，想干临时工得托人才行。

都是女人，家属工和正式工人差远了。正式工人里，女人当广播员，做饭烧水，在车间也干轻活、俏活。一样有病了，医药费她们百分之百报销，家属工报销百分之五十。砖厂有几个临时工是大闺女，上班时间长都转正了。俺们这些家属工一个接一个生孩子，当了一辈子家属工。

砖厂里的那些活，俺都会干。车间主任看出来了，他不叫俺推水坯了，叫俺打补丁。插坯的不来，他叫俺去插坯；刷油的不来，他叫俺去刷油；递板的不来，他叫俺去递板；推车的不够，他叫俺去推车；人都来了，他叫俺去干零活。

俺干的时间最长的活，是在成品车间装窑，就是把晾干的坯子从架棚子里装到车上，推进大窑，一次两个扔给码窑工，一干十年。俺愿意干这个活，计件，干够数就下班。

上面这张画画的是以前砖厂的转盘窑，把晾干的砖坯装满一个窑，就把窑门封上。画里那些泥黄色是封死的窑门。最右边有一个窑门是灰色的，那是正在装砖坯的窑门。砖厂的活脏，除了灰就是土，干力气活的女人都是这个打扮，头上戴着白帽子，身上戴围裙，胳膊上戴套袖。

俺当了二十年家属工，到了1979年，家里养奶牛才不干了。

老年人凑到一起话多，都爱打听：你在哪退休？退休金多少钱？

俺说：俺没有退休金，俺是家属工。

俺以为这辈子就这样了，一点儿收入都没有，全指着儿女。

2009年，砖瓦厂留守的人通知说，要给家属工开工资。还真给开了，开始一个月四百多，2022年已经涨到两千，俺也是有退休金的人了。

六十岁学认字，
七十五岁学写作

老伴去世后俺学认字

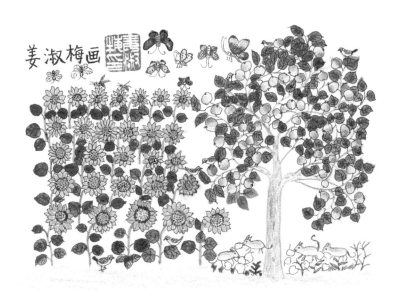

　　以前总打仗，我没上过几天学，后来家里穷，上不起学了。百时屯扫盲的时候，俺天天在家织布，大门不出二门不迈，也没去扫盲。到东北以后，我当过几年居民组组长，经常得签字，可我连自己的名都写不好，只好花钱刻个手戳。

1996 年，俺虚岁六十那年，老伴出车祸去世。当时俺俩都在俺家的客货车上，车上还有我三儿子、三哥和侄子，还有俺爹的骨灰，打算运到老家跟俺娘合葬。

车祸的事不细说了，老伴死得太惨，他死以后俺经常一夜一夜睡不着觉。

老伴死了一年多，俺还不能听别人说谁家出车祸了。在马路上走，见不了碎玻璃。俺以前一个星期最少去两次公园，锻炼身体。老伴死后，俺两年半去了一次公园，公园里的锣鼓声俺听不了，别人的笑声俺也听不了。

有一阵子，我没事就在俺家后院待着。这张画就是那时候的后院，有一棵沙果树，种了很多向日葵。俺没事干，待在那里拔草，拔得整个后院一棵小草都没有。

有一回，二儿媳妇来后院，说：咱家后院真好，一棵草都不长。

俺没跟她说咋回事，怕孩子们惦记。

我总坐在那里不动，老鼠胆子都大了，有时候几只白老鼠跑出来，在沙果树下吃沙果。

大女儿爱玲怕我闲着没事总想她爹，好几次催俺学认字。俺有空就学点，跟孩子们学，跟街上遇到的人学，认了些字。

跟着作家女儿学写作

2010 年秋天，我住到爱玲家。爱玲在黑龙江省绥化学院教书，笔名艾苓，是个作家，教的就是写作。她家书多，来她家以后，俺看了两年书。

我有一肚子故事，讲出来想让爱玲写，她让俺自己写，我都生气了。她哄我说：待着也是待着，您试试吧。

除了爱玲，谁都不信俺能学会写作。

二女儿说：写吧，东边茅楼没纸了。

大儿子说：妈呀，您要能发表文章，国家主席都得接见您。

三哥是个文明人，啥也没说，哈哈大笑，笑了一会儿说：写吧，写吧。

他们越是这样，俺越要用心学。

2012年6月，我跟爱玲学写作，先从学写字开始。

刚学认字的时候，俺学过写字，那时候手好使，后来光认字不写了。好多年不拿笔，再拿笔手哆嗦，横也画不直，竖也画不直，一天写不了两句话。

写了十多天，俺的手不哆嗦了，横竖也比原来直了，一天能写三五行字。爱玲天天夸俺，说俺有进步。

写到6月末，俺的手稳了，爱玲说：您可以写作了，想写啥写啥。

我写了两个听来的故事，爱玲没改，也没打字，她让我写自己的故事。我听老师的话，一件事一件事地写。

写得不好的，她让俺重写，俺就重写。凡是重写的，都比原来好。

后来，爱玲说俺写得好，写的文章能发表，俺不信。没想到，《读库》还真给发表了。

爱玲说俺能出书，我以为她哄我，也不信。没想到，磨铁图书公司还真给俺出书了。

跟爱玲学写作以后，她让我用她的书桌，我用不惯，右手搁在桌上经常挡光。我愿意跟着光亮走，实在天黑了再开灯。最开始我抱着纸壳箱子写，后来把沙发垫子放到腿上，上面铺枕巾，可方便了。上面这张画，画的就是俺抱着沙发垫子写作呢。

我学写作，就是玩。没想到，玩着玩着天短了，玩着玩着有奔头了，玩着玩着心里亮堂了。后来还玩出稿费，玩出一本又一本书，俺玩上瘾了。

在鲁院旁听过作家课

这张画里，上课的人叫苏叔阳，坐在第一排中间白头发的人是我。说起来，俺还是苏叔阳老师不认识的学生呢。

老伴去世的时候，我没告诉爱玲，她在北京鲁迅文学院作家班学习，抛家舍业的，不容易。后来别人把这事告诉她了，她惦记我，我惦记她。在秦皇岛那边处理完后事，我去北京看她，住在她宿舍，跟她睡在一张床上。

她们宿舍经常去人，有同学，有书商。我是个文盲，没文化，可我爱听有文化的人说话，人家说的话不光好听，还有道理。

有个书商就说：你写的东西，要是大家都知道，你的文章谁还看呀？要写就写大家不知道的事，这个世上稀少的事。

俺当时想：啥是世上稀少的事呀？一个文盲在鲁院上课，是世上稀少的事吧？俺这趟不能白来，我得给俺闺女带来一篇文章。

我跟爱玲说：我想跟你去听课。

爱玲那些天都没笑脸，听了俺的话她笑了，说：给我们上课的都是大作家，您能听懂吗？

俺说：听不懂，俺也想听，看看大作家咋上课。

俺还说：俺不能随便去听课，你问问学校领导，人家同意了俺再去。

鲁迅文学院的领导知道俺家的事，人家同意了。

苏叔阳老师也是白头发，没有俺的头发白。那天，他讲的是电影，俺以前看过电影，可他说的话俺听不懂。他说得最多的一个词是"细节"，俺那时候不明白：到底啥是细节呀？

回家以后，再看电视剧，俺一下就明白了：这些芝麻大的小事挺吸引人的，看了就忘不掉，这就是细节。

艾苓后来写文章写了俺听课这件事，听说还获了奖。

俺出书以后，很多人跟俺说，俺书里的细节多、细节好，这多亏了苏叔阳老师。

八十岁学画画，
八十二岁学书法

八十岁从零开始学画画

我的第三本书是民间故事集《长脖子女人》，编辑想请人画插图，想不出来哪个画家合适。

爱玲跟编辑说：我娘年轻的时候会剪纸。

编辑说：可以让姜奶奶试试。

俺画了几天，画啥不像啥，不想学了。

爱玲还是哄呀劝呀，俺接着画。

我先画各种各样的花，画了一段时间，爱玲就不让画了。她跟俺说：您写的故事，都是别人不知道的事。您以后画画，也得画别人不知道的东西。

她让俺画老家的物件，比方说，织布机、棉车子、磨盘。

俺想：哪能光画物件呢？物件是人用的，我还得画人。

百人百模样，不好画，不好画俺也画。我先照着人家的画册往下描，描着描着就会自己画了。

2019年，俺出版了第五本书《拍手为歌》，里面放了五十来张画，都是俺自己画的。

有人问俺：你画的是素描呀还是国画呀？

俺说：你说的这些俺不懂，俺是瞎画。

爱玲说俺不是瞎画，俺画的都是以前的生活，这种画叫民俗画。

老家的风俗太多了，我画了很多这样的画。

百时屯的井

百时屯的井

百时屯有好几眼井，时家、庞家、姜家三大姓都有一眼井。从俺家出门往左一拐，就是姜家那眼井。井上没有辘轳，俺家买一条井绳放在井台上，谁要去打水，就用这条井绳。井绳是用树皮拧的，很粗，头上有个结实的木钩子。

那时候，挑水用的都是木桶。用井绳钩子钩着木桶的横梁，摇几下，打斜下去，能灌进半桶水，提起来再使劲往下一墩，桶里的水就满了。木桶死沉，站在井边，用两只手捯着往上拔，得费很大劲。离井远的，挑一挑水，半道得歇一次两次的。

男人不在家，或者病了，懒了，女人挑水。女人都是小脚，力气也小，有的挑半桶水，有的用瓦罐提水，瓦罐碰到井边就碎，得小心又小心。

庙台子

百时屯有个十字路口，庙台子在西北，俺家在西南，跟庙台子隔一条土路。

冬天，老家的屋里没有屋外边暖和。没活的时候，百时屯的男人都爱到庙台子晒暖，就是现在说的晒太阳。

庙台子是庙前面的土台子，比路面高出来一米左右，有五六间房子的空场。只要不下雨不下雪，庙台子上天天都有很多人，有说笑话的，有讲故事的，有看闲书的，念书给大伙听，还有说张家长李家短的。谁家生气打架受委屈了，也去庙台子，叫大家评评理。

老包天天都到庙台子卖东西。他的筐又长又扁，自己编的，里面放着洋烟、烟丝、花生、糖疙瘩、糖稀，天冷了还卖糖葫芦。他卖东西，不用喊，庙后边就是小学校。

冬天夜长的时候，有卖包子的，卖羊肉汤的。吃完晚饭，待上一会儿，他们站在庙台子上喊：热包子——刚出锅的热包子！羊肉汤——开锅的羊肉汤！喊上一阵子，他们就回家等生意。这两家生意都挺好，包子和羊肉汤天天卖完。

庙西有一家卖炸鱼和糟鱼的，里面不知道搁了啥东西，刺和骨头都是面的。家里腥味大，他白天把鱼拿到庙台子上卖。

赶庙会

郭寺哪年都有庙会，定在正月二十一。会上人很多，十里八乡的买卖人都往一块儿凑，卖啥的都有，卖吃的头一天得把锅灶支好。

有几年，庙会上唱大戏，正月二十一开唱，连唱四天。庙会上唱的戏都是还愿的戏，俺那里叫"愿戏"。这样的戏，锣声响起，先出来一个戴面具的人，他不说也不唱，这个人叫"家官"。他拿着神仙杪走一圈，这叫"亮台"，那个神仙杪就像蝇抽子。家官亮台，看戏的就知道这是愿戏。他回去了，才开戏哩。

唱戏之前，提前几天搭戏台子。知道了信儿，有大车的人家，把大车拉去，提前占地方。庙会那天，戏台子前的大车都摆满了。俺家也把大车拉去，把牛牵回家。那时候的大车四个轱辘，都是木头的，坐在上面稳稳当当，一家人都坐在车上看戏。

后来，郭寺的神像扒了，庙还有，常有人干活累了，到庙里凉快去。

后来听说，庙也扒了。

新媳妇的"拜钱"

新媳妇给长辈介手巾 磕头长辈给新媳妇拜钱 姜淑梅画

新媳妇过了门，得给长辈一对大毛巾，磕个头。奶奶、姥娘、大娘、婶子、姑、姨、妗子这些长辈得给钱，这个钱叫"拜钱"。新媳妇给平辈的哥哥、嫂子、姐姐的是一对小手巾，跟手绢差不多，磕个头也给"拜钱"。

"拜钱"是给新媳妇的，新媳妇留着自己花。

俺结婚的"拜钱"，婆婆都收了，一分没给俺。

过了年，俺跟她要，她问：你要钱干啥？

俺说：买枣树栽子。

婆婆从会上买了十棵枣树栽子，剩下的钱她都黑下了。

俺1955年在巨野冯徐庄种下的枣树，不知道现在有没有了。

为啥把儿媳妇扣到缸底下

扣到缸底下
恶婆婆就给
不接走新媳妇
正月十五娘家

　　老家有个规矩，新媳妇在娘家得过三个正月十五，说是"不回娘家过十五，媳妇看灯死公公"。

　　摊上好婆婆还好，要是摊上恶婆婆，新媳妇不回娘家过十五，就让婆家人扣到缸底下。到二更天，没有灯了，再把儿媳妇放出来。

　　俺有个叔伯大嫂，她爹娘精神不好，弟弟岁数小，没人接她回娘家过正月十五。正月十五那天，嫂子哭了一天。天没黑，嫂子就蒙头睡了。

俺三大娘心疼儿媳妇，过去劝她说：咱家没这么多说道，孩子你起来，吃完饭再睡。

不管她咋劝，嫂子就是蒙头哭。

新媳妇在娘家过完正月十五，第二天吃完早饭就走了。俺那里的规矩是，新媳妇在娘家过十五不过十六，说是"在娘家过十六，死了婆婆挂着舅"。

男人的包脚布

以前的人，男女都爱脚。女人爱脚，用长条布裹住小脚，把脚裹残，谁的脚小谁美。男人爱脚，用一块方布把脚包起来。听人说，包出来的脚有样，穿鞋好看。

那时候，只有下地干活的男人不包脚，不下地干活的都包。年轻爱美的庄稼人，冬天不用下地了，也包脚。俺爹和二哥不用下地，他俩都包脚，天热了才不包。

包脚布大多是自己家织的白色粗棉布。买块白洋布当包脚布的，很少，大多数人舍不得。爹和二哥都自己洗包脚布，洗得可白了，晾在院子里。俺见过他俩包脚，脚放在包脚布上，四下一收，外面再穿上洋袜子。

听说，有个人家人多手杂，晾衣绳上的包脚布，让女人当成笼屉布蒸过干粮。

蹲在外面吃饭

老家的女人把饭做好，男人都端碗去外边吃，几个邻居蹲在一起吃，图的是热闹。一边吃饭，一边拉呱。

俺家人不去外面吃饭，俺爹定的规矩是：吃饭不许往外走。

俺家的长工不一样，他们都到人多的地方吃饭。

年景好的时候，麦子刚下来，家家吃馍，吃上几天。俺画的就是麦子下来的时候，这些男人手里拿的都是馍，还有一碗菜。

冬天的饭多数是黑窝窝，没啥菜。把二十斤高粱、十斤黄豆磨成面，蒸出来的黑窝窝像个小碗，越嚼越香。一般都是吃黑窝窝，就咸菜，喝糊涂。男人把两个窝窝一摞，窝窝里放点咸菜，端碗黑糊涂出去吃。

冬天到外面吃饭，得找块有太阳没有风的地方，这样的地方人很多。

没儿子的老人不能死在闺女家

过去，没有儿子的老人，一般都是这家的侄子给养老送终，家产也是侄子赚受。要是闺女接走，也不能死在闺女家，还得送回来。

百时屯有个老婆，丈夫死的时候，侄子披麻戴孝，扛灵幡。她一个人过的时候，侄子、侄媳妇对她也挺好。

她六十多岁那年，她闺女诚心要把娘接走，叫娘卖房子卖地，跟她过去。老婆听了闺女的话，三间堂屋、两间东屋、两间西屋、三十多亩地全卖了，屋里的东西也用车拉走。

在闺女家住了七八年，她病了。女婿不叫岳母死到他家，他赶着车，把岳母送到百时屯侄子家，侄子、侄媳妇都不叫她进家门。

那是农历五月，刚打完麦子，也不用场，他们把老婆放到侄子家的场里。女婿卸下小床和铜锅，把岳母放在露天地里的床上，赶车走了。

这家侄子看见了，撵她们，不叫她们在场里待。这家闺女四十多岁，小脚，床上躺着要死的娘，她拉娘的床，拉也拉不动。有个过路的人看见，帮她把床拉到别人家的场里。

这家侄子那样做，是生那娘儿俩的气。娘儿俩把家产卖得片瓦不留，他就想难为难为她们。

后来，有人帮忙，把病老婆抬到俺家的场里。场边上有棵大树，老婆可以待在树荫里，墙外还能放老婆的棺材。

那年俺七岁，常到场里玩，看见那家闺女用三块砖支上铜锅，给她娘做吃的。床上躺的老婆脸黄得吓人，她闺女端着半碗鸡蛋汤，一勺一勺地喂娘。

那张床上支着蚊帐，娘儿俩黑天白天都待在露天地。下雨的时候，闺女四处求人，把她娘抬到车屋里避雨。不下雨了，再抬到树底下。

娘儿俩这样过了四十多天，老婆才死了。这家侄子还是不管，闺女的婆家来了三车人，给老婆穿好衣服，装到棺材里，抬出去埋了。

出 殡

在老家，老人死了，儿子、媳妇、闺女都穿重孝，鞋还是原来穿的那双鞋，外面用白布糊上。一个老人没了，鞋后边留一块不糊满。两个老人都没了，才把鞋全糊上白布。"三七"以里，都穿这双鞋，女人提上鞋走，男人趿拉着鞋走。"三七"以后，穿家做的白鞋，就不用趿拉着走路了。

一个老人没了，子女穿孝两年半。两个老人都没了，子女穿孝三年。男人穿黑衣服，上个白领子。女人黑衣服上沿白毛边，也有在衣服下面缝一圈白线的。男女都穿白鞋。穿重孝的，白鞋边上是白毛口。侄子、侄女、侄媳妇得穿一年白鞋，五服沿上的晚辈也得穿白鞋，一双白鞋穿碎拉倒。

岳父、岳母去世，女婿去吊孝，远门的小舅子用棍子拦着不让进，要赏钱。拿了赏钱，才放人进去，这也是规矩。

这张画画的是出殡，四个人抬的是棺材，棺材上放的是用纸扎的棺材罩子，罩子上画着童男童女和花。纸扎的东西里，还有牛、马、轿车子和童男童女，这些东西都得扛到坟地烧了。

家里的男人披麻戴孝跪在棺材前面，女人都是小脚，坐在后面的车里。摔了丧盆子，才能起丧。那几个用手巾捂脸的女人，都是远亲，干哭不掉泪。闺女、媳妇都真哭，不用毛巾。

那时候，有钱人家发丧雇喇叭匠，还有敲锣打鼓的，在家里吹吹打打好几天。

"东北八大怪"

晚上看电视，我常看书法频道，看见有些画家画完画，还往画上写毛笔字，俺也得练练。从2019年7月开始，俺学写毛笔字了。

俺都想好了，以后俺要用三把扇子扇，第一把扇子是写作，第二把扇子是画画，第三把扇子是书法。俺想三把扇子一起扇，把火苗扇得又高又亮，我不敢说照亮全世界，我敢说照亮了俺的晚年。

我以前说过，要是当不了画家俺就生气。那是笑话。说实话，俺天天都在用功。

山东风俗画画得差不多了，我开始画东北风俗。东北风俗有很多，最有名的是"东北八大怪"。

大缸小缸腌酸菜

　　秋天收了白菜，东北人家家户户腌酸菜，差不多就是画里这样，男女老少一起忙活。

　　第一件事是择掉白菜上的干叶子和老帮子，择好了放在开水里烫一下，凉透了再往大缸里放。码好两层，缸里铺上一条干净麻袋，人到麻袋上踩，踩好以后撒少量盐。一层层码好以后，上面用石头压好，放满水。有的人家没有石头，码好以后放一层烂菜叶子，放完烂菜叶，上面再抹黄泥，把缸用黄泥封上。

　　腌酸菜有快有慢。要是屋里热，发酵快，不到一个月就腌好了。要是屋里冷，四十天也腌不好。

到了冬天，东北也没别的菜，勤快的人家有秋天晒的干菜。一般人家地窖里有土豆和几棵白菜，酸菜缸里有酸菜。很多年都是这样，老三样换来换去吃。

现在，俺早就不腌酸菜了。冬天的时候，冰柜里有冻豆角、冻茄子，超市里还有新鲜菜。

东北人不一样，他们爱吃酸菜，有的人家一年四季离不开酸菜。买卖人脑袋好使，腌很多酸菜到市场上卖，有的发了干起酸菜厂来。还有的人多腌些酸菜，送给亲戚朋友，那是很好的礼物。有个邻居老两口都爱吃酸菜，他们用瓶瓶罐罐腌了很多，咋吃都不够。东北人最爱吃的饺子，也是酸菜馅饺子，酸菜和油滋啦一起拌馅，俺没吃出来好吃，孩子们都说好吃。

窗户纸，糊在外

以前，山东老家的窗户小，窗户上还有密密麻麻的窗户棂子。有钱人家到了冬天，把纸糊到里面挡风，穷人家啥都不糊。

俺结婚的屋子半间土房，窗户半米高，不到半米宽。结婚头两年，到了冬天丈夫在里面糊层纸，那种纸叫"行连纸"，平时是写字用的。后来家里穷，啥都不糊了。

冬天屋里冷，当娘的把小孩子放到自己被窝里，想让孩子热乎点，睡着以后，捂死孩子的事经常有。

东北的窗户比山东大，窗户里面也是窗户棂子。跟老家不一样，东北人都把窗户纸糊在外面。

东北这边有专门的白色窗户纸，里面好像有棉花，很厚。在东北，窗户纸还有一个用项。东北女人都在炕上生孩子，生孩子的时候把炕席卷到炕梢，身下铺上窗户纸，让孩子生在窗户纸上。

到了农历八月，天冷以后，家里的女人先把去年糊的窗户纸揭下来，再糊上新窗户纸。等到窗户纸干透，得在窗户纸外面刷层豆油，有了这层豆油，下雨下雪窗户纸都不湿。

1965 年，俺家在砖瓦厂盖了三小间土房。那时候门框和窗户框开始镶玻璃了，俺家也镶玻璃。镶上玻璃窗户，屋子里亮堂多了。冬天溜上窗户缝，屋里照样暖和。

草皮房子篱笆寨

"草皮房子篱笆寨"说的是东北开荒那时候，当时野树多，野草多，野兽也多。盖房子用草苫房顶，有种草后来就叫苫房草。院子用树枝和树杈围起来，可以防野兽。

　　我 1960 年来东北的时候，安达农村已经见不到这样的房子。农村都是土平房，房顶上都是碱土。院子也是土墙，都不高。

　　那时候盖房子有三种办法：有的人家先脱土坯，等坯干透了再垒墙；有的人家和泥的时候拌上碎草，拌好后用铁叉子挑泥插墙，插墙得一茬一茬来，等先叉的墙干透了，才能接着往上叉，最少得叉三茬才能棚房顶，东北话是"上房包（bāo）"；干打垒盖房最快，先把木板或檩条在两边绑好，就地取土往里填，一层湿土一层草，填满了用铁锤砸，等把墙砸结实了，外面绑的木板或檩条再往上起高。

　　烟囱盖在外面，烟囱下面有烟道，那时候的房子都是这样的。

　　盖房子是个累活，那时候都说"脱坯打墙，活见阎王"。谁家盖房子，全家人挨累不说，帮着盖房子的也挨累。

　　现在的东北，偏僻的山沟里大概还有"草皮房子篱笆寨"，还听说有的民俗村，专门盖了这样的房子。

反穿皮袄毛在外

　　东北八大怪里还有一个是，"反穿皮袄毛在外"。

　　这张画里的四个男人都反穿皮袄，一个是赶车的车老板，两个坐车的，还有一个年轻人因为坐车时间长了冻脚，跟在马车后面走。他穿的鞋是毡子鞋，东北人叫"毡疙瘩"。这种鞋保暖，轻便，有钱人家才能买得起。马车后面还绑了一个缸，那也是东北人离不开的东西。

　　俺到东北的时候，有些东北人还是这个打扮，多数是羊皮袄，也有狼皮袄，当地的皮匠熟好了皮子，当地的裁缝给做的。有皮袄的，都是有些本事的人。听他们说，要是不反穿皮袄，毛都在里面，出汗以后皮袄会掉毛。

过了几年，商店卖的羊皮袄都是绿布面，毛在里面。这样的皮袄时兴起来以后，反穿皮袄的人越来越少。

养活孩子吊起来

以前，东北人家家都有悠车子。悠车子拴在屋顶的檩子上，拴在屋外的树上都行，小孩子放在悠车子里。好哄，好睡，还安全，不耽误大人干活。

我到东北的时候，住在屯子里，房后是草原，晚上经常听见狼叫。那时候屯子里人多了，狼轻易不敢进屯子。孩子的悠车子都不往树上拴了，也不往屋顶的檩子上拴了，天冷放在炕上，天热放在院里，用手推一下，晃半天。

俺家没有悠车子，那时候有卖的，挺贵。东北人的悠车子，有些是一辈一辈传下来的，用了好几辈子。

冬天包豆讲鬼怪

　　到了冬天，东北农村家家户户包黏豆包。他们要包多少豆包呢？人口少的包一小缸，人口多的一大缸。这些豆包够一家人吃三个月左右，过了正月，豆包差不多才吃完。

　　包豆包的时候很热闹，男人搋面，女人包，亲戚、邻居家的姑娘、媳妇都来帮忙，从炕头坐到炕梢，分好几伙。今天包完这家的，明天再包那家的，早晚轮到自己家。

　　大家一边忙活，一边说说笑笑，说得最多的是鬼怪故事。

　　早些年，都是把豆包蒸熟了，用盖帘端到外面的仓房里，冻好了装进柳条囤。后来生活条件好些，才把冻好的豆包放进陶瓷缸里。有的人家冻生豆包，吃的时候再蒸，生豆包容易干裂。

　　早些年，做豆包用糜子面，东北人叫"大黄米面"。大黄米粒比小米粒大，磨成面以后跟玉米面和在一起。想让豆包黏，少放点玉米面。不喜欢豆包黏，多放点玉米面。

最近这些年，做豆包不用糜子面了，改用糯米面，蒸出来的豆包一样好吃。糯米面兑玉米面，豆包还是黄色的，颜色稍微浅点。要是兑上白面，豆包就是白色的了。

听说，主要是糜子在东北产量太低，这种庄稼更习惯西北那些干旱的地方。

狗皮帽子头上戴

1960年的黑龙江冬天特别冷，当地人不管男女老少都戴狗皮帽子，就像这张画画的那样。

那时候，安达农村家家养狗，不缺狗皮。哪个屯子要是有皮匠，把皮子给熟好，狗皮帽子就有人能给做出来。

天冷的时候，帽耳朵拿下来系在下巴下面。等天气暖和点，年轻人都把帽耳朵吊到上面去，好像那样更好看。

那时候，砖厂给职工发狗皮帽子，不给家属发。街里的商店有卖的，比屯子人做得好看，可俺买不起。我们这些关里来的女人冬天出门，先在头上围个毛巾，把前面的额头和旁边的耳朵盖上，外面再戴上双层头巾。刚出门的时候，头上冷，走累了，身上热了，头上才不冷了。

过了两年，手里宽绰了，俺们这些家属工都买了狗皮帽子。狗皮帽子确实暖和，多冷的风也打不透。

后来，皮帽子、棉帽子样子多了，都比狗皮帽子好看，还挺保暖，大家都不戴狗皮帽子了。

姑娘叼着旱烟袋

我来黑龙江的时候，没看见叼烟袋的大姑娘，屯子里叼烟袋的都是老头、老太太。烟是自己家种的，烟叶子有的是。不光大姑娘、小媳妇卷烟抽，小孩子也跟着抽。

山东老家给女人定的规矩多，闺女有闺女的规矩，媳妇有媳妇的规矩。要是谁家小闺女跑得快了，她娘都得说说她，告诉她规矩。

东北女人好像没谁给立规矩，她们跟男人一样干活，跟男人一样抽烟。

东北大姑娘地位高，结婚前男方家得给女方家过彩礼。屯子里有个大辫子姑娘彩礼最高，1960 年好像是八千块钱。不像俺老家，男方家啥都不给，女方家还得准备嫁妆，嫁妆少了，结婚以后还得受气。

八千块钱是多少钱呢？俺丈夫在砖厂上班，又脏又累，一个月工资才四十多块钱。

黑龙江的冬天长，农活少，闲的时候多，过冬天他们叫"猫冬"。大姑娘抽烟也好，小孩子抽烟也好，可能都是为了打发时间。

现在新鲜事这么多，大家也知道抽烟对身体不好，东北的大姑娘、小孩子早就没人抽烟了。

说说我的作家女儿

我有六个孩子，三个男孩大，三个女孩小，孩子们都孝顺。

我帮小女儿带孩子，在她家住了十年，小女儿和女婿都对我好，总问我想吃啥。

我后来跟二儿子住，儿子每次回家，看见我都是笑模样，他是从心眼里想养我这个妈。

我去大儿子家过年，大儿媳妇天天给我准备洗脚水，还端到我跟前。

二女儿一家人、三儿子一家人对我也好。

爱玲是大女儿，排行第四，总想让俺住在她家。我说：你婆婆从小没妈，受了很多委屈，才说跟儿子享点福，又来个老丈母娘，多烦人呀，俺不去。

2010年秋天，爱玲又来接俺，俺还是说不去。

她说：这回您去也得去，不去也得去，您不知道我多惦记您！

那时候，二儿子和儿媳妇承包很多草原，经常住在草原上，俺一个人在家，爱玲不放心。我看，再不去绥化，我大闺女真生气了，就跟她来绥化了。

她家住三楼，有三个卧室，外孙上大学不在家，爱玲在外孙屋里放张床，我就住在那里。

开始爱玲一叫妈，我和她婆婆都抢答，她想了个办法，管我叫娘，管她婆婆接着叫妈。

她公公婆婆耳朵都背，看电视，听收音机，声音小了听不见。

后来，爱玲在绥化学院跟前又买了房子，简单收拾下，俺就搬过来了，这里是俺娘儿俩看书写作的好地方。

俗话说："跟啥人学啥人，跟着神婆子会下神。"跟着作家女儿学写作，是头一件事，后来我还跟她学了不少东西。

爱玲爱运动，我也爱运动，我不知道她做的那个运动叫啥，她说叫仰卧起坐。我学会以后，不敢多做，能起来二三十个。

爱玲压腿，我也跟着压腿。这张画画的就是我在双杠上压腿呢。我做压腿的时候，经常有人过来看，说这老人家真厉害。

六十六节回春保健操，是俺跟别人学的。

爱玲知道以后，给我买了随身听，不管走到哪里，都可以随时随地做保健操。

俺还教邻居，跟大家经常一起做。

　　2013年5月，爱玲跟我说，想让我跟她去学校，到课堂上接受学生采访。我说俺没上过学，俺不去，去了也没啥说的。

　　爱玲说俺是新闻人物，说我一个文盲能发表文章，这就是新闻，还跟出版公司签了合同要出书，这更是新闻。

我说好，问用不用做啥准备。她说不用，学生提问的时候实话实说就行。

　　到了采访那天，学生提问可积极了，俺实话实说。俺还跟孩子们说了点鼓励的话，比方说，"只要你用心，学啥都不晚"，他们好多次鼓掌。下课以后，有个女孩子不走，等人家走了以后，她说：奶奶，我想抱抱您。

　　我跟她抱了抱，她说：谢谢姜奶奶。

　　爱玲后来跟我说，这个孩子好像身体不大好，我跟她抱抱，对她肯定是个鼓励。

　　开了这次头，就停不下来了。只要爱玲给学生讲新闻采访写作课，就请俺去学校，接受学生采访，还让他们根据采访写作业。

　　俺这辈子第一次坐飞机，是在 2013 年 9 月 30 日。那时候第一本书快出版了，第二本书正在写。爱玲说，俺要是回老家"上货"，第二本书能写得更好。马上到十一假期，火车票早就没有了，她买了哈尔滨到济南的飞机票。

上了飞机以后，俺没啥不舒服，能吃，能喝，还能睡。从那以后，我俩出门经常坐飞机。

上面这张画画的就是我俩登机，我穿红衣裳在前面，她戴着帽子跟在俺后边。

爱玲不光是我的写作老师，还是我的按摩师。她从书上和网上学习按摩，怕记不住，写了很多卡片。人身上的经络有几条，那些经络上的穴位都叫啥，有啥用，她都记住了。

开始我不让她按摩，太疼了。回安达串门，我说给二女儿和小女儿，她俩都说：俺大姐那样按摩对，经络通了以后就不疼了。

2020年元旦以后，爱玲天天给我按摩，从头按到脚，哪天都累得满脸是汗。

俺问她：天天按摩，你烦不烦？

她问我：天天吃饭，您烦了吗？

我说：每顿饭菜不一样，我咋会烦？

她说：我也是，每天按摩都不一样，我还得继续学习，咋会烦呢？

上面这张画画的是爱玲给我开后背，可舒服了。

前几天，爱玲让我画自画像，我都不知道啥叫自画像，她跟我说了半天，我才听懂。画了十几张，俺才满意了。

看书、写作、画画、练毛笔字、锻炼身体，经常学点新东西，这样的晚年真好呀。